我的老年我做主

颜为民 著

新华出版社

图书在版编目（CIP）数据

我的老年我做主 / 颜为民著 . -- 北京：新华出版社，2024. 7.-- ISBN 978-7-5166-7427-7

Ⅰ . I217.2

中国国家版本馆 CIP 数据核字第 2024NN0844 号

我的老年我做主

著者：颜为民

出版发行：新华出版社有限责任公司

（北京市石景山区京原路 8 号　邮编：100040）

印刷：北京厚诚则铭印刷科技有限公司

成品尺寸：170mm × 240mm　1/16　　印张：20.5　　字数：303 千字

版次：2024 年 8 月第 1 版　　印次：2024 年 8 月第 1 次印刷

书号：ISBN 978-7-5166-7427-7　　定价：88.00 元

贝加尔湖畔想起苏武牧羊

大西北的沙漠里 导游让作者（举小旗者）暂时代行其职

大家一起来唱西语歌 后排中间站立者为作者

退休后的全家福。前排右边是作者夫妇左边是亲家夫妇中间是孙子，

后排是儿子儿媳妇。

和儿子颜卉在云
南玉龙雪山脚

朗诵即将开始 左二为作者

退休后偶尔参加一些外事活动 这是西班牙驻华大使馆某年的露天国庆招待会
左二为作者 左一为曾驻拉美多国大使黄志良 中间为作者西班牙语启蒙老师
岑楚兰 右一为前拉美之友协会会长陈红娣

退休后受聘于教育部到哈瓦那大学孔子学院任教 中间为作者
左为中方院长李艾右为古方院长克里斯蒂娜

在哈瓦那大学介绍中国文化

为收集长篇历史小说《炉火通红》资料

在西班牙采访美国国际纵队老战士

来到了中国的北极村漠河

退休多年后和妻子李艾同回母校
北京外国语大学留影

青海高原 3600 米处

50 年过去，挥镰忆当年。当年我们大学毕业后曾在这里接受过 26 个月的劳动锻炼　河北原柏各庄部队农场。挥镰者为作者。

给南瓜人工授粉

自产南瓜选秀准备就绪

自行车　你不嫌我老
我不嫌你旧　资深好搭档

回眸80春秋，转身淡看人生。西双版纳澜沧江大桥上

这架构的搭建还是需
要一点技术含量的

植树是一生的执念

老家房前这玉米的
颜值说不喜人很难

这技术几十年竟然熟练如初

又见家乡稻田

退休是这样的感觉

70 岁生日单位送来的寿礼

院子里的杂草还是手工拔除好

退休后的著作

客座中国中央电视台

序

颜为民兄是我一起从事国际新闻报道多年的同事。他最近要出版《我的老年我做主》一书，前些天通过微信嘱我为之写一序言。虽然是让我为他的新著写一些文字，可我感觉这也是朋友间的一种惦念，几乎未加思索即回复：“很荣幸你让我写序。”

为民兄这本书稿分为心动篇、行动篇、心动 + 行动篇、少小离家老大回篇、序言选篇、国外讲学篇等篇章，从目录中也看得出来都是他精心选择的一些文章，围绕和体现了“我的老年我做主”的主题。

在我的印象里，为民兄开朗、豁达、待人诚恳、工作勤奋，像是个为新闻工作而生的人。我印象最深的是他勤于思考和写作，看问题不随波逐流，对于很多国际问题都有自己的认识和看法。在我看来，这一点是难能可贵的。

为民兄的这些特点在他的书稿中都有体现，比如书稿目录中的“回忆不是老年生活中的主旋律”“老年人有点孤芳自赏很好”“不赞成难得糊涂论”“自嘲是老年人的轻喜剧”“荒凉赞歌”“把滥用水的人送上法庭”等等。当然，这只是收进书稿的几个例子而已。

在作者的话中，为民兄写道："没完没了地诉说乃至炫耀过去而不是转身面向未来，不应该是老年人生活的主旋律，而是老年人继续出彩的羁绊。"他不赞成"一味重复昨天的故事"，而要设计务实的目标，这些目标是要"与年龄相适应的，在行动上是力所能及的，随时可以根据自身状况的变化而自我改变的"。

我十分赞同他写的这些意思。一个人要完全与自己的过去切断是不现实的，更何况每个人的人生经历都是财富，不过，要是把这些东西变成"炫耀"或"负担"就不好。正如一位朋友所说，"对有些事要多点忘性"。进入老年，要放下以往的是是非非，尤其不再为朋友、同事之间发生过的不太愉快的事情纠结。只要不再完全沉浸在自己感觉不愉快的往事之中，愉快的心情就会随之而来。这或许是老年人在老年阶段能够自我做主的一个前提，或许只有这样才能设计出一个"我的老年我做主"的务实目标。

我以为，其实在老年阶段，"漫无目标"也是可以的。所谓"漫无目标"就是不要给自己确定或设计一个特别固定的目标，而是生活得随意一点，比方多运动，多看看书，练点书画，或者愿意上网就上上网，也可以在微信群里聊聊天，只要自己觉得快乐开心就好。当然，要做到这样也需要条件，就是身体要好点，家里小辈的事要少点，这样才能"随心所欲"。这可以说是一种没有目标的目标，如孩提时代那样无牵无挂，或许也可以在老年生活阶段试试，也可算是"我做主"吧。

以上简要文字，权以为序。

老同事、老朋友　马胜荣

2023 年 10 月 23 日于北京

（作者为新华社原副社长兼常务副总编辑）

作者的话

我60岁按法定年龄退休时，不留恋过去，不寻求缓冲，而是果断抛开惯性，立即告别昨天，坦然走进退休生活，或曰老年生活。当时我感到老年退休生活很新鲜，像年轻时代放飞多彩的诗意那样对其充满期待。

老年生活是人生道路上的一次战略转移。这种转移的核心内涵就是自主地安排新的人生。《我的老年我做主》是我退休以后在这种思路的指导下，从“中年后”逐步走向老年过程中所记录下的部分碎片文字，有心动的记录，也有行动的记录。心动推动行动，行动则遵循心动。这些文字包括在此问题上很随意的杂论性质的散文和没有守成规则的自由体诗，多半发表在国内报刊上，有的则用西班牙文和中文同时发表在国外的刊物上，还有的是退休后在国外传播中国文化的讲座稿。这些文字断断续续收到一些反馈。一些老年读者朋友说这些文字比较接地气，因为它们基本上说的都是关于我们老年人自己的想法和自己平常编织的故事。这些想法和平常的故事在未进入老年时是没有也不可能有过的，未老不识老滋味，故而是新鲜的、值得大家探索和分享的话题。也有的朋友还认真地表示愿意和我通过口头、微信沟通与切磋，他们将这些文字说成是“有点像老年学”的味道。老来遇知音，而且是陌生的知音，是一种幸运。但客观地说，这后一种说法显然有过誉之嫌。我觉得将自己这些碎片形式的、带有随意性的东西与那种对这一话题形成系统的、严谨的专业文章混到一起并不贴切。二者不是同类项，不可比，况且我也不大认同有严格意义上的“老年学”这一学科。即使有，也是边缘学科，一定是开放性的、漫谈性的。也还有另外一些读者通过不同途径建议我将这些文字汇成一本集子予以出版，让我和更多的与我有着类似经历或者思维接近的人进一步分享，从而为一些志同道合的老年朋友们茶余饭后增添一些休闲式的谈资。我慷慨地满足了这一类读者朋友的愿望，于是我老年生活中的心动变为行动的过程及其一部分记录和随感就转化成了现在这样的文字归宿。老年群体是当代中国从哪个角度都不能也不容忽视的社会群体。我希望我这个集子能抛砖引玉，变小众为大众，让更多的老年朋友集思广益，来探讨我们老年人的新生活，以便让我们大家的老年时光过得更有创意，更具有时代感。100 多年之前，我们的前辈曾经开创了《新青年》这一具备那个时代特色的刊物。今天，中国和世界正同步经历着又一个从未有过的巨大变革时代，我们为什么不能也像前人那样把自己打造成一群新时代的《新老年》呢？这个集子同时也挑选了一小部分我退休前写的文字，我对它们做了技术性修订，作为集子的辅助部分，名曰“旧文新编”。决定将这些过去的文字再加工并放进集子是因为它们也属于我退休生活的一部分心动和行动，也是自我做主的老年生活记录。估计我这种老年生活方式也并不是小众，因而也期待着会有知音的互动。

国人中一些退休的人把自己的老年生活看成是人生第二阶段，即从在职转变成离职，而国际上的一些社会学家则把这类群体称其为“第三年龄”。此说起源于法国，现已通用于世界，并形成了世界性的共同表述，其年龄定位在 60 或 65 岁以上的人。至于“以上”

到什么年龄，并无定论，我想大概会随着人类寿命的延长而不断提高。第三年龄理论认为，第一年龄是人生开始社会化和接受教育的阶段；第二年龄是立业、成家、养育子女和赡养父母的阶段；人进入第三年龄阶段，一方面具有丰富的知识和经历，另一方面拥有足够的空间和时间来安排自己决定要做的事情，特别是在第二年龄段曾经想做但没有条件做或没有做完的事情。这种优越状况正是进入第三年龄的人按照自己愿望发挥自身特色的天然条件，第三年龄也因此被认为是人生放飞自我价值的阶段。第三年龄论像一盏闪烁的心灯，给这一年龄段的人们点亮了依然充满诗情画意的前方，这就颠覆了一些人把老年人视为“老朽”的传统观念！白云献给了蓝天，芳草留给了大地，我拿什么奉献给你，我的第三年龄？

我的答案是：我们再出发。

我们再出发，正如上面所说，我们就一定要变换我们的惯性思维和行为方式。迷恋过去是思维的枯竭。没完没了地诉说乃至炫耀过去而不是转身面向未来不应该是老年人生活的主旋律，而是老年生活继续出彩的羁绊。我们要开创新鲜的人生道路，编织新鲜的生活，而不是一味重复昨天的故事。这些新鲜的故事自然应该是有新鲜内容的、有独特情趣的、有利于身体健康的、具有老年人特色的，是给人生的餐桌上再加菜；我们再出发，我们就会有新的目标。目标就是自主地预设切实可行的愿景。心中拥有愿景，就拥有自信，拥有希望，拥有向上向前的驱动力。一事能狂便少年，我们在老年的生活道路上再加菜，我们的一部分老年朋友就还有可能在条件许可的情况下给自己创造出另一个华龄的时代，踏实地享受老年人生再吐芳华的自我满足感和成就感。但现实中拥有如此宏大目标的人属于大器晚成者，他们追求的目标不太适合大多数退休人。我们大多数退休人是普通人。昨天过后是今天，我们今天的目标当然不能像昨天那样富有彩虹般的幻想，我们不是要让豪情继续高达万丈，不是追求让激情再度熊熊燃烧，也不是要“跨上骏马，去追逐遥远的星星”。我们的目标，在设计上是务实的，与年龄相适应的；在行动上是力所能及的,随时可以根据自身状况的变化而自我改变的。目标不在于大小，而在于选择。选对了，实现了，就依然是人生的一份成功。尤其是昨天从未预设过的目标，每成功一次，哪怕是一种微型成功，就会建立起一份老年人特有的自信、新鲜感、满足感、社会存在感和社会归属感,而所有这些都是老年生活的精神保健品。我爱绿色世界和绿色生活，不论是狭义的还是广义的。退休后，我喜欢应时去农村将笔耕和农耕融为一体。笔耕兼农耕,人生又一程。要问其中乐，唯有在其境。我的这个集子探讨的就是我们普通老人的普通生活目标，其中包括绿色生活目标和相应的生活情趣及由此而带来的人生自信和乐趣。

我们年轻时，曾经历过“成长的烦恼”，那是因为我们还没有完全成熟；我们步入老年时，应该尽量减少老年版的“成长的烦恼”，因为我们具备了足够的成熟，有人称之为晚熟，晚熟意味着对人生具备比较通透的感悟。晚熟或者说是通透感悟的重要标准之一是懂得放下。放下不是不作为，放下不是追求消极人生，放下是对人生价值的有意识的主动转换，是将人生中往日的充实转换成现实中的另一种内涵的充实。无数老年人表示要追求老年生活的快乐，正确掌握放下就一定懂得快乐，懂得什么是老年人特有的快乐。什么是老年人特有的快乐呢？这种快乐是从哪里来的呢？不是从天上掉下来的，也不是老人们固有的情感。对于老年人来说，快乐属于那些不断探索老年生活规律、对老年生活具有自信且乐于并善于参与健康的老年生活的人。快乐不仅仅是指单纯的娱乐。快乐的内涵比娱乐的内涵广得多，也深得多。快乐不仅仅是对行为文化的表层面追求和展示，不仅仅是唱歌跳舞，不仅仅是打牌、打麻将或吃上一顿顿美味佳肴。做在职时想做而没有可能做的事情是快乐，涉足在职时从未涉足的兴趣领域也是快乐；投入琴棋书画是快乐；读书是快乐，研究学问是快乐，写文章也是快乐；乐莫乐兮新相知，跨界交友，结识一些新型的人群并与之纵论天下还是快乐。轻功利，重公益，多一点儿付出也能使老年人从中获得快乐，而且是一种高层次的快乐。青山绿水任逍遥，老年人去大山名川旅游可以给生命再注活力，同样是快乐。诸如此类，只要是自主选定的，以高雅兴趣为导向的，动也好，静也好，快乐都能与之同行。这种快乐是从心底深处流淌出来的快乐。我们在如此多样化的生活中获取快乐，在快乐的获取过程中享受不辜负生命继续存在甚至在一定程度上继续出彩的老年人生。

这种快乐观，我将其称为科学快乐观，是专属于老年人的快乐观。我将有关的文字收到这个集子里，亲爱的读者，不知你是否愿意与我共享这一快乐观和相应的文字沟通。

我国一名青年导演18岁上中学时曾出版散文集《十七岁不哭》。我的这个集子也有一些我们这一代人十七岁时不哭的杂忆，包括童年时代的回忆。那是我们曾经拥有过的值得一生铭记的执念和无怨，那是至今仍在我们心中荡漾着的精神源泉。我们的生命奔流不息，“七十而从心所欲”，从十七岁不哭到七十岁开始建立《我的老年我做主》的精神家园，这一少一老的人生过程，虽不是直接衔接，但亦遥相成趣，不停顿地续写着一个又一个的人生故事。

东方毅集团对本书的出版提供了大力支持与帮助，特此表示感谢！

（2018年10月1日于北京语言大学）

目录

心动篇

行动篇

心动 + 行动篇

自由体诗选篇

国外讲学篇

旧文新编篇

心动篇

“老”字不期而至

一位当年曾艺压群芳、同时也艳压群芳的艺术家在年已花甲时谈了她自己的尴尬：当某电视台节目主持人介绍她是老艺术家时，她很愕然。她说：我怎么成了老艺术家了呢！显然，她的愕然不是由于她那个艺术家的资格，而是对那个称号前面的“老”字，大概还不太习惯。

证件具备法律性。一张老年证件在手，哪怕你心理上还没来得及适应，你已经在老年人的行列里就座了。

万物都有发展过程，“老”字是从“小”字慢慢演变过来的。我一直搞不清为什么机关里的称谓很特别。许多人从进机关一直到离开都是以“小”字称呼，出于惯性，有人即使真的老了，甚至年逾古稀，仍摘不掉“小”字这顶帽子。我很羡慕他们拥有这“永葆青春”的称呼，因为我20多岁一进机关就被“老”了。这大概是由于我当时看上去符合乳臭已干的标准，与小青年的气质不甚相符。有意思的是，像年轻时强行被“老”一样，以早生华发为经典标志的我真正到了年老时却在少数场合竟然又被“小”了一通，高兴得我既受宠若惊，又莫名其妙。而实际情况是，几十年前我进机关时并不老，退休后不仅也不小，而且肯定已开始与“老”字结下了无可逆转的终身之缘。

老年是个缺乏严格界定的概念。学者们说，中国已进入或接近进入老年社会。其所以没有最后确认，正是因为老年的确切定义不固定。中国现今以60周岁为老年人的起点，而古代则将50岁划归老年。世界卫生组织原来也将

60周岁以上的人定义为老年人群，但由于全世界的年龄呈普遍增高趋势，前若干年，这个组织又提出将75周岁以上的人群定为正式老年人，60—74岁的人称为年轻的老年人。西方一些发达国家一直以65岁为中年和老年的界限。所以，我有时将年轻的老年人这一档称为“中年后”，如此自我欣慰一把。从上述的划分标准看，我们中国一些老年人对自己的年龄级别的过早提高有些不服气是有一定道理的。但我们是在中国，只能按中国的规矩办。

中国人对年龄上的“老”字很在乎，且给以雅称，50岁以上者以每10年为一个年龄段依次称为耆老之年、古稀之年、耄耋之年和期颐之年。日常生活中，对老年人关系处理不好，就有可能引起麻烦，被人视为不懂规矩。与西方人“女士优先”不一样，中国奉行“老人优先”的原则。在人际交往中、在公共场合、在旅行中、在饭桌上、在一切有老人出现的地方和场合，老人都要受到尊重，例如公交车上给老人让座，下车时给老人开车门，饭桌上让老人先动筷子，旅行中主动帮老人提包。尊老是中国的传统文化，而且还提倡“老吾老以及人之老”。清朝乾隆皇帝成为太上皇以后还特地为60岁以上的人举行皇家免费午餐，可见皇帝老子也要敬“老”三分。西方人则不同。他们认为不管什么年龄，人都是平等的。从我们传统的观念出发，他们是没大没小，没老没少，在年龄这层意义上很少有尊卑之分意识，有的国家甚至在家庭中可以对上辈直呼其名。即便说要尊重老人，他们也会从另一个角度去理解和实行。也说在西方的公交车上，哪怕已是白发苍苍的老人，也不会有人给他们让座，更没有司售人员动员年轻人为他们让座。你给别人让座了，被让者心中会觉得你认为他太老了，是瞧不起他，伤了他或她的自尊。“不不不，我还年轻呢！”他们总是对“被老”说“不”。我们有些人第一次到西方国家，有时会犯这种吃力不讨好的低级错误。他们以为这样做，人家也会像中国老人一样，感到自己受到了尊重。大概受了西方人的这种影响，当我在成为正式老人之前在公交车上第一次受到“赐座”待遇的时候，心里曾感到有一丝悲凉，因为我强烈地意识到，这意味着我真的与昨天作别。这种不太情愿的事情已经不是什么称谓的调侃了，也不是什么保持所谓的年轻态了，而是“老”字确实不期而至。

没有岁月可回头。凡是面对正常到来的事物，都应该是淡定的，从容的，要去适应的。老人从昨天而来，走到今天，又从今天走向明天。今天我们面对的是新的起跑线。我们再出发，我们在人生前进的道路上再充电、再加餐。“满目青山夕照明”，我们在“老”字中创新，我们的新生活一定会有新内容，一定会有新的情趣，新的追求。只要我们有好的人生观，我们就不会消沉，就不会被社会边缘化。有一首专门为老人写的诗，流传很广，名字叫《老有老的骄傲》，其中写道，“人生就像一本书，越老越有智慧；人生就像一支歌，越老越有情调；人生就像一幅画，越老越有内涵；人生就像一坛酒，越老越有味道！”退休的人从此“没有了学业的压力，没有了谋生的辛劳，没有了功名利禄的诱惑，人生啊，是如此从容、真实、美好！”我们手握老年证，唱着这首老年的赞歌，同时也就有了老年俱乐部的一张门票。

（2012 年 4 月于北京海淀区羊坊店路 3 号大院）

我的老年我做主

这个题目是从一个电视连续剧的剧名中仿造过来的。

人在每个年龄层都应该有自我定位。自我定位准确了，就会有相应的心态和得当的行为。相应的心态和得当的行为二者若又能做到良性互动，人世间恐怕就没有如此众多的烦恼了。

人生大致可分为幼儿、青少年、中年和老年。社会为非老年人群体规范了相应的行为准则，有的是人为的、带强制性的，有的是约定俗成的、大家会有意识去遵守的，其中包括幼儿守则，学生守则（小学、中学、大学），不同行业的职工守则，人们在不同场合的公德等等。人们可以对号入座，相应地循规蹈矩。但至今似乎没有迹象显示，什么机构、在什么时候出台让年老的人群统一或大致统一遵守的行为准则，甚至也没有什么人或什么权力机构呼吁要建立这样一种准则，大概是因为这样的准则无人制定得出来。不是老年人不需要守规矩，是因为老年人退出主流社会和生理规律，很难遵守统一的规矩。那么合乎逻辑的结论，只能是我的老年我做主了。中国的老年人所占总人口比例日渐上升，他们同社会其他人群一样要追求幸福快乐的人生。人们难道不见当今中国的老年人是整个社会中最活跃最快乐的群体之一吗？快乐从何而来？来自我的老年我做主。没有自我做主的自由，何快乐之有？

自我做主就是自己给自己立规矩。规矩无非是如何做事、如何做人、如何待人。禅法说，人生要经历三个境界：一，看山是山，看水是水；二，看山不是山，看水不是水；三，看山还是山，看水还是水。妙哉，人的一生，原来就是在大地上“画了一个圈”。轰轰烈烈也好，平平常常也好，人的一生转来转去，是非成败，最终还是回归到原始的、自然的、没有任何人为修饰的山水之间。年少涉世未深，山高水深如复制品一样尽收眼底。年老跨越经纬，山高水深，任其坦荡于胸中。如此看来，人生最痛苦的境界莫过于“看山不是山，看水不是水”的阶段了。人在这一阶段无奈地都要被社会化、世俗化。陶渊明说，心为形役，应该是指人生此阶段。陶公的意思是，人生的这一阶段内心要为形体即为自身的生存所役使，而生存的维持和发展离不开世俗，离不开个人所处的社会总体环境。否则，便会被社会边缘化。谁想被边缘化呢？如是，尽管人在山水之间，却难测山之高、水之深，即所谓“不识庐山真面目”了，因为主观者有意地要去追求某种目标，有时有意无意地让某些事物失真，有意无意地违心做某些事情。凡立足处世者，聪明的、愚蠢的、高尚的、平庸的，无一逃脱这一规则，只是程度或方式不同而已。聪明者懂得不能越过底线，邪恶者则无所顾忌。年老者在经历了这一最痛苦的人生阶段以后，便能进入人生的悟性阶段，亦曰知天命或自由王国境界。所谓古今多少事，都付笑谈中，所谓青山依旧在，几度夕阳红，所谓淡泊名利，非到此阶段便不能如此彻悟，更不可能彻悟到将其看成是一种人生享受的程度。这就是年老者的精神境界，这就是年老者的优越感。有了这个精神境界，有了这个优越感，就会有一套关于做人、做事、待人的新规矩，这个新规矩无须别人制定，别人也制定不出来。我给自己立的新规矩是：做事的自主性、做人的真实性、待人的随和性。

先说做事的自主性。现在大家都把退休人员归类为弱势群体，而我则把自己戏称为具有积极意义的“社会闲杂人员”。二者所表达的意思很吻合。弱势群体中的成员就是非主流社会的人。我脱离主流社会“闲”了下来，做点“杂”事，此乃“闲杂人员”之谓。品味这种“闲杂”人生，这叫将社会的群体弱势地位转化为个人的优势。对于老年人来说，离开了主流社会，却换来了个人更多的自主权，从被动社会地位变成“个人自治”的主动地位，该是人生经历中惬意、解脱、值得庆贺的事！真是“好大世界，无遮无碍，要走便走，且不痛快”！“闲杂”论，一是出于自身脱离主流社会的环境，二是来自内心的自主心理。我给“杂”字规定了三个基本前提，一是要没有压力，二是要不负最后责任，三是不坐班。有了这三条，就有了自主权。中央电视台西班牙语频道在我退休已经五年多以后，不知通过什么途径了解到我，并打听到我的下落，说要请我做他们的某频道文字上的最后定稿人，当然不止我一人。我立即回应说，这破坏了我的新规矩，正好犯了我自我制定的“不负最后责任”和“不坐班”的大忌。在他们的一再鼓动下，并说每周只上班两天，无奈我也提出了给我一个月“自我试用期”的请求，即看看我一个月内的自我感觉如何。干了三个月，自我评定的结论是不太适应，证明我再也不能“重复昨天的故事”，更不能丢掉我今天这来之不易的自我做主的权利，加上别的原因，我跟他们说再见了，当然是很友好的。

“杂”论，顾名思义，即多元化、不拘一格。退休前干新闻，一干就是几十年。我热爱我曾经从事的这一事业，但我也同时接受年轻人爱用的“审美疲劳”这一概念。套用这一观念，一辈子从事新闻，也会产生“职业疲劳”感。退休了，跨界做点责任不太大的事情，又何尝没有新鲜感？文字新闻工作者主要是动手的，俗话说，君子动口，小人动手。我自己大概是做了一辈子“小人”，因为很少动口。即使动口，例如在国外做记者要公关、要采访，但最后的成果还是要通过动手来实现的。退休后，不时有人找上门来，鼓动我尝尝做“君子”的味道，偶尔到电视台上去动动口，自我展示两下子。有时又到讲台上去挥舞挥舞教鞭，好为人师一通。还有时陪陪老外去指点指点江山，领略领略“看山还是山，看水还是水”的真实世界。这种“杂事”当然要有选择。力微休负重，无论是动手，还是动口，都不要勉强去做，不要豪情万丈，不要刻意去追求轰动效应，尤其不要去追求商业价值，要把它当作调节自我生活节奏的事来做。无须事先预设，无须过多的承诺，无须尽善尽美。做起来应该是轻松的，愉悦的，有时还宁肯是公益性的。一件事不能做得太久，太久就会产生负担，就会产生新的“职业疲劳”，像日常生活中的快餐，像文化生活中的轻喜剧。“大餐”不宜吃，长剧不宜看，但每一件事都必须认真，只有认真，才能做出情趣来。

“杂”论，其实就是人们常说的退休后可以干自己喜欢的事。伟大的周恩来一生波澜壮阔，才智过人，但早在他的政治生涯如日中天的时候他就曾设想过，退休后要去写小说，写出像作家巴金的《家》那样的小说来，而且还拟定了小说的名字《房》。他还设想退休后去演戏，并且说，他要做退休后去演戏的“第一个”总理。遗憾的是，由于历史的原因，他的上述愿望没有也不可能实现。幸运的是，中国今天的社会生态环境变了，不管是如周恩来那样的政治领袖人物，还是我们这样的普通职业人员，只要及时调整好自己的社会定位及思维方式，那些前人想做而做不到的事，我们现在可以宽松地去做了。

再说做人的真实性。现代人越来越被物化，把介绍某人说成是“隆重推出”某人，把自我介绍说成是“自我推销”等等。明明是活生生的人，硬说是要对其进行“包装”，像物品一样包装起来，颇为恐怖。这是“看山不是山，看水不是水”的典型印证。至于那些时尚的“人造美女”，其真实性常常是犹如雾里看花，看来看去不像她。人间寻她千百度，却又不知她在何处。那就更是另类的现象和话题了。

做真实的人不容易，做完全真实的人几乎不可能。社会不允许你这样做。社会地位越高，越难做真实的人，越缺少诚信度，除非他不在其位。2009 年 8 月 3 日，《求是》杂志下属刊物《小康》发表的一项社会调查显示，中国现今讲诚信的社会群体排在第一位的是农民。最普通人最朴实，也最真实。我对此坚信不疑。当然，这只是一个大体的印象。大体不是具体，具体的人还要具体看待。这家杂志说，社会诚信度严重流失的主要“杀手”是社会环境的急功近利。退休者已经跨越了急功近利的阶段，理应还原人的本来面目，要做真实的人就相对容易些。

做人要做得真实，许多情况下都表现在日常生活中，包括穿衣戴帽。记得改革开放初期，《北京晚报》发表过一篇题目为《我咋就不能穿羽绒服》的短文，作者是当时的一位老年人。这篇短文是他为驳斥别人说他“这老头儿，也穿羽绒服，真逗”的议论而写的，现今大概没有这种现象发生了。我们的老年朋友除了破烂牛仔裤没有人穿以外，几乎所有年轻人的服装都也跑到老年人的身上来了，老年人真正实现了“穿衣戴帽，各有所好”的理想，再也没有人说这是“真逗”了！我早生华发，不到50岁就开始染发，但总觉得不自在，因为它掩盖了真实的自我。我们常说人家“抹黑”我们，那我们为什么还要“自我抹黑”呢！所以，退休后我果断决定，还我清白，还我原生态，找回自我。其结果，赞扬我者甚多，我的心态反而变得更加阳光了。和过去相比，真是“黑白分明”，不好吗？现在时兴从众的说法，其实从众还是不从众，老年人无须顾及，诸事自己决定好了。

待人做到随和性，最重要的是平等。退休后，我非常喜欢跨界交往、交友，什么旅友（有人调侃为“驴友”）啊，歌友啊，舞友啊，拳友，聊友啊。其中聊友当然应该是有聊，不是无聊。有聊的根基还是要学习，要看书读报。有一首歌说，童年时，只是到了考试以后才知道该念的书还没有念。我现在读书时偶尔也想，我们也是只是到了退休以后才感觉到，许多该读的书没有读。交友应该不在乎社会地位的高低，不在乎在职的还是退休的，不应该讲究尊卑有序的规矩。在职时，脑子里有等级意识，真的是很难免。退休后还要这样活，不累吗？我从不傲视社会地位不如我的人，更不仰视地位比我高的人。平视是我的铁律。蒙曼说，人在人上，要把人当人；人在人下，要把己当人。说得绝妙。如此，人才能淡定心态。在年轻人面前不倚老卖老，也不妄自菲薄。“老师”这个词已经广泛用于社会称谓，尤其是称呼老年人，但我常常用现代一位大文豪的话回应如此称呼我的年轻人：“老”则有之，“师”则不然。凭年轻人现在的知识结构和拥有的信息量，我们和他们之间，谁是老师，还要看具体情况。老年人要与时俱进，年轻人往往是我们的老师。不是三娘教子，许多情况下，也要子教三娘。子教三娘是不变的规律。在现代科技、现代思维、现代交往方式等方面，年轻人明显是我们的老师。在实际行动中，我也一直真心实意地把他们当作我的老师。我特别欣赏在人际关系中插入互动这个词，我也十分喜欢互动。也正是在中央电视台那几个月，有一次，一批“80后”和“90后”的年轻人一起聊天，用一些很时髦的语言，我感到和他们的距离太大，有时不便插嘴。一位在场的年轻人似乎洞察出我的心态，随即对我说：“老师，我们是‘90后’的，你是‘90前’的，和我们是一前一后哦。”我顿时被他们这种幽默所折服！呵呵，原来我和他们不就是一前一后嘛！只不过我拥有的这个“前”字的时间段长了些。老年人，有的人离开了政坛，有的离开了职场，其主要日程就是生活。不管以前多么辉煌，现在每天都要编织老百姓自己的故事。到了农贸市场，都是“提篮小买”，都是油盐酱醋。老年人生活中如果没有朋友，就像过日子中没有油盐酱醋一样，就会显得十分贫乏和无味。好朋友给你发来一则有趣的微信，可以让你的心理返回到许多年以前去，可以让你浮想联翩，甚至会产生一种人虽老，但仰望天空依然寥廓、透视阳光依然灿烂、欣赏山河依然多彩的感觉。有一句经典说，你想要别人怎样对待你，你首先要想到怎样对待别人。在公交车上，两个人去抢一个位置，站着的和坐着的都不舒服。而两个人相让时，站着的和坐着的心理都会很平衡。前者有高尚感，后者心中会感到有一股暖流。

（2009 年 8 月 26 日完稿于长春吉林大学大学城公寓）

目标与生命同行

俄国大文豪列夫·托尔斯泰说，人活着要有目标：一辈子的目标，一段时间的目标，一个阶段的目标，一年的目标，一个月的目标，一个星期的目标，一天、一小时、一分钟的目标。这个论断我赞同。

也有人说，老年人同样应该有目标。这句话我也赞同。

更有人说，有目标的人比缺乏目标的人更幸福。这个说法我更赞同。

生命是物质和精神的结合体。目标属于精神层面，所谓人的精神支柱其核心就是目标。没有目标的生命是苍白的，无生命力的。

预设目标，就是预设明天。心中拥有明天，就拥有自信，拥有希望，才有向上向前的驱动力。

我们退休人已经走过昨天。昨天的目标是遥望天空中的一道道彩虹，是追逐美好的梦。

退休回首，我们当初预定的目标有的实现了，有的没有实现。有的尽管实现了，但并不完美。不管实现与否，不管实现的程度是否达到完美，不变的是，目标一直在路上，一直在前方，一直在为我们的生命领航。

有人说，普通人退休了，什么也不应该干了，还奢谈什么人生目标？他们将此论称之为看透人生，或享受人生，或升格为潇洒度人生。应该看透人生，也应该享受人生，而设定合适的人生目标恰恰就是看透人生的内涵，实现既定目标的过程也正是享受人生的过程。无目标的潇洒不是真正的潇洒。

告别了昨天，退休人的目标当然不能像昨天那样再让激情熊熊燃烧，不能再让豪情高达万丈。我们生命的物质基础即体能发生了变化，目标也必须有相应变化。

普通退休人的目标应该是务实的、接地气的。健身是第一目标。每天要走多少步、多长时间？健康开始出现与年龄相应的不利状况，有怎样的应对方案？提篮小买，买回食材尝试做一顿有新意的佳肴；有朋自远方来，设定一个招待计划；这个星期我要学会一首好听的歌；下个星期我要找到一位拉丁舞老师；一个月之内，我要把已经打好腹稿的文章写好；作诗的愿望如何落实；绘画的水平如何提高；某地开辟了新景点，何时去看一看。这些就是接地气的目标。接地气，就是编织老百姓自己的故事。

普通退休人的目标应该是可以改变的，甚至可以根据实际情况的变化而放弃，不能矢志不渝。矢志不渝不是退休人的生活准则。电视上说，一群 70 岁以上的老人相约一起游泳。一些人游了几百米，感觉体力受限，及时上岸了，而一位曾经的体育健将说，他必须实现每天游 1000 米的目标。结果，他没有达到这一目标就离开了这个世界。他不懂得改变和放弃是一种智慧。

普通退休人的目标应该是与时俱进的。微信的用途越来越多，学会用微信扫码在菜市场、在饭店、在超市等一切可以用微信付款的地方付款。通过手机微信可以坐在家里办理各种生活缴费。满街都见共享车，要不要参与进去过把瘾？这类目标实现了，一定会有强烈的社会归属感：我退出了主流社会，但我仍然是这个社会的生命体。这样的思维和安排能不产生年轻态吗？

目标如同哆来咪发的音乐简谱。万事心中预先有谱，就能有序平稳地弹奏出生活的主旋律。与毫无预定目标、一味任其自然的消极生活方式相比，这种有目标的生活对退休人来说更为可取。

（2017 年 4 月于北京语言大学家属院）

回忆不是老年生活的主旋律

——读 96 岁高龄朱穆之新著有感

新华社老社长朱穆之朱老 2011 年岁末出版了他的新著《兴亡之辨》，这是朱老 2010 年 1 月出版的《道理也要打假》一书的续篇。两本书的副标题皆为《朱穆之政论杂文选》。据悉，续篇是出版社特意赶在朱老 96 岁高龄的生日前夕出版的，是送给老社长的一份生日礼物。

朱老虽高龄，但思路清晰，握笔有力。我接过由他当场工整签字并赠送给我的这两本著作后，随即迅速翻阅了标题，发觉最后一篇杂文竟然是出版之前一个多月的近作，那是对华尔街占领事件的评论。生命不息，思索不止，针砭时弊，有的放矢。我说："您新著所选择的题材让我想到了一个命题：回忆不是老年生活的主旋律"，因为我原先认为，以朱老的资历、阅历和高龄，要出版著作，应该是写不完的回忆。朱老立即回应说："我怕回忆。一回忆，就会想到一些事情做错了，一些事情没有做好，还有一些该做的事情没有做。还是向前看好。"

"还是向前看好"，朱老近作的笔锋所向是指点当前，放眼明天，其意正是向前看。他特意给我翻出第一本书首篇的写作时间，是 2007 年。当时朱老已经年逾 90 了。自那以后的几年里，朱老写出了二三十万字的政论杂文，几乎都是对这几年的国际局势有感而发。

人到老年，容易想过去的事。用文雅的话表达，叫回忆。这很正常。我所说的“回忆不是老年生活的主旋律”不是说人不要回忆。朱老一生风云激荡几十年，朱老所说的“怕回忆”也不是说他本人没有写过回忆。但正如朱老所说，统观人生，“还是向前看好”。人生有顺利，有坎坷。即便是回忆，也应该是多一些给他人以启发的东西；现在的中国回忆文字如潮，鸿篇巨著的有，单篇文章的有，我本来很爱看各类回忆，但看多了，觉得雷同的过多。有些回忆多数是时代背景和回忆者的主观评论，让人看后或了无新意，或不堪回首，或因某种原因不愿再看。回忆除了书面的，也有口头的。《听妈妈讲过去的故事》就是口头的，我们小时候就是听着这首歌走过来的。那时候，我们听得很沉重、很沉重。一代又一代，我们长大了、长老了，也开始讲过去的故事。什么从学校放假后在生产队挣工分哪，大跃进时在农村吃公共食堂的大锅饭哪，什么布票、粮票、油票、糖票、肉票啊，什么大学毕业后去接受工农兵再教育啊，下一代听着听着，不但沉重，还很茫然。他们似乎感觉到，我们是从“大西洋海底来的人”。历史的节奏和周期太快了，我们的故事对他们来说已很遥远、很晦涩、很难理解。而对我们自己来说，揭开已经过去的伤和痛，也不是一件轻松的事。

现在流行一种说法：要活在当下。这句话似乎老少咸宜。对于年轻人，虽对明天充满憧憬，但起跑线必须定在今天；对于老年人，因为从昨天走来，无法割断过去。有过多少岁月，仿佛就在昨天，有过多少朋友，仿佛就在眼前。回忆可能是无穷无尽的，但悠悠往事，风光不再，风雨已过，伤痛已愈，不能在无穷的回忆中生活，尤其不能过多回忆过去没有做对或没有做好的事情，该得到而没有得到的东西，自己所受到的不公正待遇等等。这些东西要完全忘记不大可能，但要淡化。对所有这一切都不要耿耿于怀和怨天尤人。“逝者如斯夫！”过去该做的没有做或没有做好是不可改变的，到老了也不能改变，不要抱怨，不要后悔，不要纠结。伤疤好了，不要总在那里反复触摸昔日的疼痛。忘记是一种境界，也是一种对于老年人来说很不易掌控的人生艺术。忘记不如意的人生经历，是人生莫大的解脱，是为了向前看。向前看，就能把背影留在后面。向前看，老年人一样还有追求的东西，一样还有新的起跑线。中国人正式在职工作 35 年左右。如此推断，人的一生大部分时间是不在职的。中国重量级哲学家冯友兰活了 95 岁，近悉他的哲学巨著《中国哲学史新编》是在 90 岁以后的高龄中完成的。可见退休的人生是多么有分量，多么地不应该虚度。

活在当下首先是合理安排当下，包括做一些或尝试做一些过去没有做过的事情，进入一些或尝试进入一些过去没有涉足的领域。做得好，老年生活依然有其所乐，老年人生依然阳光灿烂，依然有机会像一首流行歌里所唱的那样，能“穿过丛林去看小溪水”。

要活在当下，还要乐在当下。乐，也是生活。这种活法的最好资源是应运而生的老年大学。老年大学给老年人带来了新的天地、新的心态、新的气象、新的生活，让老年人有了新的人生取向和寄托。老年大学就是让老年人淡化过去，充实当下，在充实中得到新的别样的追求和享受。这种追求和享受同样是老年人无价的精神保健品，有时会让人惊喜，我们应为之欢呼。

老年大学一是狭义，二是广义。狭义指像青少年时代那样夹着书包走进课堂听专业老师讲课，做作业，交答卷，甚至参加竞赛。这种大学带有规范教育的色彩和规范教育的节奏，其中不少学员年轻时或在职时就有这方面或想有这方面的技能或爱好，即所谓“年既老而不衰”。这种大学有档次，很热火，但因为它还是有一定的压力和约束，其实不是适宜多数老年人的选择。多数老年人更适宜广义概念意义上的大学。这种大学宽松些，模糊些，带有自发性、随意性、闲散性、娱乐性、主动性。兴趣者可泛而不专，不求深度，只求广度，可只为兴趣而学，可只为快乐而学，甚至为增强自己的人生自信而学，而自信则又是老年生活必不可少的。这是一种原本意义上的社会大学，随时随地都存在，随时随地都可以学。这种大学的形式，就是社会交往，跨界交往。老年人只要条件许可，就千万不要做宅男宅女，要迈开腿，大胆地跨界交往。跨界交往是真正的社会交往，它可以走出你熟悉了几十年的圈子，获得一种新鲜的知识、新鲜的思维，甚至新鲜的行为模式。这种交往没有社会地位的高低，没有职业的区别，没有熟悉者和陌生者的区别，这是社会大学，是流动的大学。社会本来就是一本书，一本永远也读不完的书，一本无字的书。人的聪明和不聪明或不大聪明，其区别很大程度上就在于会不会阅读这本无字的书。在这种大学中，谁都是老师，谁也都是学生。大家可以在轻松的气氛中互教互学，取长补短。别人交流，你可以参与，也可以不参与，一样可以充实自己。

公园是广义老年大学最集中的场地之一。我到过许多国家和许多国家的公园。比较起来，中国的公园是最独具特色的，是独一无二的。我们的公园已不是传统意义上的休闲场所，它的功能已经发生了划时代性质的转型。可以毫不夸张地说，中国的公园是一本厚重的无字书，它集教育、文化、娱乐于一体。我们的公园里到处都是学习班、培训班，有专业的，也有半专业的；有古典的，也有现代的；有高雅的，也有民俗的；有主流的，也有非主流的；有汉族的，也有少数民族的；有中国的，也有外国的。我们的公园已是一种为人民大众所喜闻乐见的教育基地和文化园地，它充满着浓浓的人文气氛，各种优秀的文化在这里包容，各种健康的艺术形式在这里汇聚，百家争鸣而不失和谐，百花齐放而大放光彩。众多的退休人员特别是中老年人是这种百花园中的主力军和生力军。很多知识和技能都可以在这里获得，而这些知识和技能有时是老年人和老年生活中所需要的。老年人最具优势的财富是充裕的时间，对其应有科学的利用观。公园，是很好的去处。到公园，可以谱写出老年生活的另一种旋律，不仅仅是对往事的回忆。

（2012 年春节于广州天河区某公寓楼）

新鲜感，退休人的精神保健品

我年轻时，听到一位资深的驻外记者对我说过这样一段话：一个人到了一个从未去过的国家，逗留一天可以写一本小说。逗留一个月只能写一篇通讯。常驻一年，恐怕什么像样的东西都写不出来了。这当然是极而言之，不过还是有几分道理。常驻国外的记者在一个国家时间长了，对周围发生的事情会失去新鲜感，甚至都难以找到新的词、新的表达方式。

熟悉的地方看不到风景。

这个思维很适用于人生。年岁大了，经历的事情多了，对一般事物无太多的新鲜感，甚至对明明是新鲜的事物也表现出几分麻木，即网络中流行的所谓“神马都是浮云”的感觉。

但人总是要有新鲜感的，退休人员尤其如此。新鲜感是一种无价的精神保健品，它能促使思想保持活力，进而对生活保持信心。保持新鲜感不同于永葆青春的说法，后者是误区、是反自然规律的。歌曰：杯中美酒让人心醉……，青春就像小鸟，飞去不飞回。小鸟飞不回来了，自然界依然生动鲜活，人对周围的事物不应失去新鲜感。

保持新鲜感，办法有多种。

一是学习。人可以不工作，但不可以不学习。君子之学必日新。学习的途径主要是阅读。阅读含有纸读物和无纸读物，即书本阅读和网络浏览。学了新的东西，就有新鲜感。阅读是追求新鲜、追求新的领域、新的境界、新的感受，从而对某些事物会产生新的兴趣。退休前，阅读的对象主要是围绕自己的主体工作选择的，而退休后的阅读则可以从自己的兴趣出发。换言之，退休人群的阅读不是刻意要去实践，也不必去追求当满腹经纶的大学问家。退休人员可以成为一个纯粹的阅读家，从阅读中享受快乐。明人郑成功说，养心莫若寡欲，至乐无如读书。从逻辑上看，郑君说的寡欲显然不排除阅读欲。至于能否读到至乐程度，那就因人而异了。

网络浏览是现代人们不可缺少的学习途径，而且是最理想的捷径。传统的观念是知识的取得靠积累。在现代，积累固然依然重要，但搜索同样重要。“与时俱进”包括“与网络俱进”。网络的优越性远远大于传统意义上的逛书店、去图书馆。一个小小的电脑，放在桌上，放在腿上，插上电源，接上网线，什么问题都能搜索到。在图书馆和书店一时难以找到的东西在网络上几分钟就能如愿以偿。找出一个关键词（这是要靠积累的），手指轻轻敲打几下键盘，犹如徐徐张开一双隐形的翅膀，飞向古往今来，飞向天上人间，飞向你感兴趣的所有时空，去遨游、去索取，然后满载而归。省时、省力、省心，其乐无穷。

二是关心外界。人可以不操心天下的事情，但不能不关心天下的事情。操心不属于退休人群，而关心则也是与时俱进。世界上不存在绝对重复的事情，任何重大事件，只要发生了，就不完全是复制品，就一定会有新鲜的东西，哪怕有惊人的相似之处。看上去相同或相似的事情，其发展的方向和结局很可能不一样，其中就有让人感兴趣的东西。我们的这个星球像是在疯狂地加速旋转。世界上正在发生的不少事情人们还没有完全搞明白，就已成为过去，很奇怪，很悖常规。奇怪也是新鲜感，有悖常规也是新鲜感。大到国家，小到个人，如果还用传统的观念去观察世界及其发生的一切，就一定会感到十分郁闷、十分纠结，这就如同在自己的心灵上构筑起一道阻挠同外界沟通的隔离墙。这样去面对世界上正在发生的事情，就如同自己的左手握右手，什么感觉也没有了，更不用说新鲜的感觉了。

人不能永远在一个圈子里打转。开放，对国家来说，是沟通同外部世界的关系。国门早已打开，闭塞的空气在不断地对流；对于个人来说，是要善于接触一些不熟悉的人和事。同现代人频繁变动职业不一样，我们这一代人实行的基本上是终身职业制，一个人一辈子是在同一种职业中进行无数的循环和重复。伴随这种重复和循环的是职业疲劳症。退休后若能主动作一些改变，就可以减少这种疲劳，真正踏上轻松愉快的退休之旅。在不完全熟悉甚至陌生的领域里，在新的旅途上结识一些新的朋友、做一点新的事情。在这种跨界式的新环境中海阔天空地议论天下大事，可以让思想冲破禁锢，让眼界自我拓宽，让胸怀更为广阔。不同经历的人们有着不同的思维、不同的角度，仁者见仁，智者见智，比在退休前自己一待就是几十年的圈子里交流更新鲜、更有所启发、更有趣味、更有利于身心调节。

我很不认同“人退休了，思想不要退休”的说法。一，它语义模糊，何为思想不退休？二，它违反逻辑，皮之不存，毛将焉附？大自然一年四季，走过春秋，走过冬夏。人走过了应该走的阶段，思想为何还要滞留在那里？退休了，思想必须转型，裸退者更应如此，这是人生旅途中的一个必然转型，是战略性的。当退休人把自己的思想投放到一个或多个新的领域的时候，会有一种新的感受。这种新的感受通常会自然生成，同时也要退休人自己主动培养。

三是适应潮流。人可以不去追赶潮流，但要适应潮流。大凡时代潮流，总是汹涌澎湃，但时代的弄潮儿终究是极少数，大部分人是从众派。退休人员应该是后者，所以称“适应潮流”。现代人的思维、举止、言谈都在发生深刻变化。语言是思想的外壳，是表达这种变化的第一手段，必然会发生相应的变化。我们要融入现代社会，不仅在行动上，还要落实在口头上。口头者，语言也，要适应并适当运用时代语言。我记得，我们年轻时所用的语言和对事物的表达方式同我们的父辈不完全一致，但历史最终选择了我们。同样，我们现在只能去适应新一代人的思维方式和表达方式了。适应了，就有新鲜感，就有活力感，就有时代感。我们的时代语言包括网络语言和手机语言等流行语言，这些语言正在有选择地从通俗走向规范。最具权威的《现代汉语大词典》不断增加这方面的词条就是明证，我们的主流媒体也因此变得日益大众化。学点流行语言（当然不可能是也不应该是全部）是必须的。为什么？

因为它可以联想许多新鲜事情，从它的内涵到外延。不少流行语言现已成社会交际中的润滑剂。在某些场合，同某些言简意赅的古文表达方式具有同等的语言价值，同样有美感，同样有一语知天下的时代效果，而且更生活化、更幽默化，甚至更容易化解人们的紧张情绪，让人们以一种轻松的心态、轻松的表达方式去对待身边发生的并不轻松的事情。同成语一样，一些流行语言也有出处、有典故。流行歌曲也一样，它的歌词许多是大白话，但却常含有通俗的警句，有生活的影子，所以常常被社会各阶层，包括文人雅士们所引用。在这一点上，我们应该向年轻人学习。我在国外传播中国文化时曾创造了一个外文词叫“前年轻人”，以避“老”之将至之嫌，听者说我有创意，为我鼓掌。海明威说，不重复别人，也无法让后人重复的写作才是创作。我想，这也算是我的一个小小的创作，也是一种适度的赶潮流。

（2011 年 4 月于海淀区羊坊店路 3 号大院）

老年不必追求完美

老人们见面时几乎都要发出一句“怎么样？”的问话。说是问话，其实是一种问候。得到的多数问答是：“还行。”而我，几乎都这样应和道：“还行就行。”

“还行”和“还行就行”，无喜无忧，无波无澜，都是表达个人状况不甚完美但也并无大碍的意思。对于老年人，这种表达同时也表明其心态稳定。

完美，当我们还不曾年老时，我们曾多少次这样追求过，有时也竟能如愿以偿，有时则不然，有时则不尽然，但许多情况下都不能如愿。我们由此曾经历过记不清是多少回“成长的烦恼”。现在的年轻人称这种追求为高大上，而完全如愿者同样是凤毛麟角！

老年人口中的“还行”和“还行就行”，其潜台词首先是指健康状况。悠悠万事，唯此为大，故而见面时言必问健康，言必谈健康。健康是老年人最大的个人财富，也是家庭的财富。健康不是说没有毛病。没有大的毛病就是“还行”；有了大的毛病，在可治可控范围内也算“还行”。如果今年比去年总体感觉还好，那是幸运。我们都希望有这种幸运。如果比多年前还好，呈现“逆成长”状态，那就是洪福了。不过这种洪福对于大多数老人来说，则是一种奢侈，是百人不遇。说某老人越活越年轻，那是诗人的浪漫思维。理性的老人大可不必去相信。过多的奢望会带来过多的失望。

一些有条件的老年人愿意“发挥余热”。所谓余热，即做点力所能及的事情。做了，做得好，自我充实一下。做得不好，或不太完美，也不必求全自责。重要的是，在这方面莫拿余热赌明天。老年人的余热可以释放一些，以保持一份自信或有利于社会，但不宜释放殆尽，释放殆尽了怎么维持余生？余热若能转化为一点光彩，心中就应感到灿烂。不求像太阳那样照耀大地，但求心灵常有几分阳光。一份成功，就是一束阳光。愿意发挥余热者真正要践行有所为有所不为的设计，首先是要正确评估自己，可不可以做些事情。如今的社会重功利，讲回报，而我们老年人做事是否索取回报，是否有必要索取回报，或者说是否能有回报，不必强行追求，完全顺其自然。有，满足；没有，也不纠结，更不应去主动索取。最理想的回报是社会效益和经济效益两者完美结合，但实际上往往不能两全其美，不能两全其美即不完美。对此，老年人应该乐于接受前者而欣然淡化后者。这也是一种“还行就行”的心态。

万事如意总难成，做人做事都会有遗憾和不足。大人物、小人物、杰出的人物，还有我们这些平常的人物，皆如此。我们走过了漫长的人生道路，我们没有成为完美的人；我们做过很多的事情，这些事情不少完成得并不完美，多少留有遗憾或者不足。我们不必为自己做人的不完美而悔恨，我们也不必为我们所做的事情留下过遗憾和不足而苛求自己，因为我们厚重的人生让我们有了这样的妙悟：不完美是做人做事的常规。老年人尤其应以积小满为福，积小满为乐。

（2016 年 5 月于北京丰台大瓦窑北路假日风景小区）

老人有点儿孤芳自赏很好

总说孤芳自赏不好，是清高、是孤傲，其实不能一概而论。一般地讲，这种心态是不好的，但对退休的人来说，有时这种心态也可以转化为积极的因素。

说一般讲不好，是说人即使有本事，也不能过于清高和孤傲，因为任何一个人都是社会的人，你的一切行为举止都在社会的框架内运行。你是花，你希望得到别人的欣赏，别人也一定会欣赏。别人欣赏你时，你得到了心理上的满足。这是一种相互扶持。俗话说，荷花虽好，要绿叶相扶。相反，你总认为自己是花，别人欣赏你，你却无视别人的光彩，要离开万花丛中去追求一枝独秀，就有可能经不起风吹雨打。木秀于林，风必摧之，花何尝不是如此！独自作秀者很可能演变为独自凋零。作为人，因为你太孤傲，即使像是一朵美丽的鲜花，人家也会离你而去，因为你不愿意合群。不合群者必自毙，受损者最终还是孤傲者自己。

说人要有点孤芳自赏，是因为在有些情况下，来点孤芳自赏真的可以改变人的负面心态。这种孤芳自赏既不影响社会，更不伤及他人。例如，一个人有时有了成就不被了解，或不被理解，或没有机会展示或展示了反而为自己带来烦恼。面对如此窘境，你应清醒估价自己，不能盲目否定自己，不能灰心失意，更不能抑郁。不能以别人一时的或片面的认知度来估价自己，不妨孤芳自赏一段时期。此时的孤芳自赏至少还会让自己保持应有的自信。别人不赏我自赏。既然相信自己的成就是一朵花，就会像人们所说的那样，是金子一定会闪光，你这朵花一定会遇到“人间四月天”，会释放出内在的妩媚。

还有一种情况，就更有理由孤芳自赏，且不留空间，那就是洁身自好、不和浑浊环境同流合污者。“世浑浊而莫余知兮，吾方高驰而不顾”“民生各有所乐兮，余独好修以为常”，这是伟大的爱国诗人屈原的千古情怀，也是千古颂唱、千古芬芳！它与当今某些不顾他人感受，逢场就自我作秀实则十分肤浅甚至十分龌龊的公众人物们的孤芳自赏有天壤之别。

人首先要经营自己。经营好自己，才能把一个自认为美好的自我奉献给社会，才能自如地融入社会，为社会的发展做出积极的贡献。如何经营自己，如何经营好自己，其评判标准，首先是要由自己制定的。知己者，莫过于己。一个人打算把自己推向社会之前，一般都认为有了不错的自我。这个不错的自我心态在未融入社会或未得到社会承认之前就是孤芳自赏。人将自己排斥在欣赏目标之外岂不荒唐！我们从家里出去见世面、见别人之前，都要照照镜子，梳理梳理头发，整理整理衣冠，很是自我欣赏一番，直到自我感觉良好。谁能说这不是孤芳自赏，谁能说这种孤芳自赏不好？写文章也是这样，总是反复推敲。一位思想家说过，把未成熟的文章送出去发表，是一种过错。对文章首先要自我感觉满意，甚至包括标点符号。写好一首诗，先要自我欣赏一下，甚至高声朗诵一番。这都是诗文发表的前期操作，那不就是孤芳自赏？显而易见，在一定条件下、在一定阶段，孤芳自赏不但是无可非议的，而且是必要的。

退休者渐渐淡出主流社会，鲜花不再为我们奉献，掌声不再为我们响起。为此，退休人要把自己所做的事情定位好。不少退休者情绪高昂、进取好学，学绘画的，学唱歌的，学跳舞的，学健身操的，学弹器乐的，写文章的，朗诵的，一派丰富多彩的退休人生。退休人做的这一切和在职时做的目的不同，前者主要是为了参加社会竞争。他们做了还要去展示，去打个人的知名度，搞个什么大奖，搞个头衔，搞个晋升的资本，这些都是他们的事业所必须的。而退休人学习这些东西，着眼点是为了续度人生，度好人生。对于大多数人来说，即使自我感觉还是花，也“无意苦争春”。即使认为自己很俏，也采取“俏也不争春”的生活态度，此时的“俏也不争春”是一种积极的生活态度。俏不争春，华丽转身向自己，好好自赏。人的一生总有些得意之作，有过被人称赞的地方，有过非常成功的地方，甚至有非凡的地方，都值得自赏。自赏就是不向别人也没有必要向别人炫耀这些东西，“不需要你认识我，不渴望你知道我”。独自回味过去的成功，何尝又不是一种孤芳自赏，何尝又不是一种惬意的人生情怀！常说老人有孤独感，失落感。来点孤芳自赏，即使孤独，也不会有孤独感；即使失落，也不会有失落感，因为他们的心中总有充实的一面，有充实就会有阳光，有阳光就会有快乐。我们曾经历过不少荒诞岁月，让我们不断地否定自己。颂英雄，我们总是说望尘莫及；谈模范，我们总是说自叹不如。这个思维放在今天，放在今天的年轻人中，就令人匪夷所思。我们不应该过分自以为是，也不应该过分自以为非。我们应该还原自己，像年轻人经常宣示的那样，做一个真实的自我，同时也要学会欣赏一个真实的自我。退休了，二月红花虽已不再，秋日霜叶依然可以出彩。青山依旧在，几度夕阳红。夕阳是美的，我们也都有美，我们要把自身拥有的美融入这美丽的霞光之中，美美与共，让我们的老年生活过得灿烂一些。政治人物、古巴革命领袖卡斯特罗和罗马教皇本笃十六世于 2012 年 3 月 28 日在哈瓦那会见时都为自己的高龄而自美得不行，当时他们分别为 84 岁和 85 岁。先分享，后自赏，那才叫笑对人生呢，不好吗？

（2012 年 3 月于北京海淀区羊坊店路 3 号大院）

给寂寞充值

新冠肺炎疫情暴发以来，人类主要的经济活动和社会活动的全球化大浪潮顿失滔滔。人们不得不经历着一段居家隔离和保持社交距离的至暗时刻，疫情在世界范围内的这种大流行给人们带来了前所未有的大寂寞。

一些人承受不了这种大寂寞，外向的西方人更是如此。有人大呼“精神崩溃”，有人从无奈的大寂寞中爆发出罕见的超常行为，一部分本来就处于寂寞状态的老年人更加寂寞，大寂寞成了人们心理上的大挑战。

理性的人们是不应该被这种大寂寞所困扰的。我们应该给寂寞充值，而不是无所作为地消耗之。寂寞会给我们带来许多有思考价值的空间，让充实与寂寞为伴是理性人们的理性选择。

人生的境遇是多样的，有时是难以预测的。寂寞是人生道路上的一个驿站和积淀，这种积淀意味着汇聚众多的人生内涵，是一次全面透析人生和安排人生甚至重新安排人生的坐标。自然界也常常呈现出寂寞，而这种寂寞又往往孕育着更加旺盛的生机，如沉睡的冬日，看上去一片沉寂，但内在能量的周期调整和涌动一刻也没有停止，向着春天、向着希望、向着深远。寂寞中深藏着天人相通、天人相融的至简大道。人，不可以将寂寞一味定格在消极层面上。

寂寞是人生的素雅。纵看我们老年人走过来的生命航程，曾放飞过鸿鹄之志、曾经历过波澜壮阔、曾体验过激情澎湃，但这些都不是人生的常态。

人生的常态是动与静的不断互换，以求得生命要素的平衡与再平衡。动之极致转为静，静之极致则转为动。寂寞是静的形态。巴尔扎克说，应该“把生活中寂寞的时光变成莫大的享受时刻”。当我们拥有寂寞时，一种浮华过后的淡然境界会在我们的心灵中微微荡漾，像鲁迅所写的《好的故事》中的小景，美丽、优雅、有趣，以至于延伸无穷。在夕阳西下的黄昏里，在万籁寂静的夜色中，在晨曦初照的黎明时刻，我们守候着没有人来干扰，没有人来呼唤使命的超然人生。寂寞让我们徜徉在记忆的长河中，看往事泛起层层涟漪。这涟漪是淡淡的、自然的、流畅的、本色的，每每透视出一种原始的朦胧和滋润生命的软动力。寂寞中弥漫着的这种思绪有时会带着我们走上乡间的小路，看路边的小花，看河塘中的水鸭，看太阳从地平线上升起的绚丽，看蓝天白云下的袅袅炊烟，看山泉形成的小溪流水。许多的事，许多的人，许多真爱，许多深情，从远方飘来，从昨天飘来，从梦幻般的虹中飘来。没有浮躁，没有人为刻意的加工，没有跌宕起伏，没有惊世骇俗。寂寞让人世间一切都平静下来。我们把那些在平静中感悟到的人和事挽留在心灵中并给以封闭式的自我欣赏。“并非想你才寂寞，因为寂寞才想你”。因为寂寞，我们才能走进这种平静的美好；因为寂寞，我们才有了这些美好回忆的温馨。温馨之中有时我们会产生意想不到的陶醉，甚至陶醉得忘了“今夕何夕”！

寂寞给人生以从容。当今的时代，人类正经历着有史以来无与伦比的巨变，其最大特征是物质呈现出极大丰富。与此同时，人们的物欲却仍未有穷期。人们仍在为此不停顿地、近似疯狂地沿着这条道路奔跑追逐。在这种被带节奏的狂奔中，不少人的信仰或缺失，或陷入虚无主义，或相互冲突。最好时浮躁亢奋，最坏时迷失走向。这种“最好”和“最坏”状态的共存常常让人们走不出困惑。我们在这种共存的状态里上下求索，剪不断，理还乱。我们很难得有一定时期、一定程度的寂寞，哪怕是不得已的寂寞，借以审视如此现实而又如此不确定的世界走向。寂寞即意味着我们在控制着我们前进的节奏。我们将我们走过的路、见过的人、做过的事进行从容的梳理。从容中，我们在审视适合自己的价值取向和生存空间。当寂寞和我们如此理性地同行时，我们就可能有了新的人生目标和一个新的人生起点。人生智慧的火花常在寂寞中闪烁，人生绝路逢生的拐点也常在寂寞中出现。

寂寞是一种内修，并以内修达到内秀。生命的跳动是一呼一吸，内外平衡。生命的美好和持续，不仅仅是有美好的外部世界支撑，还包括内心世界的修炼和妙悟。经历过且经得住寂寞的人一定是内心拥有丰富境界的人；内心拥有丰富境界的人一定是注重内修的人；注重内修的人一定会具备内秀的品质。哲学家在解释事物发展的过程时发现了否定之否定规律，说的是事物在否定其内部某些曾经被肯定了的但又被后来的实践所证明是肯定错了的或过了时的消极因素的过程，而每一个这样的过程的完成又有可能在新的基础上作如此性质的再否定，进而促进事物本身不断向更高层次或更加理性的方向飞跃。内修的过程就是按照上述事物发展的客观规律来塑造人们的主观世界。“吾日三省吾身”就是这个自我内修的过程。这种内修的过程是人生内心世界中一道道曼妙的风景，是人的素质和品味不断走向完美但永远不会走到终极完美的心路。通过这种否定之否定的心理活动，我们就可以实现对人类各种优秀品质的理解、吸取、优化、融化，进而形成符合实际的用来指导自己的人生准则。鲁迅说：“当我沉默时，我感到充实”。充实的内涵就是内心默默修炼的反思状态。古人曰，居不幽者志不广，即人静不下来，没有一定程度的寂寞状态所进行的这种深思熟虑的修炼，便谈不上志向的深远。宁静方能致远，致远才能充实。

古来圣贤皆寂寞。圣贤指某些领域内具有巨大影响力的智慧者，即今天我们所说的知识分子当中的大家或权威。寂寞既然能给人以静思，给人以从容，给人以修养，坚守寂寞并给寂寞充值也就一定能成就人生。有成就的尤其是有大成就的智慧者几乎都离不开这一成功的轨迹，尤其是为人类做出杰出贡献的科学家们。他们从来不拒绝寂寞，他们总是坚信“在那崎岖的小路上不畏艰险奋勇攀登的人，才有希望达到光辉的顶点”这一真理。在创造伟大成就的过程中，创造者们总是在经历着常人难以想象的，有时是近乎不食人间烟火的寂寞，例如中国的大科学家陈景润等。寂寞是十月怀胎，成功是一朝分娩。人们在看到一个呱呱坠地的婴儿成功地来到人世间时，总是在祝贺和欢呼。其实，每一个婴儿用其声音第一次向人世间宣告自己的生命信息之前，其生命早就在母腹中默默地孕育着、演变着，直至条件成熟时才脱胎而出。成功人士的每一项成就无不都是如此包含着前期的寂寞，这种寂寞乃至长期寂寞后的成功或巨大成功与那种嘴尖皮厚腹中空的沽名钓誉者不可同日而语。前者为常留人世间的圣贤；后者只不过是随风而逝的飘荡物而已。

（2020 年 5 月于北京语言大学家属院）

我观现代疲劳症

有一种审美疲劳的说法，原本来自美学概念，近几年来被国人引申到恋人之间乃至夫妻之间，指时间久了双方渐渐失去了审视和欣赏对方的兴趣，其结果是当初拥有的美感随之慢慢消退，直至懒得欣赏对方。

我们这一代老年人对如此审美心路很难认同，但这种演变过程却让我产生一系列联想。我也来个再引申，将其套用到各种现代疲劳症上去。

就说审美疲劳本身吧。抛开夫妻或恋人这层意义，广而言之，爱美之心其实人皆有之。但何为美，如何让爱美之人真正享受美，一些创造美的人似乎不大考虑。他们热衷于追求轰动效应的美和长留人世间的美，并不顾及要享受美的人如何去承载他们创造的美。艺术舞台上，这些美的创造者恨不得把天下最美的东西、最美的元素、最美的人都汇集在一起，而不给欣赏美的人在思想上、心灵上有任何自我想象的空间。他们把美推向极致、推向顶峰、推向天衣无缝，甚至变成与内容并不相干的固化模式。舞台动辄豪华阵容，天上人间，大气磅礴，让观众飘飘然乘风在无确定的空间上下求索，不知己之所在、己之所视、己之所闻、己之所往。服饰上追求超级豪华、超级奢侈、超级色彩。音响和灯光更是追求无与伦比，刻意制造出某种超自然、无时代感的境界。歌唱演员被现代手段调试到极致的声光所笼罩、被鲜艳夺目的配舞角色所淹没，演员的真实面目及其声音无法辨认，一切都变成梦想或梦幻式舞台。

多年来的春晚重复着这些极致的美，其结果是让人越来越感到厌倦，观众大不如当初。这就是审美疲劳！

艺术追求完善天经地义。在某些重大题材的表现中，追求大美完美的艺术形式无疑会给人们以震撼型的享受。但此类大美完美不能滥用，因为世界上没有那么多大美完美。最美的艺术都源于生活，而当下一些过度依赖科技介入的所谓艺术之美完全扭曲了艺术的本源。过度超现实超自然的艺术，不管形式上多么完美、大美，其效果必然会给人们带来恍惚的疲劳之感！离开内容的形式美不是完美，也不是大美，是给人带来负重感的形式主义。

艺术上去审美疲劳的办法是尊重生活。几年前夏天的一个晚上，我在中山公园音乐堂听了一场音乐会，演出来自西方某个国家的一地方民间团体。没有舞台场景、没有乐队、没有麦克、没有闪烁的灯光、没有主持人的煽情。情节中没有太多的波澜、没有让人过于刺激的跌宕、没有让人坐立不安的惊心动魄，一切都很本色、很自然、很流畅。本色中散发出典雅，自然中显示出宁静，流畅中给人以体会和从容欣赏的空间，仿佛在净化自己，也仿佛在净化环境，很放松、很人性。演出的人没有显示出做作的表演欲，没有任何刻意索要观众掌声的表情、动作或者暗示。他们都很专注地看着乐谱，真诚、投入。没有假唱，他们所发出的每一个真实的音符都能触击到听众的心灵。他们的服装既不艳丽，也不流俗，一切都那样的平常和亲切，我们欣赏到了真美、真情、真的世界。我们享受到了世界的原始美，久违了的美，老少咸宜、雅俗共赏的美。比起这几年舞台上的过度渲染，我真感到那场演出是从天上来到人间，我至今仍然深深地留恋着那股清新的艺术台风。

审美疲劳是一种物极必反现象，诸如此类的极致疲劳症已经是现代社会的通病。

物质是人们生存的第一需要，物质消费和其相适应的精神享受是人们正常的追求。但物质条件拥有到极致往往失去对其追求和享受的初衷。一位网民说，她几乎拥有一切“高等华人”拥有的物质条件和社会优越条件，高级车子、高档房子、足够的票子、令人羡慕的职业、所谓“上流社会”的朋友，完全是一副现代版的“五子登科”，但她却说没有“郭MM”所炫耀的那种幸福感，因为物质和精神生活到达如此地步使她完全失去了生活的动力。失去了动力，就失去了对生活的情趣。对生活没有情趣的人，对周围的事物就乏味、就疲倦。美味的享受总是在饥饿之后。她已不知道昨天、今天和明天是什么概念，茫茫然。如此境界，何享受之有？此曰享受疲劳症。

可悲的是，现代社会无视这样的逆反心态。人们一味追求无限膨胀的物质欲，一味追求所谓的精神殿堂，一味追求人生的精彩，一味追求超人的卓越。有了的还要更有，多了的还要更多。比最多的还要多，比最好的还要好，比最快的还要快。此曰追求疲劳症。

满怀如此欲望和追求，众多的人们不知道有所为和有所不为，有所得和有所失。总是在追求有“为”，直到疲劳得不可“为”、不可“得”时才考虑有所“不为”。在一种无止境的追逐中，各种身份的人都感到很疲劳，都抱怨很疲劳。开始我以为就中国人这么想、这么说、这么感受，因为中国改革开放这几十年来发展太快，人们活动的节奏和行为方式如浪卷潮涌。但细看、细想，其实不仅仅是中国人。快节奏是时代特色，全世界的人似乎都穿上了“红舞鞋”，包括中国的部分老人群体，也活在飘飘然之中。心不在地球，脚不踏实地。世界之大，已经很难看到有一块清闲的绿洲了。这是索取疲劳症。

物欲如此横流，享受如此无度，利用如此没有节制，竞争如此没有尽头。在中国，在世界许多国家，人来到世间从生命第一刻起就投入竞争，投入了所谓的智力开发。无数儿童为此失去了童年的快乐，无数家长为其子女将来不至于落伍而忙得不亦乐乎，无数的后知后觉者发出“人生衰老得太早，聪明得太迟”的令人苍凉的感叹。自然界受到空前伤害，人们的心灵经历着从未有过的紧张。此曰开发疲劳症。

老子说，五色令人目盲，五音令人耳聋，五味令人口爽（古文口爽指有口病，失去味觉）。驰骋畋猎，令人心发狂。难得之货，令人行妨。

像不像今天的世界？

我有时想，世界是否真的像一位政治家所说的那样，犯了方向性错误。

人类正经历着新一轮的财富积累。第一次财富积累发生在所谓新大陆被发现以后所开创的殖民时代，那是马克思定位的人类社会经历的“资本原始积累”时代。那一次资本积累为人类开创了一个资本主义世界、一个在当时是创造和积累了空前的物质财富的世界，但其范围还没有波及到全世界。现在经历的财富积累与那次不同，它是全球性的。人们追逐财富的浪潮汹涌澎湃，大有成倍加速整个地球转动之磅礴气势。

世界从东方到西方，都在大谈人类的价值观，其中一个核心问题是人在宇宙中的地位和作用，或者说，人与自然的关系。欧洲自启蒙运动以来，人的解放和对科学的追求一直成为社会的主流活动。在人和自然的矛盾中，人被认为是主体，自然是客体。客体要为主体服务，作为主体的人可以任意改造和征服作为客体的自然界。于是，后者成了被人类征服的牺牲品，它得不到尊重，人和自然界失去了本来的和谐。西方历史学专家汤因比早在20世纪后期就曾指出，西方这种价值观正在出现问题。他认为，科学技术的盲目发展如果到了失控程度，不但无助于人类精神境界的提高，很可能将人类推向灾难。这一见解到了今天已经不是什么耸人听闻的观点，倒是汤因比的另一见解颇为独特。他说，需要一种新的政治哲学把世界统一成为一个整体，而担当这一历史重任的不是欧美，也不是欧化国家，而是中国传统的“天人合一”的思想。他认为，中国的这一思想贯穿在儒释道三家学说中，包含着人类与自然和谐的合理主义精神。《周易》说：“夫人者，与天地合其德，与日月合其明，与四时合其序。”“天人合一”是中国传统文化的精髓。人类现在对自然界有限的非再生资源进行无限的索取，甚至近乎掠夺，近看是现代疲劳症，远看是对人类社会可持续发展的挑战。

当代中国人提出的“小康”观念应该被视为对人类的一大贡献。“小康”概念来源于儒家。儒家宣扬的最高理想是大同社会，说那个社会里是“天下为公”“老有所终，壮有所用，幼有所长，鳏、寡、孤、独、废疾者皆有所养”。“太平天国”的开创者们也曾设想过这样的理想社会，但此类理想至今无一成功。儒家又说，比“大同”较低级别的社会是“小康”。我们现在选择了“小康”，这是大智的选择。这不仅应该是我们所说的“科学发展观”，更应该成为我们的“科学享受观”。如果大家都把自己的追求和享受定位在“小康”上，人们就不会像今天这样疲惫不堪！

（2010 年 10 月于古巴首都蒙特哈瓦那酒店）

因为当过驻外记者

——为“11·8”中国记者节而作

给你一张过去的 CD
听听那时我们的爱情
有时会突然忘了
我还在爱着你
——摘自歌曲《因为爱情》

退休多年，往事渐行渐远，当驻外记者早已成为我过去的一张 CD。但正如歌曲《因为爱情》所说，有时我会突然忘了，我还在爱着你。

驻外记者是世界上最辛苦的人群之一。多年前一项国际调查证实，新闻记者的工作强度在各种社会职业中仅次于警察，驻外记者尤其如此，其艰辛程度既不能同其他类型的驻外人员相比，也不能同国内记者相比。驻外记者没有一些业外人士所想象的那样令人羡慕。他们虽身在国外，但不是外交官，无官方属性，有的甚至只拿普通护照，在所在国只能享有同其他普通出国人员的同等待遇。他们没有任何特权，唯一的权利就是全力工作。同国内记者相比，驻外记者没有上班下班的区别，没有专业分工的区别，没有节假日的放松和浪漫，多年前还没有家人陪伴，夫妻两地守望，子女各在一方。20 世纪末之前，中国驻外记者没有当地雇员，除向国内发中文稿外，大量不为国内读者所知的外文稿件也都要自己动手采编，后者让外国同行几乎接近目瞪口呆，因为世界上几乎所有的新闻记者都不会用非母语来编写新闻稿件。有的驻在国家我们只有一人支撑，工作只能兵分几路，拳打脚踢。我曾用如下16个字来汇报某年度的工作：黎明即起，诸事待理，独断专行，全靠自己。就诸事待理这层意义上讲，可戏称为每天的忙碌程度不亚于一个国家的总统或者政府首脑，甚至比他们更为忙碌。跑银行，订机票，交税款，打扫庭院，洗涮汽车，接待客人，处理麻烦事务，房产修缮，还有为了自身生存的油盐酱醋，提篮小买，做饭洗衣，有事必躬亲，而总统们是不干这些事的！

驻外记者是特殊的战士，他们从事的是一种多少次不得不去勇闯鬼门关的充满高度危险的职业。炮火连天的战争中，有各国的驻外记者在场；灾难肆虐的时候，有各国的驻外记者在场；某国某地区发生动乱的时候，有各国的驻外记者在场；恐怖活动猖獗的时候，有各国的驻外记者在场；达摩克利斯剑在头顶上悬挂的时候，有依然不愿意离开现场的各国驻外记者。无论多么危险，驻外记者这一职业里的人们仍然义无反顾，争先恐后地走上他们的职业岗位。他们像战士一样，迎着血与火前进，在生命安全不能完全得到保障、生活条件极为艰难的状况下进行实地采访。中国的驻外记者是这样，西方国家的驻外记者也是这样。美国一家大的保险公司不愿意为驻外记者承担人身保险，其原因不言而喻。说驻外记者是特殊的战士，是因为他们在深入战场或者其他复杂危险的环境时，不是去参与的，而是去采访的、是站在源头上向人们传递现场信息的。在采访过程中，一是要考虑保护自己，即要保证自己活着，二是要考虑迅速发稿。保证活着的目的正是为了发稿，发回稿件是他们神圣的使命。在20世纪末的科索沃战争中献身的新华社记者邵云环烈士生前曾留下一句话："在危险的环境中，记者'最担心的是稿子发不出去！'"。这是一句极为精致的职业语言。

驻外记者是阿根廷探戈的爱好者。不要将这种说法同浪漫和诗情画意连在一起，我说的是驻外记者要有五项全能的思维和技巧。我们许多中国人把阿根廷探戈当作是一种舞蹈艺术形式，其实，阿根廷探戈不仅仅是一种舞蹈，它还包括歌曲、音乐和说唱，是一种综合艺术。在探戈风靡的拉普拉塔河流域，多数人能够欣赏和参与的也正是探戈歌曲和探戈音乐，探戈舞蹈往往只是探戈歌曲或者探戈音乐的陪伴。探戈舞动作由三要素组成：拥抱、行走和造型。拥抱动作充满了艺术性、创造性和生命的活力；行走动作是八步舞步，包括交叉、踏步、旋转、蹬腿、跳跃和猫步等步法。在一套连贯而复杂的动作中，穿插果断的“停顿”，男女舞伴随即做出姿势优美、令人拍案叫绝的“造型”。探戈音乐节奏明快，独具特色，一般是四二拍或四三拍；探戈说唱形式是即兴的，有针对性，也有随意性。阿根廷探戈的这几种形式各成系统，只有能跳、能唱、能说、能听而且能将这几种形式融会贯通的人才算懂得阿根廷探戈。驻外记者的工作范畴和工作模式及与其相适应的思维同阿根廷探戈颇为相似，它也是分门别类的，每一门、每一类都有自己的要求，都有自己的技巧，都可以创造出“亮点”，犹如阿根廷探戈中的突然“停顿”和令人惊叹的“造型”一样，如此造成受众为之倾倒的效果。众多的新闻题材和体裁又要互相配合，组合成一个整体。一个合格的驻外记者必须是多面手，每一个领域都有可能涉足，有的时候必须涉足。如一项重大报道，既要写消息，又要写综述、新闻分析，还需要写通讯、特写、花絮之类，还要应对国内一些特殊用户的特殊要求。而很多时候，这些产品需要同一个记者或者极有限的几个人在短时间内组合完成。

驻外记者是很不安分和永不安分的人。这不是己所欲为，而是不得不为。世界需要和平，但又没有和平。人类需要和谐，但又危机不断。热点此起彼伏，而且像人生旅途一样，许多都没有彩排就突然发生。热点新闻能调动所有受众的知情欲。时世造英雄，热点出名记者。俄国革命出了约翰·里德，中国革命出了埃德加·斯诺，西班牙内战出了厄内斯特·海明威。这些重量级的国际知名记者无不同当时的热点新闻联系在一起。今天，国际上的热点和重大新闻出现的频率超过历史上的任何时代。“挥将日月长明笔，写就雷霆不朽文”。这一豪言壮语，在这样的时候最容易付诸实践，也最容易实现，即可以及时发出大量的动态消息，而且会有更多的机会妙手出奇招，将报道写得比通常情况下更加生动，更加别具一格，创造出精品。

驻外记者需要胸怀全局、放眼全球。“二战”时期的英国首相丘吉尔不相信常驻所在国人员提供的情报，其原因就是担心“不识庐山真面目，只缘身在此山中”的情况。常驻一个国家的外国记者如果总是在所在国这座“庐山”中转悠，不但思路打不开，还可能因为对所在国有所“偏爱”，而使报道出现偏颇。中国一位记者曾说过，别人看到的，你也看到，是普通记者；别人看到了，你还没有看到，是不称职的记者；别人没有看到的，你看到了，则是优秀记者。世界存而不同，但相互关联。一个国家发生的事情，不管大小，总是有内部因素和外部因素，尤其是信息化和全球化并存的今天，一些重大事件发生的外部因素有时甚至成为一种强大的影响力量。驻外记者如果只把目光放在事情的发生地或事情本身，那就会既看不到事情的表层，也看不到事情的本质。这就要求驻外记者跳出所在国的范畴，既从所在国角度看世界，又从世界高度和广度看所在国，并将这两者联系起来观察事物，创造出别人没看到而你看到了的新闻产品。所谓角度、所谓广度、所谓深度、所谓综合与分析，无不与这一指导思想有关。有了这一指导思想，根据这一指导思想写出来的新闻报道，就是立体的。所谓立体，即不但有所在国的微观，也有整个世界的宏观；不但有事物的现状，还可能有对事物走势的预见；不但有事物的表层，还可以揭示出事物的深层。

（2012 年 7 月 27 日于北京延庆区张山营镇晏家堡村一农家院）

简单是快乐之母

学无涯，学习快乐则是老年人的必修课。快乐来自简单的思维方式和处世态度。

时代潮流太汹涌澎湃了，它冲决了一切地域的界限，裹挟了人世间的一切层面，让所有的人顺从它。人们无奈地在“被”字化中生存，被全球化、被信息化、被浮躁化，甚至连几岁的娃娃也处在这种无奈的环境之中。这个“被”字几乎把人的自我“被”没了，把人生的主动“被”没了，有时甚至把人格也“被”没了。这股大潮的内涵如此厚重复杂，以至于现代人做人做得很累，做事也做得很累，看别人同样是看得很累。许多时候如雾里看花，人间寻他（她）千百度，却又不知他（她）在何处！人们要承受着难以解脱的思想迷惑和精神压力。

何以解压？唯有简单。简单是一种办法。我们寻找简单，犹如在这股大潮中截取一朵浪花。

崇尚简单的道理很简单，即古人所说的大道至简，意思是说大道理是极其简单的，简单到一两句话就可以说明白。人类的思维是一个从原始到现代、从简单到复杂的过程，但从单个的人讲，我们没有必要也不可能去重复这样的认识过程。在我们的实际生活中，我们只需要善于利用人类进步既成的成果。说得再简单一点儿，许多事情（当然不是一切），我们只需要知其然，不一定都要知其所以然。二者皆知的人为学者或大学问家，只知道后者的人为普通的人。这种普通的人，知其然的事情知道得多了，也可转化为智者。一句话、一个结论就完全可以作为生活的座右铭，因为我们绝大多数的人是唯实派，不是唯理派。唯理派将事物看得过于程式化、过于透彻、过于入微、过于复杂。多年前，一家电视台曾播放过一个节目，某位大学教授在黑板上随意画了一个圈，问在座的人这是什么。一些专家亮出了深沉，用自己的专业术语做出了专业性的回答。业外人士则一头雾水，感觉很晦涩。画圈的教授沉默不语。最后，一名幼童不加任何思索地说，那是一个圆圈，教授说，正确。就是一个圆圈！

这就叫简单！人何必事事浮想联翩，琢磨得那么久远，那么辽阔，那么深沉。上面的这个问题还有另外一个答案，也很简单，那就是干脆说“不知道”。“不知道”这个答案可能来自我们的老年人伙伴。心理学家们说，老人和孩童的心理在许多方面有近似之处，知之为知之，不知为不知，孩童和老人两者的共同点就是相信直观。

从网上看到这样一句话：人本是人，何必刻意做人。世本是世，何必精心处世。我一生做人做事都喜欢简单，所以我也非常喜欢上面这句简单的话。这句话的意思就是要本色做人，随缘做事。这个思维对于老年人来说最实际，也最容易、最应该做到。

生活中有多少人、多少事情，本来就那么简单。简单是事物的原生态，它无后天的加工，无人为的矫饰。一简单，就什么都轻松了，轻松是一种全方位的身心享受。一桌家常菜很简单，也不费太多的工夫，其味道不一定亚于一顿饕餮大餐，其营养价值也许更为科学，而且代价低廉。2012年盛夏，我在京西北一个村落居住，悠然于一块自给自足的自留地上，惬意得很。友人闻讯有兴趣到访。我表示要准备一下。友人说，不需要刻意招待，不需要任何客套，一碗玉米糊外加一个微笑也就够了。我如此做了，可谓君子之交淡如水，简单中享受到了真实的快乐。

一位当代国学大师曾说过，一个人活在世界上，必须处理好三个关系：第一，人与大自然的关系；第二，人与人的关系，包括家庭关系；第三，个人思想与感情矛盾与平衡的关系。这三个关系的处理，似乎很复杂。一些故弄玄虚的专家能创造理论，举出实例，为此写上多少本著作。而在我看来，处理这三个关系都用得上简单这一原则。第一个关系，顺其自然；第二个关系，真诚；第三个关系，淡化。顺其自然，就是不逆大自然规律而行。春去春来，花开花落，旭日东升，夕阳西下，皆为自然的正常运行，不必为其狂喜，不必为其感伤。大自然是心灵栖息的家园，只要心存我是自然之子的心态，一切都可以坦然；让太阳照耀自己的心灵，让月光化解内心的烦忧。真诚是把金钥匙。精诚所至，金石为开。在人际关系上，我历来信奉“宁可天下人负我，不可我负天下人”的中国人的处事哲学。家庭关系可简化为：戒啰嗦。人老了，爱啰嗦，啰嗦是处理同后辈关系的大忌。人类总是前进的，后浪推前浪。历史是这样，社会是这样，家庭也是这样。时代不一样，代沟客观存在。老人不要对子女过分干涉，干涉过分，会出麻烦。老人同子女之间要有互动。这就是家庭民主，即让德先生走进家庭。从“五四”新文化运动到现在，德先生来到中国 100 年了，难道还不应该走进我们的家庭吗！家庭民主，既解放了子女，也解放了老人自己，是不是很简单，是不是皆大欢喜的双赢！有人借别人的名言说了一句颇有创意的话：幸福的家庭都是因为拥有相似的简单，不幸的家庭都各有不同的复杂。处理第三个关系的淡化原则很合乎人生规律。人上了岁数，棱角渐渐磨去。内心的矛盾也趋于平缓，不要矫情，要放得下，实在放不下，让其随风而逝。现在时兴谈幸福的概念，或幸福指数，专家们又列出洋洋洒洒几条标准，但一些智慧的网民说得很简单：幸福就是家里没有病人，牢里没有犯人，外面没有仇人；幸福就是 365 天不生病；幸福就是一进家门老婆就迎上来，而且连做饭的围裙还没有摘下。

简单是大智慧，所谓大智若愚，所谓举重若轻，所谓提得起放得下，都是这样的道理。做人要简单是因为人的索取本来很少，我们老年伙伴索取的更少。简单是知足常乐，简单是放松，简单是恬淡寡欲，是一种没有思想累赘的生活方式，让我们都来做个简单的老人吧。

（2012 年 11 月于北京海淀区羊坊店路 3 号大院）

老人节里的“九”字

重阳节现在已被正式定为老人节。重阳节为农历九月初九，于是我想到了“九”字。

《易经》阐述天人合一、天人感应的宇宙观，将九列为“天地之至数”。《素问》中说，“天地之至数，始于一，终于九”“凡数指其极者，皆得称之为‘九’”。

九为数之极，至高、至上、至深、至远、至广、至大等事物往往用带九的词来表示，如九霄、九天、九州方圆、一言九鼎、九牛二虎之力等。九因而在中国数字文化中历来象征至尊。

《易经》还把“九”定为阳数，九月初九，两九相重，日月并阳，故而叫重阳，也叫重九。将重九法定为老人节，是把九的至尊和老人应该受到的尊敬融为一体。这是奇妙的创意。还有人说，九月是金秋季节，九九重阳，与“久久”同音，有长久长寿的含义。如此理解，对于老人来说，这个节日的设定无疑也是给自己送来一首《秋的恋歌》，让亿万老人有了“霜叶红于二月花”的幸运感和幸福感。

九也被认定是我们华夏文化的大符号，因为我们的华夏文化与上古时期太昊伏羲氏创制龙的图腾有着密切的关联。当时，华夏大地有九个大部落集团。太昊伏羲氏征服了所有部落后“立九相六佐，制九州”，第一次完成了统一华夏的大业，从此华夏大地称为九州。九开启了华夏文明的源头，抚育华夏儿女一路走来，直至今天。

最崇尚九的应为中国历代封建帝王。帝王们青睐九是因为《易经》卦象“九五至尊”的位置象征皇位。天安门城楼是九间，门有五座；故宫的建筑更是如此，保和殿和乾清宫等东西九间，南北五间；故宫内的台阶数都是九或九的倍数；门板上的门钉横竖都是九行；故宫房屋的总数为九千九百九十九间。天坛的建筑中也包含九的元素，圜丘坛共分三层，每层四面各有台阶九级，每层周围汉白玉石栏杆的数字均为九或九的倍数，即上层七十二根、中层一百零八根、下层一百八十根；各层铺设的扇面形石板也是九或九的倍数。北京城设九个门：前门、宣武门、阜成门、西直门、德胜门、安定门、东直门、朝阳门、崇文门。

九的这种至尊地位曾一度受到挑战，甚至几乎被短时期的流俗文化颠覆。20 世纪 80 年代后的一个时期，数字八在全国到处走红。这股风是从经济首先起步的南方开始的。当地人把方言八的谐音同标准音中的“发”强行联系起来，表达人们追求发达或个人“升官发财”的愿望。这股风后来吹遍全国大多数地区，越来越多的人们盲目受其裹挟，甚至到了痴迷的地步。一时间，人不分男女老少，地不分东西南北，都愿同八字结缘。八层楼、尾数带有八的手机号和车牌号的消费被商家们人为地大加炒作，就连文化底蕴很深的首都北京也不能脱俗。更为可笑的是，一些地方政府在选择工程项目的骨干数据和揭幕结业日期时也煞有介事地跟着起哄，偏要带上一个八字。这种曲解中国文化根基的炒作为祖国灿烂的传统文化染上了一层浓浓的铜臭味。其实，八字在华夏文化中有自己的位置。专家们考证，也正是伏羲画了八卦，八卦的八个符号是中国方块字的“祖先”，它与当今的人们头脑中幻觉出来的“发财”没有一丝一毫的关系。

同西方数字观念中对 13 的忌讳不同，中国数字文化中没有忌讳的个位数字。近年来，有人把四同“死”字捆绑在一起，也是人为炒作。生意兴隆通四海，四本来是发达发财的寓意。北方人原先是给四以“禧”的吉祥。其实，无论在中国的传统文化里，还是对于普通的中国人，中国的每一个数字都含有吉祥的意义，而每一个数字几乎都伴以相映成趣的典故。这些典故涵盖了中华文明的众多方面和众多层次。我们说九是中国传统文化观念上至尊也是最吉祥的数字，这本身就意味着不排斥其他数字同样具有吉祥意义这层意思，其中包括八字。2008 年，中国发生了一系列的灾难性事故，英国路透社借中国一些网民的调侃发表一篇报道说，八在不少中国人的心目中正在失去吉祥的意义。北方一些地方在选择居住楼层时还用七上八下这个词作为依据拒绝带有八字，这同样也十分牵强。八与那些灾难无关，与楼层的所谓风水更无关。

（2013 年 6 月于北京海淀区羊坊店路 3 号大院）

品味三味人生

北京西长安街民族宫对面的佟麟阁路北口有一家书店，叫三味书屋。这个名字让人一下子就联想到鲁迅一篇文章中提到的同名私塾，那是晚清时期绍兴府城内非常有名的书屋。但这个名字中的三味究竟指的是哪三味，一直不甚了了。上网查了一下，对此的解释有许多种，而且每种解释都引经据典，几乎都有很深的文化底蕴。但在所有的注文中，人们最终还是将绍兴那家书屋的塾师寿镜吾之孙寿宇的说法视为正宗和权威。

寿宇在自己的文章中说，他不止一次地从他祖父口中听到过对三味含义的解释。按寿宇祖父的说法，三味指的是“布衣暖，菜根香，诗书滋味长”。他还进一步解释说，布衣就是老百姓，布衣暖就是过普通老百姓的生活；菜根香就是满足于粗茶淡饭，不羡慕、不向往于山珍海味的享受；诗书滋味长则是指认真体会诗书的深奥内容，从而获得深长的滋味。

细细想来，此三味可谓地气充足，很具中华文明的农耕特色，给人以满满的自我存在感、踏实感。人在旅途，不论你怀有什么多彩的梦想，走得多远，飞得多高，留下了多少辉煌或遗憾，都离不开这三味的情结。它是人生追逐理想的第一道起跑线和终极归宿。无此三味，人生如无本之木，无源之水。

三味人生其所以值得品味还在于，不同的时代和不同的人生年龄段都具有不同的品味值。

根据寿宇的回忆，这三味的含义虽然由其祖父寿镜吾亲口传授，但拟定者和解释者当初则又是他的曾祖父寿韵樵。寿韵樵要其后代对这三味人生“认真体会，身体力行”。寿宇还说，他曾祖父不但要子孙后代身体力行这三味人生，还十分明确地要求子女不涉足官场。其玄机是让他们“逃遁”晚清的腐败政治，是对当时社会的一种消极反叛。寿韵樵还告诫其子女对外不要泄露这一天机。

到了20世纪50年代，新中国总理周恩来对这三味反其意而用之于当时的社会，巧妙地将这原为消极的反叛初衷化为积极的励志格言。1958年，他将这段文字中的“诗”字改成“读”字，成为“布衣暖，菜根香，读书滋味长”，并将其送给他那即将下基层进行劳动锻炼的侄子周荣庆。“天降大任于斯人也，必先苦其心志，劳其筋骨，饿其体肤，空乏其身，行拂乱其所为”。当时的中国百废待兴，年轻一代担负着前所未有的重建国家的历史使命。周恩来为此还同时引用清朝八旗子弟好逸恶劳、养尊处优，结果丢掉天下的教训，教导晚辈和当时的高级干部子弟不要靠关系和特权，而是要坚持从穿布衣吃菜根的磨练做起，靠艰苦奋斗，用自己的双手创造社会财富、创造未来。艰苦奋斗一词也因此成为当时一代青年的流行语和人生坐标。周恩来送给其侄子的这一励志格言同时也是对那一代青年人寄予的厚望。

我点击这三味人生，是想将其从上述的社会价值观转嫁到我们的养老生活中来。在今天浮躁情绪鼓荡的社会里，在所谓的“心灵鸡汤”满地流淌的大气候中，这独具特色的三味人生可以帮助我们老年人拨开某些社会迷雾，把握人生定力，不啻是为老年生活提供一种安度晚年的妙悟。

首先是对人之初的回味。我们许多人小时候曾有过原本意义上的穿布衣吃菜根的经历。有了这些最原始的生命要素，就有了原始的满足感。这些满足感与生俱来，就像有一就有二一样在生命的航程中演变。小的时候，穿一身新的布衣大褂就能让我们幼小的心灵跳动着灿烂的火花。后来，社会发展了，人也长大了，有了人造棉衣服。穿在身上，既有线条，又很潇洒，故称哆咪少（音乐简谱135的形象表达）。再后来有了的确良，有了晴纶和其他化纤布料，我们渐渐走出了原始的感觉。吃也是这样。当初北方人说吃一串糖葫芦就算过年，南方孩子得到大人们给的几颗带花生的糖果果，就乐得屁颠屁颠而忘了成长的烦恼。漫长的人生走到了老年，许多人一想到人之初那种吃穿虽很简单，但一旦拥有就像过年那样高兴，仍不免还在津津乐道。每当我们的追忆回到了那个当初，这种原始的满足感就越发清晰和强烈，犹如某种青春素重归生命并且发酵。回味小时候曾吃过的食品几乎成了老人们的奢望，哪怕已经不像当年那样贪婪。例如纳豆，如今被现代医学认定为心血管疾病的克星，而且成了价格不菲的国际性保健品。殊不知这种当初和菜根是同类项的食品，是我们小时候在农村享用的再也普通不过的佐餐了，过门媳妇不会做这种食物是会被婆家瞧不起的。想到这类人生之初的成长故事，从少年到白头，从感性到理性，这三味人生既不弃不离，又遥相成趣，常常唤起我们许多童年的心动，总觉得时光虽然流逝永不回，但往事依然值得回味。

其次是对幸福的感悟和品味。追求幸福是人的天性。有一种说法，幸福指数的密码在物质上不是拥有很多，而是索取很少。大道至简，穿布衣嚼菜根其核心寓意体现的正是这种简易人生，而读诗书则属于精神领域，是原始物质生活中的顺势升华。人生的过程无非是物质加精神。老年人践行这三味生活使得二者成为和谐体，就会品味出一种最为真实、最贴近心灵的幸福。

今天，物欲涌动和享乐至上正猛烈地冲击着人们的消费观。一部分老年人抵挡不住这些消费观的诱惑，也跟着疑似潇洒起来，甚至像某些特殊人群那样，在实际消费中刻意追求高大上而忽视前半生执着追求的原始的真善美，更有人美其名曰与时俱进。这是严重的误区。

明人郑成功说，养心莫若寡欲，至乐无如读书。老年人身体力行上述三味人生正与此相吻合。布衣菜根观体现的就是寡欲，是一种没有添加剂没有过度包装的真善美。现在流行着一句话：个人的物质欲越强烈，距离幸福感就越远。欲望太过是一种负面压力，老年人尤其承受不起。再说，我们也曾赴过山珍海味宴，我们也曾西装革履在人前。当我们已经穿越了这些激情燃烧的往日时光，淡出主流社会时，我们的欲望和生活方式自然也渐渐回归简单和寡欲。简单寡欲应该成为我们养生的主旋律。昨天我们见到一桌山珍海味，可能垂涎三尺；今天我们有了一桌粗茶淡饭，却是皆大欢喜。这不是倒退，这是“与年龄俱进”，与体能相宜。适应的才是最珍贵的，才是最有幸福感的。这是科学养生观和切身的幸福观。我国一位外交家说，退休后棒子面糊糊和咸菜疙瘩是他很喜欢的家常菜肴。他觉得很香。好一个咸菜疙瘩香！一老人之感受，千万老人之共鸣。物质上的高大上已经不属于我们老年人，我们在许多方面追求的是本色，也叫返璞归真。返璞归真会让老年人活得更加轻松自在。

诗书滋味长的关键词是滋味长。对于老年人来说，读书的取向点和方式在退休前后是不一样的。退休前是积累知识，修炼品行。更重要的是读书常常要同自己的实际工作紧密相连，急用先学，学以致用。如此读书有时真的谈不上有什么滋味，有时读得很苦很苦。但为了工作，没有滋味也得苦读。退休后，蓦然回首，“才知道该念的书没有念”。没有念的，不少恰恰就是当年有兴趣但无暇顾及的。退休后有时间用以补偿了。有时间就有自我，有自我就有选择。退休人读书的选择多半是以兴趣为导向，是一种非“任务型阅读”心态。“关门即是深山，读书随处净土”。如同菜根香的香味是细细咀嚼出来的一样，退休人的读书节奏应该是同生命的节奏同步。诗书慢慢品，方得滋味长。读书滋味长是一种修身养性的心境和享受。“自静其心延寿命，无求于物长精神”。茶暖身，书暖心。一杯清茶一本书，徜徉书海乐悠悠。快餐式的阅读是读不出滋味来的。快餐式阅读不是品味，只是浏览。浏览产生的感觉往往是一过性的感觉。

岁月静好，三味养老。老子曰：“五色令人目盲，五音令人耳聋，五味令人口爽。驰骋畋猎，令人心发狂；难得之货，令人行妨；是以圣人为腹不为目”。口爽古文指口败，或曰口病；为腹是指求饱腹，包括物质上的需要和精神上的内修；为目是指目光追逐的浮华，也可理解为对外物的占有欲。“为腹不为目”和老子的“处其实不居其华”同义。这段话的完整意思是，色彩缤纷使人眼花缭乱；声音庞杂使人听觉失灵；食品丰盛使人食不知味；纵情狩猎使人心情放荡发狂；稀有物品使人行为失常。圣人因此注重腹中充实而不过度追逐声色之娱。“为目”不是完全不可取，只是要和“为腹”保持均衡和互动，适度就行。老子为圣人提出了“为”与“不为”的界定。我们不是圣人，但我们有丰富的人生经纬，我们可以体会到这种意境，而三味人生是可以让我们老年朋友走进这样的意境的。走的路就在身旁，就在脚下。

（2019 年春节期间于北京语言大学家属院）

莫让被尊平添愁

公交车停稳时，由于坐得久了，猛起来时腿脚不利落。这一细节被站在我身边的两个姑娘敏锐地觉察到了，她们几乎同时伸手前来将我搀扶到车门口。我本能地连声说“谢谢”，但心中在想，其实，下车的动作我还是完全可以独自完成的。我所以感谢她们并接受她们的帮助，一是出于礼貌，二是她们确实减轻了我体能的付出，三是她们这一举动让我感觉到了我们这个社会并不是像许多人所渲染的那样，说什么人间温情一点也不剩了。那两个姑娘像是00前后的年龄。这也让我相信，社会不管怎么变化，光明面还是主要的，年轻人总是可爱的。我为今天的社会依然存在着真善美而高兴。而另一方面，对于我自身，生平在公交车上第一次受到别人的主动搀扶则又让我平添了几分年老的愁绪。

我的这种双重感受最早源于十几年前退休前后。那是第一次在公交车上受到“赐座”待遇。“大爷，您坐”，一名男青年从他的座位上站起来和蔼地对我说，他的神态至今还清晰地定格在我的脑海里。那个第一次被我礼貌地谢绝了，因为我那时还不愿在公交车上给人以一种已经年老到了不能“自立”的印象。觉得享受那种待遇为时过早，受之有愧。这可能是受到一种同国际接轨思维的直接影响。在一些国家的公交车上，被让座者认为那是让座者对自己的歧视，一定会表现出不悦。

还有一次，我提一件行李包下公交车后，有一个女孩子主动上来表示要帮我的忙，我也是本能地谢绝。像第一次被赐座一样，从内心深处产生一种被人瞧不起的失望。那女孩子见我犹豫，忙解释说：“大爷，我不是坏人。”显然她误解了我。一方面是出于消除她对我的误解，同时也是被她所表现出来的软实力击中，我最后成全了她这种做善举的意愿。到了目的地时，女孩子礼貌地把行李又递还给我。其实，那个行李包并不沉重。我的被尊重，其理由同样是，在别人的眼里我老了。心里真的不大舒服。

走向年老是正常的人生规律，没有什么可以忧伤的。老之愁绪莫过于不能自立。不能自立或者被人看成是不能自立才会给人以隐隐的忧伤。被尊重，仅仅是因为年老，真是像一首歌唱的那样，让我欢喜让我忧。

称谓的变化更为典型。称谓，即别人怎么呼唤你。退休已经10多年了，我听到的呼唤比这个数字还要多。这些呼唤的多样化，几乎无一例外地出自尊重。老爷子、老师傅、老先生、老人家、老前辈、老大爷、老爷爷等等，万变不离呼我“老”。所有这些我都欣然接受并痛快地回应，因为它们都符合实际。谁料这些我逐渐适应了的呼唤近几年来渐行渐远。周围越来越多的年轻人把“老”字挪到我的姓后面呼唤我，连改口费也不索取，而且在我谢绝这样的称呼后他们依然执意不改口。我感到很别扭。他们简单了，只用了两个字，而且满足了他们对我尊重的心理，而我平生经历的这又一个第一次而且是更难以接受的第一次却让我深深地感到，我在老的级别上又不可逆转地上了一个新台阶。

还有一种疑似被尊重的称谓。在特定场合下，一些浸透了官本位和等级意识的陌生人，见你岁数大了，不问青红皂白，一上来就胡乱地给你扣上一些莫须有的官衔，其中最让我哭笑不得的是在某些军事场合我竟然获得了“老将军”的称呼。还有一次在广州，一个偶然的机会，我应邀临时闯进了一场事先没有任何思想准备的世界语研讨会。会议期间，我发现这种语言的某些词和我熟知的西班牙语十分接近，当场就和一些与会者十分随意地口头交流了一下。谁知不久后，我忽然看到网络上介绍我的文字中出现了这样的内容，说我“还是比较有教学和实践经验的老一辈世界语者。为世界语在中国的发展也作出了一定的贡献”。我十分吃惊：怎么会有这样的事情发生！老一辈是事实。听了几句话，怎么就给我这个老一辈那么拔高的定位？谁能说清楚是我凭空自吹还是别人强加！此事至今我仍惴惴不安！我这一辈子只干一件事，就是搞文字的排列组合，并将其视为乐趣和晚年健身的一种寄托。这本来是十分单一和清爽的生平，到老却“享受”着众多史无前例的、毫无实际意义的“被拥有”。开始我总是对这些善意的头衔制造者们说“NO”，后来也不说，不解释了。这种情况，你说是让人欢喜还是让人难堪！

这种由被尊重引起的双重心态，其实在我们老年人群中不少见。不少拥有这类社会待遇的老年朋友也怀有同样的感受，同样的无奈。也更有一位我认识的也是我十分尊敬的很有学术成就的老兄，听了别人送给他的某些尊称如老爷子或某老等后，反过来将人家教训了一通，说人家没有礼貌。我猜此兄也是受了同国际接轨思维的影响，心灵深处不服老，或者说，是不愿意别人视他为老，故而不习惯接受别人尊称他为老。年轻人似乎不大理解，尊重老人为什么有时会给某些老人以“一则以喜，一则以惧”的感受？知我者谓我心忧，不知我者谓我何惧。老人何惧？惧被称老也。老字成了一个敏感词。好在我们这一类人还有一个长处，有时钻点牛角尖，但同时也善于依靠自己的智慧及时从牛角尖中钻出来。一旦钻出牛角尖，我们就会清醒地意识到，对人生路上经历的这种一个又一个的第一次应正确分析，要平衡好正反两个方面的心理效应。殊不知，人家尊重你，其初心是充满善意的，展示的是一种美好的文化修养。对于自己产生的负面心态，应该由自己主动化解。办法是留住欢喜删除愁绪！宋代文学家范仲淹说，面对世界，他“不以物喜，不以己悲”。物者，身外之事也。身外之事就是社会大环境社会风气吧。今天，尊老的风气随着我国传统文化的弘扬也日渐其效。范氏的不以物喜是超然物外的生活态度，这恐怕不妥，过于消极漠然了。尊老的风气好了，为什么不以此为喜呢。不以己悲倒是有几分道理。年老受到尊重，反而引起己悲，看来是偏离了正常思维，自寻不快了。

自寻不快不可取，还是自得其乐吧。最近我被拉到一个唱外语歌曲的合唱团。团长在问过我的年龄之后，第一句话就说我是“中年人”。哈哈，一下子就把我从年老的台阶上又给拉回来了，也把我乐坏了，因为这个队伍中有不少 80 岁以上的人，还有 90 岁以上的。我说："中年不妥，把我列为中年后这个档次吧。"的确，当你听到这些比我还要老的老人们唱出那美妙动听的歌声时，所有的牛角尖都不想去钻了。有一首歌说，人少一些烦恼，洒脱一些过得好。"你是我的阳光。当我的天空灰暗时，你会让我快乐"，因年老受到尊重是射进老年人心灵上的一束美好的阳光。我们应快乐地享受这份阳光，不要在灰暗中平添忧愁。

（2018 年 3 月于北京语言大学家属院）

不赞成难得糊涂论

难得糊涂？听得太多了，在中国知识界几乎成了不需要证明的公理。可近来我忽然质疑起来，感觉如今有些事倒是应该难得不糊涂。说得再严重点，不少事情应该是不得糊涂！

从微信说起吧。

现代人几乎每时每刻都被不断井喷的信息所裹挟。微信作为最广泛的信息传播手段所向披靡。我们不少老年人也乐此不疲，竟然也成了这一时髦的弄潮儿。我爱玩微信，还曾在一首小诗中推崇道：微信“让我走上了时代的快车道。有了你，我年老的生活中平添了几分年少”。

但这种“平添年少”的情趣不是随意玩的。鲁迅写过《人生识字糊涂始》的杂文。如今，识字人面临的信息状况可借用鲁迅说的话表达：各种文字“非常驳杂，脑子给古今各种马队践踏了一通之后，弄得乱七八糟”。

传统常识或被颠覆，或被推向极端。牛奶忽然成了致癌食品；晚上吃姜其害胜过砒霜；本来可以互补的两个事物被说成是对抗的，最典型的莫过于把中医说成是伪科学或者把西医的某些介入治疗说成是在体内埋下定时炸弹；老年人关注的健康长寿的灵丹妙药神乎其神而又互相对撞，让人雾里看花；那些随时冒出来的各类谣言和辟谣声明或半是事实半是炒作的文字简直更是“漫天风雨漫天愁”。信息如此之混乱，以至于谣言和辟谣二者之间处于恶性的循环之中。

耸人听闻，刺激人们的兴趣，让人们在相信和怀疑或半信半疑的信息环境中来回不停顿地奔跑。常听人问，这件事或那件事“是真的吗？”“不知道。”人们糊涂着发问，糊涂着回答。

红楼梦说：假作真时真亦假，真作假时假亦真。真假不辨，或不愿分辨，就只能在这种“驳杂”的信息环境中上下求索，糊涂地跟着跑，糊涂地跟着信，糊涂地跟着转发，不是“累，并快乐着”，而是“累，并郁闷着”了。糊涂，何难得之有？

微信是双刃剑，让人聪明让人糊涂。聪明过头被聪明所误，糊涂不醒则被糊涂所误。就是在这种时代的快车道上，许多情况下疑似真的却是假的，疑似假的却又是真的。几乎天天如此。对于纷纷扬扬的疑似真假，是信奉难得糊涂，还是追求难得不糊涂？

郑板桥当初创造难得糊涂说无疑是大智若愚，但这一说法并不是放之四海而皆准的真理，更不能从字本位上去糊涂理解。从字本位理解，其结果一定是糊涂选择、糊涂运用。

难得糊涂是有前提的，前提恰恰是要不糊涂。“聪明难，糊涂尤难，由聪明而转入糊涂更难”。郑公说出了糊涂和聪明二者之间的转换关系，即糊涂离不开聪明，难得糊涂是说要让糊涂游刃有余于聪明之中。糊涂不是不要真相，不是浑浑噩噩，更不是无所思索，聪明思维过程中的糊涂是一种主动的清醒的思维和行为。聪明是主线。只有不糊涂的人聪明地运用疑似糊涂才会使所谓的糊涂闪烁其智慧的火花。难得糊涂的真谛也不是要人们真的去信奉糊涂，甚至错误地将其作为座右铭。聪明或不糊涂才能洞察人世间的真伪和本质，只有洞察事物的真伪和本质才能确定在什么事情上思想和行为需要糊涂一点儿，甚至非糊涂不可。难得糊涂的“难得”就难在这里！以糊涂的消极的思维去理解难得糊涂就会变成真糊涂，而真糊涂的思想表现在行为上就会一塌糊涂，没有方向，没有目标，没有认识真理的标准。大而言之，对社会无责任心；小而言之，人生会迷失方向，所以动辄就说难得糊涂不可取，切切不可取。

如此，人世间的许多事物，能明白还是尽量明白一点为好。老年人经历了众多的人生经纬，在纷繁的信息环境里，应该懂得正本清源，不为不应有的糊涂所左右，也不应去鼓吹这种糊涂的伪命题。

（2016 年 3 月于北京丰台区大瓦窑北路假日风景小区）

地平线畅想

地平线的魅力让我一生追求。

小时候，我常常站立在我出生的地方望着天边，那是在苏北平原上。在平原上望着天边的地平线，日出日落，万道霞光，雨后彩虹，火烧云朵，均一览无余。在我幼小的心灵里，那时天边的那条线是水彩蜡笔，能画出彩色的梦。

后来，我离开儿时站立的地方，喜欢朝着地平线的方向奔跑。在当时还是一片片原始生态的大地上，在一条条毫无修饰的乡间小路上，在一条条清澈可爱的小河旁，跑啊，跑啊，我以为自己一定能跑到那条线的跟前，也以为跑到了那里就是跑到了天之边缘，就是跑遍了整个天下。那么纯真、那么神驰、那么执着，但那条线总是可望不可及。我向前，它也向前，我总是追赶不上它。夏日暴雨时节，平原上河湖横溢，极目汪洋一片，水天一色。我也喜欢泛舟水面之上，向前方那浩瀚的水天相接之处漂荡而去。漂啊，漂啊，其结果，同样也总是到达不了我心中憧憬的那一目标。地平线，我童年时代的热恋和追求，开始变得谜一样的捉摸不透。

这捉摸不透的谜让我平生第一次有了神秘感，这种神秘感让我更加无法停止我追随地平线的脚步。

形相随，心也相随。12 岁开始，我独自走出我童年时代的方圆平地，走出我熟悉的家乡。我的眼界豁然扩大，我的心境随之开阔。新奇事物迎面而来，不一样的绿洲荒原、不一样的沙漠河流、不一样的高山大海，还有其他千姿百态的地貌，陌生的前方、陌生的路、陌生的人、陌生的事、神圣的、世俗的、闪光的、灰暗的、天上的、人间的、看懂了的、看不懂的，绵绵不断，从未有止境。我慢慢悟出一条真谛：只要追随地平线，眼前总是有无尽的广阔，心中总是有无数的精彩，脑海里总是有无边际的遐想。天地悠悠，万物灿烂，地平线带着我经历从无知到有知，从浅知到深知，从感知到理知。我享受着追随地平线的万般乐趣。

再往后，书本知识告诉我，是“大爆炸”结束了宇宙当初的混沌状态，造就了天、造就了地，造就了天地分离的新的宇宙空间。人是宇宙间后来之物，但人具备独特的视觉，能将分离而平行的天地在远方聚焦成一条相交集的地平线。人的视觉中有了这条地平线，就有了观察天地人三者之间的坐标轴，就能立足并且游刃于天地之间，就能随着地平线创造出人类自身的文明史。

我想起了人类史上的地理大发现。

“陆地！”1492 年 10 月 12 日，哥伦布和他的水手们在踏上美洲大陆之前的那一刻齐声发出了这一历史性惊叹，预示着人类告别了旧时代的地理观念，因为就在这一年的早些时候，在人类史上第一次制作完成的地球仪上，属于美洲大陆的位置还是一片大海！

“陆地！”这一惊叹声也同时宣告了人类在世界观念上开始的一场巨大革命。在此之前，人类生活在相互隔绝而又各自独立的几块陆地上。每一块陆地上的人们都在进行着脚下的大地是方还是圆的争论。由于他们都是在以当时目所能及的地平线为最大视野来进行着这一争论，所有的人都以为自己生活在世界的中心。

历史学家们说，15 世纪是人类史上的新纪元。从那个时候开始，东方有中国人远渡西洋的创举，西方有欧洲人对美洲大陆的发现和环球航行的成功，有对地圆学说的最终确认。人类居住的巨大星球从这个时候开始，犹如当时刚刚绘制出来的那个小小的地球仪一样，开始在人们的心目中迅速旋转起来。

人类发现，自己跨越了旧时代的地平线。

人类进入了海洋时代!

从此欧洲人告别了中世纪的愚昧，开始了紧随其后的几个世纪的海外殖民时代，即资本原始开采和积累时代，并以此率先乘上历史的航船向资本主义方向前进。产业革命和技术革命则又奇迹般地推动着资本主义物质文明的兴起和完善；而在东方，中国人所开创的波澜壮阔的西洋航行虽然有着不同的追求和目标，因而最终没能同西方同步经历资本主义发展阶段，但其壮举却铺就了几个世纪以后仍为中国人自己引以为自豪的海上丝绸之路。中国人同样是从那个时候开始就将自己的目光和身影留在了海洋。可惜的是，以后中断了，而中断的那段时间又过于漫长!

人类对地平线的遥望、探索和跨越从未停留在纯地理概念的视野上。人类对地平线的每一次推进和跨越都伴以新思想和新兴文明的诞生。当新大陆在地平线上升起时，一个新时代的曙光便同时在人类思想的地平线上出现，从而开启了从文艺复兴到启蒙运动，从神权到人权的人文科学的鼎盛时代。19 世纪中叶，当资产阶级完成了（或曰还在进行着）它的物质文明和精神文明史的演变时，《共产党宣言》则宣布："一个幽灵，共产主义的幽灵在欧洲游荡"。当这个幽灵以雷霆万钧之势磅礴于世界一个多世纪时，饥寒交迫的奴隶们则冲破思想的牢笼，向着自我解放的地平线上呐喊前进。在中国，发端于 20 世纪早期的以科学和民主为鲜明旗帜的新文化运动也同时如喷薄四射的红日在东方地平线上升起。这个饱经忧患的文明古国，在摆脱了长达 2000 多年的封建桎梏以后，脚踏着"为中华民族崛起"的强劲主旋律，走上了漫长而又艰苦卓绝的自强不息之路!

人类以有形的地平线去观察天下真实的万物，以思想中的地平线去探索和开启看不见的万物。当信息化和全球化这对孪生事物合流形成汹涌澎湃之势时，人类正在打破地域、民族、制度、文化上的障碍，在思想上穿越一道道无形的地平线，将诺大的地球变成一个小小的地球村。村民们谈论着西方的柏拉图，也谈论着东方的老子和孔子；手拿着西方的刀叉，也拿着东方的筷子；研究维他命对生命的意义，也开发扎入身体穴位的小小银针的功能。不同文明的价值观、人文观互不否认，互相尊重，择优融合，百花绽放。世界如此斑斓，让无数世人激情浪漫！中国社会学家费孝通曾说，面对当今各具特色又相互依存的多元化世界，人类应该是，各美其美，美人之美，美美与共，世界大同，而我则更喜欢说，这个世界应该是，各美其美，美人之美，美美与共，人间更美。“美美与共，人间更美”，不正是我们中华民族多少代精英所盼望的“世界大同”的境界吗！

个体的人是宇宙间微不足道的分子，但人是有生命之物，乃万物之灵。人有行动，有思维，其行动和思维离不开地平线。我们应该沿着具体到抽象的思路去接受地平线给我们的启迪。我们还应该从不同角度或变换角度去观看地平线和感悟其魅力。登高山之巅，看地平线之深远，可立鸿鹄之志；伫大海之滨，看海平线（与地平线为一体）之无垠，可陶冶博大情怀；“大漠孤烟直”，进茫茫沙海，看地平线之粗犷壮阔，可激发亘古豪情。平原无遮无碍，观赏地平线可享受人世间万物既竞相自由，又和谐共存的妙趣人生。

人的本能取向是前方。地平线是人生前方永不消逝的导航线。人既然选择了前方，就要去追赶这条导航线，冲破它、跨越它。跨越了即为成功，成功了就有成就感，而成就感是人生中最具底蕴、最应得意的精神境界。一个人的前方也许有障碍，有高山阻隔，有大河挡道，有丛林障目，但只要你心中拥有地平线，并坚定地向其走去，一切都可以跨越。前面闪烁的，呈现的，甚至让你心潮激荡的，也许是穿过丛林又见小溪水，也许是柳暗花明又一村，也许是直挂云帆济沧海。人生在不断跨越地平线的过程中应纵情畅想、放声歌唱。

（2009年初夏于北京海淀区羊坊店路3号大院）

行动篇

乡间五日

2012年的夏天，我选择了这样的生活方式：远离电视，远离收音机，远离网络，远离城市元素，将自我投放到真正的大自然怀抱中，专注我曾经拥有的无现代化或去现代化的乡间生活，共50多天。它不是世外桃源，它是一种原本意义上的人本来就应该受益的生活。我如实记录下了这种生活中具有代表性的几天。

2012年7月上旬某日

这是一个很普通的庄户人家，位于京西北第一镇张山营镇管辖的一个名叫晏家堡的村落。

我走进了主人的院子，耳边突然莫名地响起了电视剧《潜伏》中的一句台词："家院的柴门为你打开，炕头的油灯为你点亮"。一个新的世界像是就在眼前，是这样真实，又是这样让我兴奋。城里住的时间太久了，那种重复的生活很乏味。不是审美疲劳，是重复引起的疲劳。那种每天不见太阳从何方升起，又从何方落下的空间让人类的生存气息越来越难以有真切的感觉。现在，我要在一种新的环境中住下了。柴门和炕头，院落和实地，水缸和水井，院子里搭瓜果的架子，放在菜园子旁边的铁镐、铁锹、镰刀、小铲子、小耙子，在太阳底下晾晒衣服的绳子，用来烧炕的柴火堆、用来贮存白菜的地窖，有的很久违，有的并不完全熟悉。我小时候在南方农村长大，其中土炕和土炕头的配置早年我并未经历，是大学毕业后在北方一军垦农场接受劳动锻炼时才知道的。我伫立在眼前的这个院子里好长时间，看见以上这些熟悉的，陌生的，曾经熟悉现在已经有些陌生的，犹如拿到几十年前的一盘原版的隐形录像，时间的隧道顿时消失了。

人生不知有多少过去将来时的设计，有的实现了，有的中途被迫废弃了，有的落空了。我生平好动，也真的跑了不少地方，在职时多在国外，退休后多在国内。前者为了事业，后者出于个人兴趣，同时也是为了给生命再注活力。但动以继静，动静互为转化，生命才能常态延续。我在马不停蹄的奔波中，也曾不止一次设想过有朝一日找个地方歇一歇。这个地方一定不能在大都市，一定不能在伪贵族式的群居区，一定要和真实的原本世界接触，要和大自然接触，要和最普通的人接触。如今，我似乎进入了这样的境界和角色。

2012 年 7 月上旬某日

世界并不缺少美好，而且许多美好的事物都是免费的，例如生命的三要素——阳光、空气和水，但现代的人们对物质的过度贪婪把这些美好的东西给破坏了或丢弃了。人们现在不但不能免费享受这些，而且即使付出代价也难以得到满足。鲁迅曾以他的故乡为背景，写了一篇《好的故事》。故事中有“许多美的人和美的事，错综起来像一天云锦，而且万颗奔星似的飞动着，同时又展开去，以至于无穷”。故事中出现的乌桕、野花、鸡、狗、丛树和枯树、茅屋、塔、伽蓝、农夫和村妇、村女、晒着的衣裳、和尚、蓑笠、天、云、竹等朴实无华的景物至今能在我脑海中回放和品味。那是在中学语文课上读到的。今天，我站在一家典型的北方人家的院子里，眼前也是一片朴实无华的原生态的景物。我忽然也想着把它们串起来，编织成一篇没有文字的属于我自己的《好的故事》。就从脚下开始做起吧，能亲手打造一个和谐的菜园子并能在不久的将来同他人共享，不就是这种美好的故事吗！

2012 年 7 月中旬某日

来这里已有数日。妻子昨天因众友人一再相邀回市内看节目去了。相邀者鼓动说节目很优秀，是阳春白雪，尤其是舞台背景，说是梦幻式的，而我则不以为然。我说，我不要梦幻，我要现实。现实就是我来到的这个以大自然为背景的大舞台。你看的那个舞台是从我现在的这个舞台上搬过去的，是人造的，是个小舞台；我这个舞台是广阔的，是任何人撼动不了的，是能给人以遐想空间的。人造的东西哪能同自然的东西相媲美呢！

夜幕降临，月光星光洒满人间，像是在扫除宇宙间一切不美好的东西，让所有人的心灵都像月亮和星星一样剔透、一样纯洁。此时我的思绪又回到了小的时候。夜晚躺在裸露的大地上，遥望着天空，像一首歌里说的那样，看月亮在白莲花般的云朵里穿行。看着看着，不由自主地也神游到云朵里去，飘呀飘呀，直至飘到一个看不见的地方时，才发觉自己还在原来的地方。

我沉醉在今天这迷人的夜色中，体验着一种纯自然的享受。城里感受得到月光却很难见到月亮，感受得到星光却很难见到星星。而这里，当我独自坐在院子里静静观赏着夜空的时候，我感受到了月光，也看到了月亮；感受到了星光，也看见了星星；我沉浸在银河的光辉之中，也陶醉在银河的传说里；璀璨的群星中，我能轻松地寻到那明亮的一颗，那是北极星。那是早在乡下上小学时老师告诉我怎样辨别的；我还感受到黎明是怎样到来的，那是因为后半夜出现的启明星高挂天空。人们给天上许多的星星以美好的寓意，说北极星指明人生的方向，说启明星开创美好的未来，说织女星代表着甜蜜的爱情。而在辽阔的夜空中，你若能寻找到这些星星的位置，在心中会升腾起一种透亮的自豪！因为，人生有这几条，就很满足了。

2012年7月下旬某日

院子里的瓜果蔬菜的前期工程是由院子的主人完成的。在这片希望的土地上，栽种的品种有黄瓜、豆角、葱、香菜、茄子、萝卜、黑心乌、韭菜、各种白菜、西红柿等，与这些瓜果蔬菜相邻的还有一片玉米地。它们都是大地之花，和睦相处，和睦成长，丝毫没有人世间的恶斗，满园绿色与深情。

在我和妻子的精心管理下，现在这些植物长势喜人，丰收在望。我们准备在秋后欢迎一些亲友前来做一次不劳而获的资源共享。此前，妻子用双肩背包背回了一大堆我们的劳动果实，送给城里的亲人和好友。

但前几天也发生了一件不愉快的事。原来在众多的蔬菜品种中，西红柿长得出类拔萃，它们个个圆大，成熟时个个红得透心醉人。我是看着它们一天天长大的、长红的，它们以其出色的品质赢得了我和我妻子的厚爱，岂料与此同时也遭到了众多麻雀制造的不和谐。它们巧妙地借我们临时回城办事时发动偷袭，抢先将我心中最红的几个大西红柿全部消化。我立即将这一令人颇为沮丧的严重事件用手机短信的方式通报了我的好友们。短信最后一句发问道：是谁给当年被确定为“四害”之一的麻雀平的反？谁知这句话遭来一致反对。他们无不站在麻雀的立场上同我理论，都说给麻雀平反是对的。我的一位大学时代的老同学、原一中等城市的法院院长甚至用他惯用的职业语言指责我的发问是“不符合生态环境保护法规”，更有一位大学教授竟然给了我一句“谁吃不是吃”的回复，搞得我无言以对。

其实，我也不是绝对反对给麻雀平反。我曾经历过那段历史的全过程。那时还是个孩童兼天真的顽童，少年不识愁滋味的任性在那种很是波澜壮阔的大围剿环境中得到了毫无掩饰几近疯狂的释放。披星戴月，日夜兼程，乐此不疲，至今不忘。当时我还在上小学，说是一切“行动军事化”，县政府还下达了统一命令。年轻的老师们都是团长营长。我虽然是个小学生，记不清当时也有一个什么“长”字戴在头上，才十来岁，围剿中总是冲锋陷阵。想起来是那样遥远，其实那种冲锋陷阵半是执行命令，半是娱乐。日夜奔波在学校周围几十里方圆的大地上，毫无困意。麻雀那么小，怎抵挡得了那千军万马的昼夜围剿！

2012年8月7日

今天是立秋。上午我去了村头的集市，顺便买了点蔬菜种子。一位普通村民详细给我介绍了种意大利生菜的好处。种子的广告上说，这种菜长出来后体态俊秀，脆嫩可口，很受食用者的青睐。出于爱美之本意，我买了它。

这里的气温，虽说比不上北京城里，但毕竟是8月上旬，也够热的，尤其是中午时辰，烈日当头，接近酷热。但我解释不清楚，我何以依然兴致勃勃，短裤赤膊，一锹一锹地将土平整好，用手拣出被太阳烤热了的小石子，干了近两个小时，还越干越有劲。要不是妻子的执意劝阻，可能还要继续奋战。待到傍晚，我撒下了种子。其实，这种活年轻时算不了什么，不就是多流点汗嘛！而且是有氧运动。我说我是在坚持科学健身观，至少比城里健身房的那种办法科学吧！那太枯燥了！看着自己亲手平整的菜地和播下的种子，想着日后那体态秀美的劳动果实，再想想到时让亲朋好友前来共享的欢乐场面，我心中充满了喜悦，耳边还响起了20世纪50年代“劳动光荣”的历史回声！于是我借一首古诗向朋友们戏发出另一则短信：

播种日当午，汗滴园中土。要知累中乐，秋后邀朋友。

傍晚下起了雨，很及时，无风。雨速缓缓，淅淅沥沥，我打着伞在雨中观赏。年轻时那种“让暴风雨来得更猛烈些吧”的豪情似乎日益弱化。我希望眼前的雨下得匀称些，细微些，温存些，让我播下的那骚动于泥土中的种子从容地开始其生命的旅程，健康地发芽、破土、成长、开花结果，直至收获。

（2012年8月于京西北张山营镇晏家堡村一农家院）

《乡间五日》续：十年过后

从 2012 年算起，现在是第十个年头了。那年我在这里，京西北第一镇张山营镇某村的一个农家院，度过了整个春夏。那是我退休后一段很自主很得意的生活，曾留有《乡间五日》的纪实文字为据。现在是 2021 年春夏之交。意想不到的是，昔日这个院落里我经营的菜园子的模样已荡然无存，眼前呈现出来的是一片荒芜。我怀着相当沮丧的心情，在这里站了很久很久，缓缓地呼唤出十年前那个很有内容也很有情趣的夏天。记忆渐渐清晰以后，我决定重振院落当年的整体模样。对于记忆中和记录中那个瓜果飘香的菜园子，我不仅仅想激活它，我更想改变思路，将其打造成一个新型的具有时代感的 2.0 升级版。

一

昨天从集市上买来几种蔬菜的幼苗。对于这些幼苗来说，被拔出孕育它们生命的土壤中再转移到我的这块地盘上，必须经历一次生命转型的阵痛。我小心翼翼地呵护着它们来到这块多年没有种植但依然给我以希望的土地上。我将它们精心地植入新的土壤、精心地培土、精心地浇水。尽管如此，我还是诚惶诚恐。我无法想象它们那些弱小的身躯来到我这里后的第一个夜晚是怎么坚持，又是怎么跨越的。今天早晨我起床后的第一件事就是来看望它们。让我欣喜的是，大多数幼苗闯关成功，而且依然坚挺。我对它们的明天充满信心。我坚信不久以后，它们会以更加健壮的雄姿，出现在我精心培育的这个院子里。祝贺吧，朋友，为我也同时为这些沉浸在乔迁之喜之中的幼苗祝贺吧！

二

清晨，又一个开启新生活的清晨，阳光像平常一样洒满了我院子里的菜园子。我手里端着一碗自己刚熬好的小米粥，一边走着，一边喝着。路走得很慢很慢，粥喝得也很慢很慢。我在观赏菜园子里各种从外面移植过来的蔬菜幼苗，特别是那些由我在集市上亲自挑选采购又由我亲自将它们小心还原扎根于土壤的幼苗。我老了，而且老得很资深，我已开始习惯于以这种缓慢的节奏观赏和品味一切如此新鲜和如此平静的存在物。中国近代建筑之父梁思成曾经说："对于中国人来说，有了自己的一个院落，精神才算有了着落"。这种以物质为基础而产生出来的精神拥有和寄托让我忽然有了一种双重享受的感觉。这种感觉如此简洁，如此直观，如此近乎原始，完全是一种自然降临的良性的被动。在院落里喝着粥，物质上的；观赏完全属于自己的菜园子，精神上的。人生最美好的感觉无非就是这两个方面的结合和适应。在这以前，我已经为眼前这些给我带来如此美好感受的年幼的来客们服务了一个时辰，再次为它们扶正，为它们培土，为它们适度地浇了水。到了傍晚时刻，我还要为它们作另外一些力所能及（我说的是与我年龄相适应的力所能及！）的略带些科技含量的服务。这也是我这几天在这里生活的路线图，有点常态化了。我为什么迷恋着这块在荒芜的土地上重新开辟出来的小小园地，因为我对这块土地上再次出现的生命及生命的序章爱得深沉。生命诚宝贵，有爱吐芳华。我要让这片新生命的序章演绎成吐露出一地芳华的丰润终章。

这是一块全球生物多样化的模板。除了我们中国南方和北方的主打蔬菜品种诸如小白菜、萝卜、黄瓜、茄子等以外，美洲的南瓜和西红柿，欧洲的生菜和西兰花，地中海沿岸西亚地区的荷兰豆，非洲的西瓜和秋葵，西印度群岛上的佛手等等，都在我这个小小的园子里静静地刷着它们的存在感。这些外部生物品种的祖籍如此遥远，却能通过不同的途径不远万里先后来到中国，并接受了以农耕文明为生存基础的中国人的再培育。漫长的历史磨炼让它们逐渐适应了中国各地的水土，最终成为具有中国特色的外来归化物，并为中国人所喜爱。这说明，中国人对外来事物的包容和充满智慧的吸收和改良是何等的广泛和深刻。这也说明，现今的中国对外开放到达如此空前的程度有着多么深厚的历史渊源。

这是一幅中国经典文化要素“和而不同”的诠释图。溯源这么多种类的蔬菜，它们各自的出身和品质以及对这里的土壤和气候的适应性不尽相同。它们的颜值千差万别，有美丽的、丑陋的、高大的、矮小的，还有带刺的。有雄健的、出类拔萃的，也有温顺的、柔弱的。它们无不遵循各自固有的生存规律，但同时又具备与生俱来的共存气质。人们喜欢百花园里百花齐放的景观，人们也同样喜欢百菜园子里赤橙黄绿青蓝紫的合理标配。培育者是这幅构图的总设计师。对他们来说，只要精心打造，总会实现让菜园子美不胜收的理想。“各美其美”“美美与共”，共存气质在这里造就了一个美丽的和谐体，而这个美丽的和谐体则是对培育者精心呵护的回馈和感恩。依赖培育者对它们的呵护，它们会天天向上，它们会节节成长。生命旺盛时，它们将不会高调炫耀；果实成熟时，它们将会谦逊地弓下腰。为什么这些来自国内外的植物群体能如此和谐共存、和谐成长？因为它们之间没有丛林法则，没有人世间无休止的恶斗，没有动物界的弱肉强食。

三

菜园子里有一棵果树，很有年头了。房东告诉我是一棵杏李嫁接的连体果树。我是乘着春风来到这个院子的。眼看着各具其貌的两种果树在春风里先后绽放了花蕊，也相继结出了不同果实。5 月杏花绽放时，我耳边仿佛曾响起了“这里的杏花能酿出你要的甜蜜”的歌声，很是兴奋。不久杏果成熟，我在城里。待回菜园时，发现果实抖落一地。我随意捡了几个品尝，感到酸甜适度。李树的果实正挂满枝头，估计很快就可以鉴别其滋味了。李树比较低调，从开花到结果，不但比杏树要晚，其颜值也没有杏花和杏果那么招摇。但房东爱李不爱杏，多次贬低这里的杏果“太酸”。相反，他却又多次对我炫耀，说这棵树上的李子果多么多么甜蜜可口。还说要是在从前，很可能是入选皇宫的贡品。我无法验证他的说法，因为李子我还没有亲口品尝过。杏李嫁接两小无猜，花谢花开春去春来。同树异果人见人爱，一酸一甜一片情怀。这是我的观察和想象。不幸的是，这样的树现在老了，受到病虫的侵蚀，我感到有义务为它做点什么来挽救它的生命。为了消灭害树虫，我已经冒险两上两下这棵老树，为它喷洒药水，但仍有余孽在暗处负“树”顽抗。昨天，在我出发回城之前，一个大约两寸长的头戴黑色盔甲的树虫很有些自信地从树干的一个几乎是隐形的洞里钻出来，被我当场处置。要扫除一切害树虫，全无敌。至此，这棵老树向“地”再借20年的目标有可能不是什么大问题了。

这棵连体树并不高大，但树梢也需仰视可见。喜鹊、麻雀等鸟类常常飞来攀登高枝，且总是高调炫耀它们各自的鸟语，尽管有的音质并不动听，脱离不了其叽叽喳喳那种大白嗓子的原生态发音。喜鹊总是给我在心灵上带来美好的呈祥和遐想，让我愉悦，让我开怀。当它们出现时，我总想多看它们几眼，期盼它们常往常来；麻雀的两重性在这里表现得淋漓尽致。它们的前辈几十年前曾蒙受过极大的不幸，一夜之间因和人类争夺粮食而被列入“四害”（连同苍蝇、蚊子和老鼠）的黑名单。当年，中国大地上从农村到城市，男女老少六亿人一起上阵，对麻雀实行全天候的“围剿”，其浩大的声势和追杀浪潮使其一度几乎濒临灭绝。现在这些新生代显然是劫后余生者们的后裔。这些后裔们显得颇有些低调。喜鹊飞来时，它们主动撤离高枝，下到基层，在菜园子里寻找据科学认证说是比它们更为有害的害虫之类。这是当年给它们前辈平反的硬核理由。但它们同人类夺食的劣根性并没有因此而发生任何改变。十年前，它们曾趁我回城的空档，将我这个园子里最红的一处西红柿作为它们不劳而获的美食。这件事情我至今仍耿耿于怀，无法给它们以包容和赦免。现代科技改变了世间许多传统事物，真希望对眼前这些虽然已经平了反的麻雀进行一次转基因性质的改良，让它们多吃些害虫，少损害些人类。

美，从来总是一种吸引力，而且是一种无法拒绝的吸引力。不知不觉，我平视的目光里飞来两只彩色小蝴蝶，它们在各类蔬菜之间或并非高空的上空穿梭盘旋，再盘旋。比不上雄鹰飞上蓝天的豪迈，比不上喜鹊高攀枝头的呈祥，它们却能给我以心灵的放松。多么无忧无虑、多么自由自在、多么活泼快乐的一对小天使啊！记得 20 世纪 50 年代有一首很流行的儿歌，说小蝴蝶只爱“玩耍”“不爱劳动不学习”，要“我们大家不学它”。这个批评其实有失公允，是认知上的错位。小蝴蝶的玩耍是释放天性，它和我们的劳动只是人和其他动物的各司其职，那叫和谐共存，亦可称为生态平衡。你在辛勤劳动，它们愿意飞来陪伴你，给你减压，这是一种曼妙的精神馈赠，是自然界的一种契合！我不知这两只蝴蝶“能做几日停留”，担心它们“又要匆匆离去”，于是我赶紧凑了以下的一组文字：

两只小蝴蝶，飞进我的菜园里。它们玩耍我浇水，处处紧相随；待到秋满园，瓜果飘香彩蝶归。一起收获一起飞，莫问谁是谁！

（2021 年 6 月先后于北京延庆张山营镇靳家堡一农家院和北京语言大学家属院）

65岁再进课堂

我65岁那年，受国家汉办的聘任，要到加勒比某国大学的孔子学院去当汉语教师。因行前要接受一段时间的培训，于是有幸随缘又上了一次学，复制了学生时代的经历和感慨。于己很阳光，于人爱乐道。那是吉林大学孔子学院出国教师培训班，它让我的人生增添了这份独特情怀。当年的学生食堂、当年的集体宿舍、当年大教室里的大课堂、当年的公用盥洗室、当年的公共厕所、当年的同学情谊、当年泪洒江河的离别壮景，无不一一再次浮现。

那高高的木板床

当学生就得像个学生的样子。首先是要住学生公寓，那是在吉大大学城。推开我入住的宿舍，首先看到的是四张木板床，其平面位置均在我的水平视线之上。床下面是与其连体的电脑桌，电脑桌旁边各自配上一套衣柜，还有一条上网线。这些新式配备让我立刻产生了一种现代感。但再仔细一看，宿舍依然具有学生居住的传统属性，而且与几十年前我做学生时的那种宿舍大体相似：没有电视机，没有音响设备，没有电冰箱，没有空调，没有固定电话，没有卫生间，没有自来水，当然也就不可能有洗衣机。每人提供一个塑料盆。我立刻意识到它的多功能性，是用来洗脸、洗衣服、洗杂物的。房间还有一个效能极好、容量很大的肥胖得可爱的暖水瓶。开水房在同一座公寓楼内，但打开水时得先出楼去，绕到楼的后面再进来。返回时作一次相反的出进流程。洗澡是一种奢侈的消费，要到公寓楼以外的公共澡堂。澡堂每天只有下午 5 点至晚上 10 点开放。其他时间如要讲点卫生，得用记忆中旧时的擦澡方式。

我仔细端详着那张高高的木板床，它似乎在向我的年龄发出挑战。床的高度比火车硬卧车厢的上铺略低一点，但比软卧的上铺要高。上床得攀登有五级台阶的阶梯，阶梯斜度为 60—70 度，设置在两张床的首尾之间，并由铁制材料将两张床连为一体。台阶是用很宽的木板做成的，每两级台阶之间的垂直距离大约为 30 厘米。床板距离天花板比较近，我个子高，爬完第五级台阶后，便将身体的一侧贴在床上，像军事训练中侧身前进那样，缓缓向前移到靠墙那一端的枕头放置处。身体如此摆平以后，如果想把枕头改放在靠阶梯这一端，则要以腰为轴，水平旋转 180 度。当然也可以一开始就以脚引领身体向靠墙的那端蹭动。不要说，床上的这几种运动过程操作起来有相当大的难度。硬板床上铺垫的是软褥子，全棉的，不很厚。这种床上配置虽已不为多数现代时尚人所推崇，但它很环保，很健身，比较适合像我这样上岁数的人。我还很自信，这种过去通用的在不久的将来也一定会反转成时尚的，将来很可能被称之为“绿色睡眠法”。在床上，除了熟睡时不经意的自然翻身外，醒来时也可以做些卧式的小幅度的保健按摩，其他动作则不能放开进行。除了向上的空间有限这一原因外，还因为我的身体把床板的绝大部分面积覆盖了，很有些从床的侧面掉下去的担心。我来之前，其他同学接受了几天军训。年轻时，我曾在部队接受过两年多时间的劳动锻炼，知道军训内容有一条是搞内务，每个人必须把自己的被子叠得像标准的豆腐块那样方正、美观。我不知道这次参加军训的同学们是如何达到这一要求的，因为按照规律，要叠好放在床上的被子，要么站在床边，要么跪在床沿，而这两个前提条件在眼前的这张高高的木床面前都无法做到。在床上，手够不着室内那唯一的电灯开关。如此，夜间上床就寝之前必须把灯关掉，但这并不意味着上床者要在黑暗中摸索。由于设计师的统筹设计，廊道里安装的是声控电灯。在黑暗中只要双手一击，那灯光就会像听候将令的士兵一样，在第一时间内便穿过宿舍门上方的透明玻璃来到室内。在整个攀登上床或者逐级下床的过程中均可如此“借光”。这种“借”过来的光，其明显的优越性是无杀伤朦胧睡意之功能，因为它柔和得让人在上下床时的心绪始终保持着无起伏状态。夜间到约 10 米以外的地方如厕，几上几下，均采用这种击掌“借光”法。击掌如同儿时做游戏，有兴致时还可以多击几下，廊灯也跟着闪亮几下。

上下这样高高的木板床的过程，犹如拿着一张新船票，登上一艘旧的客船，略带几分深情去追寻和“重复昨天的故事”。此时，久远了的记忆和兴奋一起涌上我的心头。啊，蓦然回首，那青年时代的大学生活，竟能穿过长长的时间隧道，遥远而清晰，陌生而亲切！

不是吗，除了住在这依然具备学生宿舍属性的集体宿舍以外，再看看盥洗室里的学员们吧。那种一边将毛巾搭在肩头，一边以塑料脸盆接水的洗涮方式，那种将两只脚轮流抬起，先后放到盥洗室水槽中进行冲洗而丝毫不在乎自己的裤腿已被打湿的金鸡独立状的洗脚姿势，折射出何等的学生气息和学生功底啊！那种在流水哗哗的水龙头前（暂不谈节能），一边用手搓洗着衣服，一边放声高歌，荡漾着何等的青春活力啊！那活力、那气息、那释放出的心灵上的自由空间，让人产生何等的愉悦和享受啊！而对于我，竟有机会和比我年轻几十岁的新同学在一起作如此久违了的情景交融又是何等的人生豪迈啊！真不知是记忆唤回青春，还是青春永存记忆，我忽然产生了一种春有百花秋送爽，年青年老总相宜的感觉。

我们的队伍向太阳

太阳每天从东方升起，向西方落下。我们的住处和我们接受培训的吉大校园的地理位置分别在西方和东方。这样，我们上午去校园时向东迎着朝阳，下午返回住处时向西则又“配朵夕阳在胸膛”。触景生情，在反复来回的路上，我的耳边也就常常回荡起“我们的队伍向太阳”这首红色经典旋律。两地之间的距离以普通的步行速度需要 15—20 分钟。有时讲大课地点临时改在校园内的东侧，若走得休闲，单程就需要半个小时。中午回住处吃饭和午后重返培训地点时是一段艰难的时辰。沿途没有成荫遮阳的树木，却还要跨越充满尘土的建筑工地。培训班又偏偏安排在七八月高温季节，长春这样的东北城市，中午也同样是烈日炎炎似火烧。女同学几乎无一例外地将雨伞当阳伞使用，像是在那条弯弯的道路上支撑起一片蓝天。远看那长长的伞队，浩浩荡荡，流光溢彩，也不失为一幅蔚为大观的流动画廊。男同学，包括我自己，则表现出何惧烈日当头的男子汉气概，不愿用雨伞将自己和阳光分开，充其量很随意地戴一顶极为普通的旅游帽而已。不过，这并不影响我们男女同学之间的情谊。我们相互激励，因为我们是同一支队伍，走在同一条道路上，怀着同一个目标。我们是同一个世界，同一个梦想的继任者，更是同一条道路，同一个目标的开拓者。我们在烈日下为这条路共同谱写着一曲开拓之歌、川流不息之歌。同学们意识到道远而任重，自豪地把培训班称为“黄埔”一期。为了孔子学院的事业，为了向世界说明中国，为了中国同外部世界的交流，在近两个月的培训期间，大家在这条已经开通但尚不十分平坦的道路上，不知脚踏实地地往返了多少次，也不知洒下了多少汗水！但没有怨言，只有感言。没有遗憾，只有收获。在这条道路上，女同学单肩挎着体现个性的小挎包，男同学提溜着简单实用的大纸袋，我则斜背着退休后一直背着的简易小书包，大家就此评论我“最像个上学的学生”。同学们的包里装着厚厚的资料和笔记，它们是可见的、有限的，但通过这条道路所获取的和带回来的信息和豪情则是无形的、沉甸甸的，是任何大包和小包都装不下的。参加这期培训班的同学有二三百名，来自祖国的天南海北，各个民族，年龄参差不齐。听了几十场大家所作的专题讲座，今天的中国、今天的世界、今天的中国和世界，在我们的脑海中，都经历了一个再认识、再充电的过程。年轻的同学们爱唱《隐形的翅膀》这首甚为流行的歌曲。他们也都有一双“隐形的翅膀”，他们将很快张开这双“隐形的翅膀”，从这条洒满希望的道路上开始飞翔，飞向那“美丽的太阳”，飞向他们中一些人所憧憬着的“激情燃烧的岁月”。我们的队伍将会带着“你好，世界”的问候走出国门，也一定会带着“你好，中国”的反馈回到祖国。

相逢别离两依依

“悲莫悲兮生别离，乐莫乐兮新相知”。培训班结业时，班级举行了一次茶话会。开始时寂静，寂静得让人窒息。不一会儿，有人突然唱了一首《感恩的心》这首歌。歌声冲开了所有人的情感潮水，也打开了大家的话语闸门。瞬时间，话语和泪水同时爆发。因为交通缘故，大家必须分批离开学校。有的说，送走了一位，感伤一次，流泪一次；有的说，离别是“折磨”，不知何时何地再度相逢；还有的说，培训班原来都是陌生人，如今却已如同兄弟姐妹，永远不散“该有多好”！大家心意沉沉，发言显得语无伦次，泪水渐渐收敛成为哽咽。真的动情了，真的不愿意说“再见”了。这些在培训班期间是学生、培训班前是老师，这些在讲台上“说上一句话也惊天动地”、一挥手就让几十名学生下课的权威形象顿时间发生了错位，似乎所有表达自己感情的语言都化为乌有。又是一阵寂静。然而，无声胜有声，最后大家以心相约，立下了在网络上永不“下线”的庄严承诺，很有时代感。而我，则再一次感到时光在倒流，倒流到我们那一代人，倒流到我们大学毕业后曾经历过所谓的“再教育”阶段，倒流到我们当年分别的场景。那是在河北唐山号称“南大荒”的部队农场。我们战天斗地度过了26个月，一生难忘。分别那天，我们手拉着手，想说的太多、太多。我们也是这样激动，也是这样词不达意，也是这样泣不成声，甚至抱头痛哭。唐山火车站那幕别离的痛哭声如渤海的汹涌波涛，至今仍在我耳边回响。词不达意兮，只有痛哭！人间重晚晴，弹指人生，40年过去，青春早已不再，豪情也早已更改，唯有昔日同窗同学离别之真情常在。人在心在，心在情在。

人总是要学习的。退休后有幸经历这一段上学的小插曲让我再次领悟到，学习永远是一种快乐。年轻的同学称呼我为“老师”。但我总是同其他类似的场合一样，用中国一位大文豪的话回应他们：老则有之，师则不然。我一直在向他们学习，比如电脑，我几乎每天都要碰它，但网上聊天，我一直忌讳，因为我担心不慎会坠入陷阱，搞个晚节不保，得不偿失。这次培训班上，山东莱阳的一位老师主动帮我注册QQ。我上去了，感觉很好。我忘不了，第一次上网聊天的滞后和年轻人当场对我的鼓励。在一次模拟课堂上，我担当一名外籍学生的身份，圆满地配合了老师的提问。欢乐的晚会上，我唱了一首古老的歌《满江红》，这些年轻的老师们似乎心领神会，给我报以掌声。他们邀请我一起散步，一起听我这个自封为叔叔的白发老人讲过去的故事。他们给我留下了联络方式，我也如此。上学的经历总是难忘，同学的交往总是纯真，总是美好！

（2009 年 10 月于北京海淀区羊坊店路 3 号大院）

退休旅游：给生命再注活力

退休了，我对自己说：旅游去！

2011 年 4 月的一天，我登上了峨眉山顶峰的万佛金顶。当我沐浴着金色的光芒环顾四周时，瞬即给我的友人发了如下一则手机短信：

登 3000 米峨眉之巅峰兮，叹巍乎高哉；阅人间春色之无尽兮，我心浩荡。

紧接那以后的一个多月之内，我不停顿地在祖国大西南这片疆土上奔波。我遥看横断山脉，天如火，水似银；我倾听怒江、澜沧江、金沙江三江并流，气贯长虹，狂涛轰鸣；我登上皑皑苍茫的玉龙雪山，体验海拔 3600 米高度的感受；我漫步在丽江古城的街道上，品味它的古色古香及纳西族的民俗；我领略世界三大象形文字之一的东巴文字，它是世界上唯一仍在使用的象形文字，是世界文字史上的活化石；我走进大理的苍山洱海和白族人家。在茶马古道的马背上，我仿佛置身于古老的山间马帮，从历史深处走来，从古道深处的热带雨林中走来。这条依靠人脚和马蹄步步走踏出来的古道是人类行走最长的山间道路，其部分段落至今仍在运行；在国殇墓园，我瞻仰了第二次世界大战中为国捐躯的抗日英烈，数千座墓碑向后人昭示着民族精英抵御外侮的浩然正气。都江堰工程让我真切地懂得了我们祖先的超人智慧。自贡恐龙博物馆让我了解到生命起源的万般情趣。我还在香格里拉的传说中穿行，这片神奇的地方位于雪山环绕、神性浓郁的八大圣山、七大圣湖的环抱之中。自英国小说《消失的地平线》问世以来，这里成了西方人心目中的理想王国和人间乐土，是“伊甸园”和“乌托邦”的代名词。

诗人为这块疆土留下了许多瑰丽壮美的诗句。这些诗句如发黄钟大吕之强音，如吐山川日月之精华。屈原的“登昆仑兮食玉英，与天地兮同寿，与日月兮齐光”，李白的“上有六龙回日之高标，下有冲波逆折之回川”，毛泽东的“横空出世，莽昆仑，阅尽人间春色，飞起玉龙三百万”，无不让到过这块疆域的人们心驰神往。

我为在退休以后竟有幸走进一个如此陌生、如此雄奇的地域而兴奋不已。壮哉，中国的大西南！

又有一年，那是一个夏天，友人的一个电话，将我呼唤到漠河，那是中国国土的最北端。当我的双脚踏上这块土地时，心中追逐了几十年的梦想得以实现，因为早在上小学时，当我从课本上第一次读到“我们伟大的祖国北从漠河起，南至曾母暗沙”这句话时，我就曾莫名地燃起了长大后一定要去看漠河的欲望。若干年前，漠河又被称为中国的北极村，传说那里会出现绚丽的北极光。漠河，走进你，我的退休生活似乎增添了一道闪亮的光。

当地人说，到漠河是找绿、找奇、找纯、找静、找北。漠河村有一块石碑上写着“我找到北了”几个红字。“北”不仅仅是地理方向，还应理解为是人生的感悟点。我和我的朋友们都在那块石碑旁边留了影。

依我的感悟，看漠河就是感受原生态之美。原生态是最为简单的物质形态，它是无有后天之物的原本世界。当物欲横流、人们都在寻找拥有的时候，无有或少有是让人为之心动的美丽和赞叹，让人产生一种别样的享受。无有给人以轻松，给人以静思，给人以致远。在漠河，无有大城市中全方位的负重感，无有他乡的匆匆节奏，无有现代生活中的跌宕起伏。一切都那么自然，那么悠然，那么淡然。喧嚣的国土上，这里是一块让人静静呼吸、静静品味人生的绿地。这里的人们爱平和，他们似乎在真真切切地实践着这样一句话：我的幸福不是拥有很多，而是索取很少。于是，大自然得以完好地保存，人们得到了回报。

当我从祖国的大西南和大东北转身踏上祖国的大西北时，我猛然感到，比起在中国东部经济发达地区的旅游，这里是一种真正的别开生面，是大美，壮美，是厚度的美，是含宏万汇的美，是大旅游、大感受。大漠孤烟直，长城荒漠间。远看黄河在白云间飘逸，近感祁连山脉在脚下奔腾。大敦煌奇葩，月牙湖圣境，叮当的驼铃声呼应着辽阔大草原的牧歌柔情。逶迤的张掖奇貌是七彩丹霞，无际的黑色戈壁镶嵌着神秘莫测的雅丹魔鬼城。嘉峪关、玉门关、阳关等通向西域的丝绸之路上的道道关隘留下了延绵不断的千年古迹。我站在这一个个地缘和历史的节点上，犹如抚摸着我大中华悠悠的历史脉搏，感受着华夏文明的日月旋转。自汉唐以来，多少将士曾在这里戍守征战，有铁骑铮铮，有旷世开拓。商贾、僧侣、使臣、游客、探险者曾在这里验证出入关口，创造出不同文明的交流和融合的惊世之作。又有多少文人满怀着亘古豪情，写下千古不朽诗篇。

还是退休后，那是一个晚秋季节，我乘火车从北京出发，纵贯南北数个省份和城市，饱览沿途两个季节的自然风光，36个小时后到达祖国大陆的最南端湛江，再从湛江乘渡船横渡琼州海峡到达海南岛。对那里的蓝色大海、那里的海岸线、那里的沙滩，我并无过多的感叹，因为我曾到过世界上众多的海洋、海岛和一流的浴场。我到达祖国的南海，最值得留恋的是，我在南海上像年轻人一样乘坐快艇，像战鹰一样从滚滚海浪的切线上飞速掠过，几分恐惧、几分刺激、几分狂想。我曾登上航行在南大西洋上的某国军舰观赏世界帆船竞赛，我还曾登上地中海上另一国家的“王子”号航空母舰内感受鱼翔海底，但乘坐快艇在辽阔的大海上飞驰是我人生中的第一次。这一次让我产生从未有过的自豪感、自信感，因为一是在我的祖国，二是我退休后竟然有这么一段惊险挑战的经历，尽管我再也没有勇气去重复这种刺激。

人行千里路，胜读十年书。不迈步远行，怎解其意？阅读是获取知识，接触外界也是获取知识，而且是以一种更加轻松更加愉悦的心情去获取鲜活的知识。旅游不仅是浮光掠影的山水游，还有深度游，其中包括文化旅游。看人类遗产、看博物馆都是文化旅游。顾名思义，博物就是众多事物的汇集，它是百科全书，可一览而知天下。记得我在国外工作时，在不止一个场合对外国友人说：“你比我了解中国”。对方有时不解。我说：“中国的不少地方，你去了，我还没去”。那时，我常常听外国人讲述世界闻名的兵马俑遗址的情况。作为中国人，听后我很为自己的阅历和知识浅薄而惭愧，总想补课。我在退休后如此偏爱在国内而很少去国外旅游，这是原因之一。

“没有比脚更长的路”，祖国的大地是多彩的、是人文的、是含宏万汇的。走在这块大地上，可以改变人的心灵世界，让心灵更加阳光，更加辽阔，尤其会让老年人有年既老而不衰的兴奋感。“走四方，路迢迢，水长长，地不老，天不荒，岁月长又长”！高山流水，大漠星辰，沃野良田，村户人家，无处不让身临其境者有为生命再造活力的感觉。登高山有征服自然之感，跨大河有驾驭自我之感，游丛林有与生命同在之感，观大海有容纳天下之感。地方走多了，有祖国在我心中之感。海纳百川，我心系大海，遇有纠结，或化为小，或化为无，或被稀释。此乃旅游之真谛也。退休人，只要有条件，就应迈开大步，走进旅游世界，感受新的人生。

旅游可以结交更多朋友，为生活拓展情趣。人总是有各类朋友。深交固然好，但人的圈子还是应该大一些。歌曰：朋友多了路好走，朋友多了春常留。多少新朋友，变成老朋友，愿我们到处都有好朋友。现在流行一个词：闪友。闪友也可转化为好友。我在退休后开始旅游时，总是习惯跟随旅游团。来自不同领域，不同阶层的人，大家素不相识，一路下来，许多人已从同路人变成了相互思念的旅友，或调侃为“驴友”。大家保持联系，有好事共同分享，有难事相互分忧。自由行也一样可以有新朋友。“不要和陌生人说话”是一种误导。世界任何时候都是好人多，好人多的地方就一定有快乐。

古时蜀之鄙有二僧，其一贫，其一富。富者数年欲买舟而下南海，犹未能也，而贫者只有一瓶一钵就去南海旅游了一趟，令富者惭愧不已。老年生活应该是变复杂为简单，旅游其实就很简单：一瓶一钵足矣。我同妻子有时自由行，行前不做功课，不预设行程，甚至不带地图，跟着感觉走，很是随心所欲一番。到事先不熟悉的地方去，更有新鲜感，更有可能出现惊奇，也更有情趣。当然，对于老年人来说，不能每一次都这样做。一瓶一钵所表达的只是一种精神。

（2012年3月于北京海淀区羊坊店路3号大院）

加减乘除终生运用

有一年元旦，我收到这样一则西班牙文祝贺新年的微信帖子：Te deseo un año matemático, sumando placeres, restando dolores, multiplicando la felicidad y dividiendo el amor con todos tus seres queridos. 翻译成中文是：我希望你拥有一个数学之年，用加法计算快乐，用减法计算痛苦，用乘法计算幸福，用除法同所有爱你的人分享爱。

我非常喜欢这则新年贺词。加减乘除是小学的基础课，但上学时并没有也不可能预见到，这很简单的基础课程，老了还要学，尤其在日常生活中还要运用。用不好，老年生活就有可能乱套，而乱套则又是老年生活的大忌。

加减乘除这些数学概念和符号有其漫长的演变过程。查了一下资料得知，它源于古希腊和古印度，甚至与阿拉伯文字的形成有关，但真正形成运算法则并最终为人类所公认是到了17世纪中期。在此之前的两个多世纪中，法国数学家许凯在1484年曾写过《算术三篇》、德国数学家维德曼曾写过《商业速算法》、英国数学家奥特雷德曾写过《数学之钥》、英国的数学家瓦里斯分别为这4个数学符号做出了自己的贡献，现在普遍用+、–、×、÷表达，但由于历史的渊源，在一些国家，在特定领域，人们至今有时对乘除法还分别采用（·）（：）的符号来表示。

加减乘除分简单运算和混合运算，这是我们上小学时所经历的算术课程。简单运算是指只在某则运算的自身中简单进行，如1+1，2–1，3×2，10÷5。

混合运算指不同的运算法在同一个程式中进行，如 1+3×2，10÷（5–1）。混合运算要遵循一定的顺序和规则，如先做乘除后做加减，先做括号内的，后做括号外的，最后求出综合得数等。同数学中的规律一样，简单运算和混合运算运用到人们的日常生活中时，简单运算容易掌握一些。混合运算既然是综合运算，就要复杂一些。人们把混合运算说成是人生的高超艺术，是用智慧掌控人生、掌控人生的得与失。加减乘除是一种平衡，运算好了，得失平衡，人生就心平气和，诸事顺利。由此推理，大到国家、到世界，若能如此，社会也会政通人和。

对于退休的人来说，生活中除了主动运用加减乘除，还要善于运用，运用要适度，尤其对加减乘除的混合运算，例如对某种愿望或追求，如果运用加法，即使有效果，也不能无休止地相加；如果运用乘法，即使如愿以偿，也不能无限制地加倍，否则，亦为失算。我有一健身友人，一天安排许多活动，上午游泳，下午书画，晚上跳舞，比在职时还要忙碌。健身虽好，但这样的安排超负荷了，属加法做得不当。如将其安排调整一下，再做点减法，就和退休生活相适应了。换句通俗的话说，退休人员不能像在职时那样玩命利用时间，哪怕是用来健身；退休后也不能成天无所事事。无所事事就是减法做过头了，是锐减，锐减也是一种失衡。这个道理非常适合于退休人的营养调剂，不能认为某样东西对健康有利，就过量地摄取。万事过犹不及，好物不可多用，生活中任何一个方面的过量都会造成新的不平衡。退休后有充裕的时间，做点理财产品，想在本钱上多加点利，是加法的运算，但思想深处追求的往往又是做乘法，奢望一本万利。哪有那么多好事啊，欲望成倍膨胀在达不到预期结果时就会相应地成倍缩小。这种欲望上的莫大落差对于退休人员的心理冲击有时很难承受，因为失去的就很难再有多少机会得以补偿。除法说得简单一点儿，就是有好事尽量同别人分享，别人有困难能为其分担就尽量分担点儿。总之，退休的人对任何事物的期望值不要过高。得到好处的，例如中了大奖，也不要大喜过望，不要欣喜若狂，不要将自己的兴奋感成倍地加以膨胀。当然，这已不完全是算术的范畴，而是下意识地扩展到人生哲理了。

说到人生哲理，总是离不开精神境界。退休的人经历经纬万端，对加减乘除运用到人生的“游戏规则”理应游刃有余，其中很重要的一条就是对自己要有正确定位，不能像乘法那样放大自己，也不能像减法那样缩小自己。对别人亦然。简而言之，要用1∶1而不是1∶2或1∶0.5的比例去看待自己和对待别人。对人对事以1∶1的比例去看就会淡定。就是我们常说的，一是一,二是二。社会从来就是有强势和弱势之分，人在任何时候都不要对强势卑躬屈膝。那样做的结果是自我矮化，同时也让别人看不起；退休人员也不要因为自己年岁大了在某些方面受人尊重就倚老卖老，尤其不能瞧不起弱势群体，例如资历比较浅的，打工的，无业的，社会地位一时很窘迫的。我极度赞赏这样一句话：人比别人强，要把别人当人；人比别人差，要把自己当人。瞧不起弱势群体是一种愚昧，一种愚昧的低级情趣。此类人大多是双面人，其另一面一定是唯上的小人。对于此类人最好用减法将其踢出自己的交往圈。至于一辈子不把自己当作人的人，则是人生悲剧中的悲剧，像鲁迅所说，让人哀其不幸，怒其不争。

中国哲学家冯友兰将人生分为自然境界、功利境界、道德境界、天地境界。自然境界指“百姓日用而不知”的生存状态，或曰本能状态；功利状态指人要索取利益；道德境界指人不是索取而是奉献；天地境界指天人合德，即孔子所说的“从心所欲而不逾矩”。不从学术角度看，我觉得前两个境界如同我们生活中的加减法，是天冷了要加衣服，天热了要减衣服的很容易明白、很容易适应的状态。对于功利的索取，老年人已日渐淡化，明显地在做减法；后两个境界可视为生活中的乘除法，偏重于精神层面，是要动用形象思维去理解去实践的。做与不做，多做或少做，以什么心态去做，就都不像冷了热了应相应增减衣服那样简单、那样直接。

对于退了休的人，一味地争名夺利或争风吃醋是一大毒素。有人参加竞技比赛偏要争一个名次，不能如愿就纠结。名次就是分数当中的分子，而分母往往是几十或上百。你是除法中的被除数，几十分或上百分之一，怎么就一定会轮到你呢，轮不到又感到失望。这不是折腾自己吗！我亲身经历过一场交谊舞比赛，某一退休女士参赛结束后当众破口大骂，说是某评委赛前私下答应给她前三名的，她怎么会名落孙山！为虚荣，连幕后的交易都摆到台面上来了。这种一味争当分子的心态导致她不但没有获得虚幻的光环，而且丢了大脸。我们常说，退休人参加比赛重在参与，只要参加了，能够过把瘾，当分母和当分子一样快乐。退休人要的是这种淡定的境界。否则，就不要参赛。

（2012 年 3 月于北京海淀区羊坊店路 3 号大院）

老年人更应该低碳生活

真的不知道是不是赶时髦，近年来我对低碳这个话题非常有兴趣，在平常也身体力行，而且是真心的，自愿的。我还觉得这种生活方式最适宜老年。

低碳是外来词的直译，英文为 low carbon。低碳生活指低度二氧化碳的排放，即低能量、低消耗、低开支的生活方式。低碳生活一定程度上代表着人类的返璞归真，它让人们的生活更自然、更安全、更常态化。

从宏观讲，低碳生活是人类生存方式的历史性反思，是温室气体不加抑制地释放让地球持续发烧而被迫做出的战略抉择。从微观讲，它要求每一个公民都改变人类从工业革命以来逐渐形成的现代生活方式，并创建新的生活方式，而这种生活方式从一定意义上讲更符合人性。

科学家发现，近 200 年来空气中的二氧化碳含量已经上升 30%。“低碳经济，低碳生活”的观念和要求已刻不容缓。低碳生活的关键词是节能减排。专家们说，对于我们普通消费者来说，低碳生活是一种生活习惯，是一种顺其自然地去节约身边各种资源的习惯。低碳不意味着刻意节俭，也不要求遵循低碳生活方式的人刻意去放弃一些生活中应该具有的享受。它只要人们从生活的点点滴滴做到多节约、不浪费就行。最重要也是最深入人心的是，低碳生活有益于人们的健康。

低碳生活涉及衣食住行所有方面。

先说吃。现在的食品花样很多，有许多人最怕某些食品说明书上有“经科学精制加工而成”的字样。这个字样意味着不知多少复杂的工序，消耗多少能源，增添了多少附加剂。对人们的健康特别是对老年人的健康究竟带来多少益处，多数都体现在“忽悠”者的忽悠之中，更不用说一些所谓的保健品。一种简单的水果或蔬菜，为什么不直接去食用呢？是的，从经济角度看，通过深加工，产品的附加值上去了，但对于消费者来说，从低碳角度看，则是多此一举。我喝酸奶从来都选原味的，犹如观赏景色我最喜欢原生态一样。我们年轻时，物质匮乏，以粗粮杂粮为主。后来条件好了，许多人开始追求口味的改变，对西餐感兴趣。记得我在国外工作期间有一阵子对面包尤为喜欢。退休了，听说面包含有反式脂肪酸，世界卫生组织还将其列为负面食品。于是我果断停止食用。我现在感到吃咱们的米饭、馒头、烧饼之类的食物就是低碳消费，就是平平常常的生活。中国的饮食文化在国际上很受青睐。其主要原因就是人们认为，它是科学的。与西餐以肉食为主不同，中餐偏重清淡和素食。据西方的植物学者调查，中国人吃的蔬菜有600多种，比西方多6倍。在中国普通人家的菜肴里，蔬菜是平常食品。我个人三天不吃肉没有什么不好的感觉，一天不吃蔬菜就接受不了。中国人对素食的营养价值比西方人有讲究，也更会搭配，这与中医中的中草药知识有关。西方人认为，中国人的身材之所以标准，与这种饮食结构有关。中国人，尤其是中国老人应该建立起对中餐观念的高度自信。

但中国的酒文化不在推崇之列。中国酒文化在国际上名声很糟糕，很丑陋。什么无酒不欢，什么感情深一口闷，非常庸俗。西方人极为反感。他们认为这不但不文明，而且强加于人，不尊重别人，常常闹得别人很不自在。少喝酒就是低碳生活，因为酒的制作过程非常消耗能源。中国政府一再严厉要求禁止官场消费高档酒，这不但是反腐措施，也是号召人们低碳消费。

穿衣也应改变思维。有资料说，服装在生产、加工和运输过程中，要消耗大量的能源，同时产生废气、废水等污染物。人岁数大了，出席正式活动的机会也少了，我们的服装要求也降低了，而且几十年下来，服装“剩货”也都不会太少，所以少买服装很容易做到。这也是平平常常的消费。除此之外，对于老年人的健康来说，我们还应该多穿一些棉麻之类以天然材料为主要原料的服装。既有益于健康，又环保。

我洗衣服很少用洗衣机，一是为降低能源消耗，二是卫生，尤其是内衣。同样地，甩干不如晒干，因为太阳可以杀菌。几年前有一条消息说，居住在美国一大城市的中国人在自己的阳台上晾晒衣服遭到当地人的投诉，说这是影响市容。中国人抗诉说，他们拒绝使用烘干机是最典型的节能减排，是低碳生活，是各国政府正式达成的共识，是时代潮流。最后中国人居然胜诉了。可见我们中国人在这方面比西方人更有时代意识。不能一谈到同世界接轨，就是我们向西方靠拢。接轨也应该是相向接轨，如此才能增强自信。

家居的低碳概念比较广，其核心内容是防止污染和对外部自然条件的合理利用。应该控制使用空调。它既不低碳，也不健康，尤其对老年人。我的原则是，开窗通风为最佳选择。能用自然通风的，就不要电扇。能用电扇的就不用空调。能用手中扇子，就不用电扇。扇子是中国的文化符号之一，学者认为它起源于舜时代。在3000年的演变中，扇子除日用外，还记载着历代文人的风雅。各种各样的造型凝聚着中华文化艺术的智慧，是民族传统文物中的艺术瑰宝。室内装修应该少用特殊材料和高科技智能产品。照明方面，无论如何不要搞成舞台布景状的，那样的装饰会大量消耗能源，是典型的非低碳生活，而且会造成室内环境污染。格局上，要充分考虑自然通风和自然采光，做到白天基本不要灯光就可以进行室内活动。家具要选择适用的，放置位置也要有利于自然照明和自然通风，以节约用电。利用循环水也是低碳家居生活的做法。坦率认真地说，以水电现有的价格，每月的水电费不是大问题，但是每当我想起科学家所说的地球上的水资源日益减少时，我就觉得应该自觉地节约用水，而且真正做到从“点滴”做起。我的确觉得，这样做很高尚，而不是高调。

行的低碳可体现于少开车，多骑自行车。骑自行车被认为是一种绿色出行。我现在是能不开车就不开车，一是不给城市添堵，二是减排，三是可以增加运动量。记得当年一批跟随美国总统尼克松访华的新闻记者看到中国人以自行车为主要交通工具时十分赞赏，说是可以锻炼身体。我们当时说，他们这是站着说话不腰疼，咱那叫落后，开不起汽车。现在看来，那些报人的话也不一定完全错。开车带来的身体上的毛病越来越明显，特别是颈椎毛病。中国曾经有“自行车王国”之称号，可惜现在却被汽车代替。汽车有时把骑车人挤上了人行便道，是真正意义上的缺乏“人道”，骑车者变成了无奈的“弱势群体”，甚至被一些“高等人”瞧不起，但我则感到自豪，因为我们是低碳消费的排头兵。我们的行为充满时代气息和维护我们共同家园即地球的责任感。汽车已被国际公认为二氧化碳排放源头之一，世界上一些发达国家为此每年选定一天为“无汽车日”。这一天，就连政府高级官员都骑自行车上班或干脆步行。中国现在最大的障碍是观念，某些自认为是“高等人”的人放不下架子。行的低碳活动还表现在要多做有氧运动。我基本上不去室内健身房锻炼，一是室内健身器械多数不适合老年人，那些器械主要是为强身而不是为健身所设计的，与老年人锻炼的宗旨不符。二是室内健身房太消耗能源。老年人如有可能，一定要坚持“迈开腿”的健身战略。这是健身大战略。到户外去走走，与大自然同呼吸，做大自然之子。千吧万吧，不如大自然这个大氧吧。户外的空间多么广阔，户外的空气多么新鲜，为什么不去享受这种免费的资源呢。

与低碳生活相关联的是绿色消费，二者很多时候在概念和做法上重叠，因而常常相提并论，称为“低碳生活，绿色消费”。绿色是形象用语，它不仅仅指绿颜色、有生命的植物，而是指一种自然万物和谐共存的生态环境。依据红色禁止、黄色警告、绿色通行的惯例，以绿色表示能保持永久通行无阻的概念。国际上对“绿色”的理解通常包括生命、节能、环保三个方面。绿色消费还包括资源的回收利用、能源的有效使用、对生存环境和物种的保护等。绿色消费是一种以适度节制消费，避免或减少对环境的破坏，崇尚自然和保护生态等为特征的新型消费行为和过程。显然，它和低碳生活是相互通融的，二者对老年生活均有益处。

（2012年4月于北京海淀区羊坊店路3号大院）

心动 + 行动篇

一事能狂便少年

2013年5月11日，中办老干局在一家装潢颇有讲究的俱乐部举办每年一次交谊舞比赛。当日，俱乐部盛况空前，所有参加者都穿上国际标准舞的服装：男士系上耀眼的领带或打上时髦的领结，女士穿上华丽的大舞裙。一对对舞伴，以规范的台步，踏着入场的音乐节奏，然后定格在舞池中间。观众报以掌声。掌声中，舞者人人展示出花一样的笑容。

这是一个令人尊敬的特殊群体，他们的年龄分别是101岁，97岁，93岁，88岁……最年轻的也有70多岁。

优美的舞曲将舞者从舞场上托起，舞者则将舞场变成一个流动着的彩色世界。他们宛如一个个跳动着的音符，在宽阔的舞场上荡漾。他们是一对对健康福音的传播者。鼓掌的人们同步地感受着他们心田中那燃烧着的生命光彩。他们的心灵在飞扬。这飞扬着的心灵，透视着他们那遥远的青春气息，透视着他们昔日的辉煌，透视着他们对美好生活永不停息的追求，像是依然在吐露着他们生命中的精彩华章。虽不如专业舞者那样步步到位，虽不如年轻人那样自我夸张，但不同舞种的不同风格，通过他们的脚法，通过他们的体位移动，通过他们清晰的手势，通过他们的面部表情，都被演绎得让别人怎么也判断不出他们的实际年龄。华尔兹的雍容华贵，探戈的明快节奏，伦巴的丝丝缠绵，北京平四的热情洋溢，都足以让观赏者惊讶不已。掌声为此阵阵响起。

让我怎么称呼这一舞者群体？称呼他们为老人，或者用期颐之年、耄耋之年、古稀之年去称呼他们？

不，我不愿将这些略带几分沉重的字眼送给他们，这和他们轻松的神态太不相称。看着他们表现出来的那种对生命的自信，我无论如何不忍心这样去称呼他们。我是多么想使用他们年轻时代的称谓：小张，小李或者小王什么的，尽管人们现都在称呼他们为张老、李老或王老，或老首长、老教授、老部长、老将军、老前辈等。

一事能狂便少年。

搜索我脑海中的所有表达方式，我终于找出这样一个合适的选项来形容他们的神采。

汉字的“狂”，从字面上可解释张狂或疯狂，可解释为痴迷，可解释为追求某种极限而失去理智，但国学大师王国维的“一事能狂便少年”的诗句显然具有别样的解释。此处的“狂”者，指的是人对某种事物表现出来的浓厚兴趣，乃兴趣盎然之意。常说人要懂生活，要热爱生活，而热爱生活无非是要对周围的事物有兴趣。兴趣是人活着的精神支撑。挂在现代人口头上的另一句话是，生活要有质量。对周围事物无兴趣或无追求，生活就一定是消沉的、苍白的、无意义的，因而一定是无质量的。这个论断可谓老少咸宜。那种“即使给我一个明媚的春天，我也不觉得拥有花朵”的生活态度是枉度人生。

兴趣和爱好密不可分。当某种爱好演变成一种让人迷恋不已的兴趣时，当这种兴趣升华到盎然状态时，人就会被点燃起一种特殊能量。这种特殊的能量是人的生命补充剂，它让人乐观，让人向上，让人充满活力，让人在一定状况下有“不信青春唤不回”的得意心态，就像上面参加表演的那些舞者那样。谁说“狂”字一定是贬义？

比起在职，退休的人们要做到“一事能狂”并不难。其原因是在职做事被动，退休做事主动。主动就是给了你自我选择做事的自由，给你发挥自我兴趣的空间。多少退休人退休前怀抱某种愿望、某种爱好、某种追求，但无法实现，或没有时间，或没有条件，或不被允许，甚至被无心曲解。一位友人给我发过来一则电子邮件，说是一项现代研究成果表明，人生最辉煌的时候是 55—85 岁之间。这种看法颠覆了中国的传统观念：月到中秋光明好，人到中年万事休。真理总是相对的，传统的不一定是一成不变的。我赞成友人发来的那份电子邮件提到的新鲜观点。莫将退休当残阳，人生步步皆宽敞。退休是人生道路的转型，是给人生加菜，绝不是人生的撤席。一些人退休后有忧郁之感，何以解忧，不是“唯有杜康”，而是唯有“一事能狂”！选中一件事，选好一件事，为其“疯狂”，定能改变心态，定能进入一种新的境界，甚至一生从未有过的境界。

诚然，这里所言之“狂”不是没有节制。没有节制的爱好、没有节制的追求、没有节制的疯狂，是人生大忌，更是老年人的大忌，老年人尤其不可“为伊消得人憔悴”；“狂”更不是不具气节，不讲善恶。“莫以善小而不为，莫以恶小而为之”。贪财不可狂，贪色不可狂，损人利己不可狂，挑战道德底线不可狂，挑战极限不可狂。此一狂，彼一狂，不可同日而语。

事实上，我们退休人为一事“狂”比比皆是。我的一些老同学有作诗的、练书法的、绘画的，一个个都兴趣盎然，有时切磋得如痴如醉。再看看我们周围，有多少退休的人在尽情地展示他们昔日不为人知的才艺，又有多少退休的人奇妙地在时代潮流中寻找到了自我定位的快乐。一位 70 岁的人以流行歌手的身份登上了央视《星光大道》的舞台，他无意中也为自己开辟了一条星光大道。本不知画笔为何物的人退休后陶醉绘画，竟将其作品送上专业杂志发表。还有多少本不会唱歌的人从师专业人士后能引吭高歌于万众之中，并获得喝彩。我认识一位前辈，老革命，63 岁开始学习游泳，后竟然参加冬泳队，令无数年轻人折腰钦佩！新华社老社长朱穆之朱老，96 岁仍用电脑孜孜不倦地著书立说，指点世界风云。他们这种为自己一生所热爱的一事而“狂”的充实人生，意味着到晚年仍在燃烧着一颗年轻的心。退休人不是无事可“狂”，而是处处可“狂”。有“狂”，就有“年轻态”。

我退休后，不知什么魔力，竟让我对一批适合中学生的读物感兴趣起来，包括他们的某些教科书，其中有一些是我几十年前的。我有时读得很贪婪。读着读着，我仿佛又回到了初次接触那些知识的年龄。我妻子一次整理旧书的时候，发现几大本我在青少年时代手抄下来的东西，包括“文革”期间的。

我顿时兴奋起来！我也曾年轻过，豪言壮语我也曾满怀激情地摘录过，甚至大声朗诵过，花前月下的抒情小文我也曾很投入地欣赏过，名人的哲言我也曾大段大段背诵过。我脑海里涌现出许多过去将来时，像是站到了我开始追求理想和追求知识的起跑线上。这种为温故而"狂"的兴奋连接着遥远的昨天，无意中产生了一种青春回荡的感觉，非常美好、非常阳光、非常自豪，像是一首流行歌里唱的："想起来是那样遥远，仿佛已经是从前，那不曾破灭的梦幻，依然蕴藏在心间"。

《参考消息》2013 年 4 月 7 日转载《美国新闻与世界报道》的一篇文章，介绍保持大脑"年轻态"的 10 种方法，排在第一的是提倡学习一种新的语言。前两年我到广东避冬，突然对广东话产生兴趣。它的发音、它的构词法、它独特的幽默表达，让我在电视机前常常忍不住发出笑声。我很是"狂"学了一阵子，见到广东人就想和他们说广东话，尽管人家常常听不太懂，因为我本来就没有出道嘛。有人问我为什么要学，我说，不要问为什么，感到有趣，感到如此真的很有意思。这还不够吗！

退休者"狂"做某件事的最大特点是不奢求社会的回馈。但实际上往往像一首小诗所说，会产生一种"我本想索取一片红叶，你却给了我整个枫林"的效果，而这种效果对于心理健康非常有益。愿我们天下所有的退休人都能在自己感兴趣的某件事情上正确地"狂"为一把，从中得到的肯定不会是仅仅一片红叶而已。

（2013 年 5 月于北京海淀区羊坊店路 3 号大院）

老人乘车畅想曲

如今，老人的出行方式中，公交车唱主角。一张车卡在手中，“任尔东西南北风”，优哉游哉。

出行是丰富老人生活情趣的活动。大城市车水马龙，公交车四通八达。拿出手机，点击网络地图，城市的一切去处尽在眼前，尽收心中。筹划和搜索我乘公交车前往的既定目标或随意的目标，像是在编辑着一则电脑程序，更像是拨弄着我心中一款不断变化的游戏。这种编辑，这种游戏，心随境往，身心俱悦。

公交车的乘客是百姓，是城市的大多数居民。人们来自五湖四海，本地的、外地的、陌生的、相约的、不期而遇的、抱拳自称幸会的，大家同“车”共济，不停顿地谱出一部又一部跳动着的社会乐章。我乐在其中。

“大爷，您坐”，自我成功地成为老年人以后，在公交车上听惯了这让我深受感动的尊重，看惯了那些给我赐座的主角们的和颜悦色。每每遇到此情此景，我就会感受到一种文明在这一流动着的社会群体中暖暖荡漾。这是我们中华民族的文明，它在世界各国的同样场景中独具特色。在全世界大多数国家里，老年人和其他弱势群体在公交车上是享受不到这种礼遇的。我常常为有这支专为中国老年人谱写的公交车之歌而欣慰自喜。

身在公交车，感受人间事。运行着的公交车是随时直播的《新闻联播》平台。它是原生态的有机体素材，很丰富多彩，很接地气，因而很生动。年轻人上车了，他们在高谈着青春的梦想；企业人员上车了，他们在默默地勾画着经济发展的路线图；公务员上车了，他们在交换着新政策的信息；老人们上车了，似乎显得比其他群体更为活跃。一些老人还很喜欢刷自己的存在感，喜欢在公交车上切磋各种养生绝招，传统的、时尚的、自创的。谈到精彩之处，他们说话的分贝比年轻人还要高；跳广场舞的大妈们上车了，刚在公园引吭高歌的歌友们也上车了，他们游兴未尽，有时成为公交车上人们互动的最强音。上上下下的乘客群就这样进行着没有定型的排列组合，就这样编织着自己的或者相互之间的故事，默契而流畅。

在这部不断排列组合的社会乐章中，时常会出现闪光的音符。一名农民工模样的小青年晕车，吐了一地。站在一旁的陌生乘客掏出一沓餐巾纸给他。小青年接过餐巾纸以后，不是首先顾及自己，而是立刻蹲下来擦干净车里他自己的呕吐物。此举赢得周围的乘车人一片赞许。此举也向人们印证了一条朴素的真理：不要以貌取人，更不要以身份看人。普通的人在社会的原版中展露出的内秀，同样是高尚的，有感染力的，有时甚至成为一种榜样的力量。

在这部社会乐章中，自然也时而有丑陋的现象发生。最常见也是最令社会唾弃的是，极少数老年人滥用社会对他们的尊重，施行道德绑架，粗暴地强迫别人为自己让座，甚至以肢体语言威胁他人。他们拉黑了我们这些正常老年人的群体形象，他们刺痛着我们的心。但他们的这些不和谐的举止终究构不成社会的主旋律。公交车会无情地碾碎这些不文明的行为，按照自己的运行节奏健康地前进。

公交车承载着我浓浓的历史记忆。遥想当年，我从南方乡下来到北京上大学。第一次见到公交车，第一次学着别人排队等候公交车。最令我无法忘记的是我第一次等候公交车时的情景。当时，我站在长长的队伍里，忽然听到前面有人大声呼唤我：“小同志，到前面来，你先上！”这声呼唤，也是我抵达京城后第一次听到的呼唤。“你的行李那么多，站在后面怎么上车啊！”呼唤者紧接着这样向我解释道，很亲切很温馨。排在我前面的人都自动为我让道。如此京城如此人！生平第一次接触公交车的那种新鲜感和幸运感即刻化为一股对未来满怀阳光的兴奋。有人帮我递行李。我愉快地坐上了公交车。也就从那个“第一次”开始，我便同公交车结下了一生的感情。“小同志”是那个时代共同的社会称谓。那个时候，人们是在《学习雷锋好榜样》的歌声中通用这个称谓的；如今我已经成为资深老年人，小同志变成了老大爷。在公交车上听到“大爷，您坐”的尊重如同昨日别人让我这个“小同志”先上车的呼唤一样，一股亲切温馨的感觉在我的胸膛再次泛起阵阵涟漪。从故乡到京城，从少年到白头，几十年风雨行程，无论是对“小同志，你先上”的永存记忆，还是对“大爷，您坐”的暮年感慨，都镌刻着我对公交车不弃不离的情结。这是一首动人的长歌，这是中国社会文明的主流。

如今，开私家车我所欲也，乘公交车亦我所欲也。二者若需选其一，一般情况下，我乘公交车是也。这样的选择不仅仅是因为我喜欢耳闻目睹公交车上平平常常的故事，而也是因我在公交车上感受到的思想放松感和随意感。开车需要特别集中精力和注意力，除了路况和方向外无暇顾及其他。公交车上，我的思想可以在更为辽阔的时空里自由地运转和驰骋。享受生活中曾经有过的幸运，走出日常可能遇到的纠结，回忆新老朋友的友情和趣事，预设一段新的生活目标，萌发一篇文章的意境，所有这一切都可以在公交车上寻找到思想漫游和回收的境界。何况现代公交车早已告别了昨天的简陋。现在是冬天有暖气，夏天有空调，抬头有视频，耳边有乐声。对于老年人来说，是多么惬意的移动空间啊。

公交车是百姓生活的伴奏曲。它披挂着时代的标志，现在已成为一种绿色通行的代号。不少聚会场合，其组织者倡议人们选择这种绿色通行，不开和少开私家汽车，改坐公交车前往参加。在国际上，为减少私家汽车造成的空气和噪声污染，欧盟国家已经创建了一个统一的“无汽车日”。无汽车指的是无私家小汽车。当私家小汽车当日不得行驶时，政府则要求更多的公交车担当起替代的功能。任重而道远。公交车届时成为城市道路上最值得自我炫耀的宠儿，大气磅礴，川流不息，蔚为壮观。据说中国也在酝酿这项活动，但尚在初级阶段。可以想象，在这股具有时代特色的绿色浪潮中，我们的公交车也一定会有这样的历史担当。

（2020年3月于北京语言大学家属院）

随心所欲不是老年人的畅想曲

60岁退休时，我曾在一家杂志上发表一篇文章说，退休后要过一种随心所欲的生活。文章表达得信心满满，大有挑战人生铁则之勇气。文章发表后，有不少读者给我点了“赞”。岂料10年后，我发觉我错了。他人的那个“赞”也跟着点错了。

随心所欲不是人生畅想曲，什么时候都不是。

从一件不大不小的事情说起吧。马年春节前夕，因肺部轻度感染住了几天医院。白天输液加检查，晚间主治大夫允许我回家静养。不料几天后，换了一值班大夫，是位严厉的女大夫。她拒绝我这样做，很断然。无奈，我只得配合。

我由此想到了林语堂的一段人生无奈的议论。他曾回忆自己少居田野，赤足走草坡，入涧水淘小虾。及长成，西装革履，束之，缚之，拘之，屈之，由是足趾之原型变状，天赋灵巧逐渐失去效用。于是他大为感慨道：适人之适，而不自适其适，人世总是如此。奈何，奈何？

我的少年与林语堂相似，只是后来的人生没有像他那样成大器。我也少居田野，赤足走过草滩放牧，下过小河捕鱼捉蟹。后来上学读书，跑到了城市，跑到了首都，跑到了国外，跑到了遥远的南美“新大陆”，穿上了正装，配上了革履，走上了林公所说的“束之，缚之，拘之，屈之”的人生道路。随之，也改变了少年在草滩上练就出来的赤足之功能，其“天赋灵巧逐渐失去效用”。每每念及此，我也同样感到人世真的是“奈何，奈何”？

纵横观人生，完全无拘无束可能永远停留在理想的追求上，因为人无论走到什么时候，哪怕是老年，无论走到哪里，哪怕是海角天涯，都有一种有形的和无形的笼子在管束着你。“束之，缚之，拘之，屈之”是人生之常道。“奈何，奈何”？无可奈何。自作聪明的人有时冲破了一个笼子，但会有别的笼子笼罩着他。那些在笼子外面自行其是甚至胡作非为的人们终究会被耻辱地捉到另一类的笼子里去。

人生有太多太多的无奈。到了老年，更不可妄想去刻意打破。了解这一点，关乎心态的平衡和平静。

无奈一是来自外力的强加，是指社会行为的规范，这种规范哪怕在某个时期并不合理，你也得遵守，是一种无奈的遵守。医生不让你回家，你不配合不就成“医闹”了！二是想与做的差距有时太大，心想事则不一定会成。现在中国的思想家和哲学家层出不穷，新媒体每天都在传播着众多的人生浪漫曲，训导人们如何无拘无束地潇洒生活。但这些高论绝大多数是疑似潇洒，其实无法让人潇洒。许多时候，你潇洒了，人家就遭罪了。“中国大妈”群体进军纽约广场高调晨练，大跳广场舞，释放了充满人间的潇洒，人家可就来管你了。你那双“天赋灵巧”的或者不怎么灵巧的双脚连同那双可爱的红舞鞋都要无奈地被束之，被缚之。

受束缚是一种被动，但可将其化为主动并驾驭之。其办法就是调整思维，使其同世界及其客观规律接轨。说得学术一点，就是要把无奈或被动的无为转换成在一种被称之为在自由王国里的主动意识和主动有为。自由王国是要人们认识世界的原本状态，并修养成相应的心理状态来支配自己和外部世界。无奈面前的无为是一种按照事物自身规律行事的理性支配。这种无为是一种智慧型的有为，是让得失相互转化的进退自由的有为，其目的是促使矛盾向着积极的方向转型，它始终是一种自我掌控。如此，撤退有时也是一种成功。这就是对无奈的主动驾驭。这种驾驭，无须哲学家的宣教，而是自我领悟。“你懂的”，领悟了，海阔天空；反之，总是想打破这、打破那，而实际上又屡屡不能打破，于是就屡屡感到郁闷和纠结。如此，人生何轻松快乐之有？

（2014年3月于北京海淀区羊坊店路3号院）

我的微成就感

步入老年，我常常悠然自得于微成就感。

外面的气温高达37摄氏度，湿度为45%。空调平时我一般设定为除湿模式，但由于气温过高，现在我想切换到制冷选项。

但遥控器在这一节骨眼上忽然停止工作，哪个档也不听使唤。外边的温度和湿度随即钻进室内。

我判断，要使遥控器恢复正常，一定是在“设置”上做文章。但怎么鼓捣都恢复不了。无奈，向不在身边的儿子求助，要他在电话里遥控我，将我手中的遥控器恢复正常。吾儿开始有点担心，这样的隔空指令和操作能否成功，因为不是按一两下相应的功能键就能轻易解决的。幸运的是，我们在电话里互动几次后，我居然还真的获得成功。凉爽再次回到身边。站在一旁备受高温煎熬的妻子观此情景，立刻鼓起掌来以示祝贺。我备受鼓舞，心想，大象装到冰箱里还要用3个步骤，这带有一定科技含量的故障隔空处理也没多用上几个步骤，就让我这个白发老翁获得了一个小小的成就。我藐视了一下过程，随即产生了相应的成就感。

我将这种微不足道的成就感简称为微成就感。这种微成就感比空调带来的外部凉爽更为触动身心：人虽老，自信在。有自信，就会创造出成就，哪怕是一种微不足道的成就。

心理学家们说，儿童和老人在心理上有相同之处：大事做不了，但对于自己做成的每一件小事都很在乎，都感到兴奋。这种在乎和兴奋会让这两类隔代的人群对自己产生强烈的存在感。对做成某些微不足道的事情，前者感到“我能做了”，后者认为“我还能做”。从“我能做了”平稳过渡到“我还能做”，人之一生，能连接这两个相距遥远的阶段是一种幸运，由此获得的精神上的满足则是一种享受。

“还能做”，做什么？对于老年人来说，雄心万丈，追求辉煌，追求完美，乃至追求极限，曾是我们人生道路上的主旋律。退休了，人渐渐老了，大事做不了了。我们必须缓慢地弹奏出新的人生变奏曲。自觉掌握这一人生延续定律的人，手里做的是小事，心理上却依然享受着像做成一件大事的欣慰。

不信？你看老同学、老同事、老朋友的聚会，陌生人的萍水相逢，参与者海阔天空地聊天下大事，不亦乐乎。但静下来后，谈论最多的还是自己这个话题，现在的自己和自己的现在。大事化小，小事乐逍遥，对于做成的每一件可以“炫耀”的小事有时谈得眉飞色舞。

大家踏着时代的步伐，相互交流着、鼓励着、前进着。

老张邀请老李去逛公园。老李一连两天都不去。老张问其原因，老李说，他去银行缴纳水费，银行排长队，他无耐心等候，回来了。第二天又去，等候的阵势依然令人沮丧，他又回来了。

老张怀疑老李借口不愿和他一块儿玩了，有些不悦。过了两天，老张自己因要缴纳燃气费也去了银行。他遭遇了和老李前几天同样的烦恼。二人应对的措施是一样的：第一天回来了。第二天再去，又回来了。如此简单的事，两个人都折腾了两天，两天都没办成，都显得很无奈。

此事让他们的玩友老王知道了。老王把他们二人大大地数落了一通，说他们二人真的 OUT 了。

老王让他们上网银，老张和老李都说不会。老王说，找孩子去，去尝尝“子教三娘”的甜头。

几天后，老张、老李、老王相约到一起，老王享受到了老张和老李的称赞和感谢。张、李诉说他们二人在各自的孩子的指导下，如何如何抱着手机，悠闲地坐在沙发上几秒钟就把事情办完了的简单过程，甚至手舞足蹈起来，其表情如同孩子们来到人世间第一次做的某件小事一样，成就感油然而生。

又过了几天，老张要去医院看医生。起得很早，但没挂上号。他又很纠结。三人行，必有我师。这次老李要为人师了。他告诉老张如何在网上挂号：也是拿着手机，坐在沙发上，在手机上点几下就可以办成了，选大夫、选时间都可以进行，并当场给老张挂上了号。老张对老李刮目相看。

又有一天，他们三人从公园门口出来告别时，老张忽然兴奋起来，他要其他二人陪他去马路旁一个不起眼的菜摊。老王、老李心领神会，因为最近大家学习新东西的兴趣甚浓，简直是如痴如醉，而且学以致用，相互传教。老张这一举动肯定要露一手新玩意儿。果不其然，老张到菜摊上拿了几把蔬菜，等卖菜的人告诉他价钱后，便取出手机对着二维码轻轻一扫，一笔小小的交易便成功了。卖菜的师傅说，这位大爷还会用手机微信付款，真前卫。老张故作谦虚地回答说，这没有什么，小事一桩，心里却美滋滋的。

三人互为人师。还学着年轻人的样子，每做成一件诸如此类的小事，都相互击掌祝贺。大家的心态也为此变得年轻了。

要使微成就感化为一种享受，首先取决于所做的小事情的性质。三国时代的刘备说，莫以善小而不为。我们可反其道而行之，莫以善小尽为之。因为生活里小事处处有，只要愿意做，唾手可做。但我们老年人精力有限，所以要选择。选择的原则一是力所能及，二是与时代同步。力所不及者，不做；与时代不甚合拍者，不做或尽量不做。说尽量不做，是因为老人总有一些传统的无害于社会的东西要保留，有的事做起来可自娱自乐。但这种重复不能产生成就感或微成就感。唯有选择与时代同步的事，做成了才有成就感。那就需要不断学习。温故而知新远不如学习新事物而知新。只有不断学习新东西，才能在时代的旋律中做出正确的选择。选择正确了，微小的事情做成了，有人鼓掌更好；无人鼓掌，自己也一定要为自己鼓掌，为自己的微成就感自豪，为自己没有被现代社会边缘化而自豪。老张、老李、老王做的事情及其效果就是这样的感受过程。所以，选择比做事本身重要，比付出重要。选择是一种智慧。选择对了，事半功倍。相反，则事倍功半。比起前半生，老年人做事的选择更具优势，因为更具自主性。无人为你下达指令，也无人强制你应如何如何做。我的老年我做主，没有外部压力的选择是最轻松的选择。

当然，没有底线的事，无论大小，就更不在考虑之内了。有些事，虽然不那么严重，但功利的味道太浓，老年人应好自为之。记得几年前，我在太原一家服装店闲逛。老板提出请我喝茶，我诧异。他又要我试他店里的西服，我更纳闷。原来他要我为他自己设计的西服做广告，不断说我非常合适他的需要，还当场开出费用。在北京也遇上一次类似的事情，这次是邀请者要我为他们做洗脚的广告，当然对方也表示给我广告费。这两件事我要是选择答应，还真有点名利双收的小小成就感，而且还不涉嫌触动底线。但我一想到社会上那种虚假广告给消费者带来的伤害，我就谢绝了这样的选择。不是我多么高尚，是觉得这对我来说，不是一种享受，感觉不好，感觉到在灵魂深处有一种隐隐的说不清道不白的累赘。我不愿到陌生的海洋里去游泳，既如此，何必勉强呢。

一切享受的感觉中，成就感是让心灵最踏实因而也是最惬意的感觉。现在的老年人几乎都很重视保健，就让微成就感在我们的心灵上增添一份可以发酵的保健素吧。

（2017 年 7 月于北京语言大学家属院）

美好就在身旁

《参考消息》2010年6月5日转载了英国《每日电讯报》的一篇文章，文章一开头就有这样的句子：人生有许多美好的东西是免费的：欢笑、朋友和拥抱。其次是：太阳照在脸上的感觉，读一本好书，沿着海滩漫步，盖干净的床单入睡，翻阅老照片追忆往昔，闻到刚修剪过的青草气息。

这些话说得多好啊！对于我们老年人又是多么实用啊！生活中有很多美好的获得真的是在很平常的时候，在很普通的环境之中、很普通的事情当中、接触的普通人群中。对于老年人来说，有时还在不经意的回忆中。

很多人的口头禅是享受人生，但如何享受，不同的人其方式却迥然不同。有人以为挥金如土，将吃喝玩乐发挥到极致就是生活的高质量，就是对得起人生。而另一些人则将其视为践踏自己，恶搞人生。这种所谓的极致质量不能和人生原本意义上的享受等量齐观，甚至适得其反，有时还会造成灾难性后果，如“胡吃海塞”带来的越来越明显的健康悲剧已为世人所震惊。我始终认为，我们人类是大自然的宠儿，大自然很爱我们人类，每时每刻都把取之不尽的美好事物无偿地奉送给我们。大自然应该是我们人类的第一朋友。巧夺天工的人工美固然可以给人以某种享受，但同大自然那种具有永动性的美永远不可同日而语。人生最好的享受莫过于从接触大自然开始。太阳、月亮、星星、花草和花草的妩媚、土地和土地的芬芳、绿树和绿树的庇荫、空气和空气的清新、辽阔的原野、壮美的山川、空中的大雁和雄鹰、小河中的游鱼和蝌蚪、夏夜萤火虫的闪亮、冬雪“江山一笼统”的意境、久旱以后的雨、酷热以后的风、风雨过后的虹等等，这些在自然界无限循环的无穷无尽的事物，哪一样不让我们的心情得以陶冶，哪一样不让我们的愁绪得以驱散，哪一样不是给我们以生活质量的提升！大自然给了我们人类如此多的恩泽，我们没有理由拒绝。有自然的，我们何必刻意去追求人造的！游泳池终究不如大海，天文馆怎么也比不上躺在大地上观赏到的那辽阔的夜空，空调的凉爽怎么也不如去清澈小河边的惬意。我们中国人特别是女士们爱打着伞走在阳光下，甚至擅自将雨伞改名为“阳”伞。西方人对此种刻意与阳光隔离的做法很奇怪。他们把阳光当成自己的朋友，以阳光照射出来的肤色为健康美丽，在一些特定的海滨浴场上甚至用全裸去同阳光实行全方位的亲密接触。咱们中国乡下的老人最重要的保健方法也是晒太阳，而城里一些人宁肯躲在家里吃钙片，也不让太阳照耀自己的脸上。多么美好的自然资源竟然给浪费了。你说谁更聪明？谁最懂得人生的享受？

美好应及时获取。我认识的一位女士说，她在爱情上的耽搁是因为错选了柏拉图式的爱情，她太迷恋柏拉图的《理想国》了。柏拉图式的爱情有几种类型，这位女士所定位的大概是源自于古希腊两位大哲学家柏拉图和他的老师苏格拉底的一次对话。有一次，柏拉图问他的老师苏格拉底什么是爱情。苏格拉底说：“你去麦田里摘一株最大最好的麦穗回来，在这过程当中，只允许摘一次，并且只能往前走，不能回头。”柏拉图按照苏格拉底的话去做，很久才回来。苏格拉底问他摘到没有？柏拉图说：“开始我觉得很容易，充满信心地出去，但是最后空手而归！”苏格拉底问其原因。柏拉图说：“很难得，曾看见一株不错的，却犹豫是不是最好的。因为一路上只可以摘一株，于是我放弃这一株而寄希望于下一株，继续往前走。可是我越往前走，越发觉后来的不如以前见到的好，所以我没有摘；当已经走到尽头时，才发觉原来最大的最饱满的麦穗早已错过了，只好空手而归！”

苏格拉底说：“这就是爱情”。

想想看，在我们的人生旅途中，在我们的日常生活中，有多少信手拈来的美好事物因为没有及时抓住或本来想抓住但又犹豫不决而从我们身旁离开了，而其中有些事物，许多人一生中也只遇见一次而已，那株最大最饱满的麦穗再也不会出现了。总是要找最好的、总是在等待、总是在幻想，却忽视现实的、忽视眼前的、忽视平常的，这是我们许多人总是在纠结和烦恼中生活的症结。健康是一切美好事物之最。众多的人们花高昂的代价在虚无缥缈中“上下求索”，却忽视生活中的点点滴滴，而这点点滴滴明明就站在你的身旁，你却不知道它在爱你，或熟视无睹，或敬而远之，或舍近求远。广播中一位医学大家说，一方水土养一方人，其实养生不需要好高骛远，按照普通的良好的生活习惯生活就会活出健康。

让温故转化成美好的感受。我有一张照片，那是20世纪60年代末70年代初大学毕业后在河北部队农场接受劳动锻炼（一个月后这种锻炼被改称“接受工农兵再教育”）时照的。在同后来的无数张穿戴张扬的照片一起筛选时，我始终把这一张作为最珍贵的一张。照片的背景是一间简陋的茅屋，土墙草盖，透过略微开着的门向深处看，依稀可以看到我们当时用来睡觉和政治学习的一排土炕。门前屋檐下有一个大水缸，上面有个用麦秸编制的盖子。我站在水缸旁边，穿的是棉衣棉裤，显然是冬天；棉衣棉裤上都打有补丁，显然带有那个年代、那种环境下最具时髦的特色。那是一个几乎只有黑白两种颜色的时代，照片也是那样。那个年代虽然有点荒唐，但荒唐年代何尝又不是一个让人可笑的年代！公理的被颠覆，一个又一个黑色的幽默都告诉我们，那是一个不能被删除的年代。更何况，对于我和与我同时代同经历的人，那也是个激情燃烧的岁月呢！要不然，为什么照片上我穿着打补丁的衣服还面带笑容呢！让我感到意外的是，许多90后的人看了以后大加赞赏，“太珍贵了，太酷了”是他们共同的用语。每每想到此，我就偷着乐，这不也是一种不需要支付任何成本的美好感受吗！

放松也是生活的美好。我们生活的这个星球在快节奏中运行，能在这种快节奏的世界中得以放松是一件多么美好的事情啊！一是要放松工作节奏或生活节奏，二是要放松心理状态。前者在客观上有时不易做到，而后者则在于自己，因为心理放松是一种思维，一种高超的思维，是人类的一种大智慧。西方人很推崇我们中国人在这方面对人类所做出的贡献。退休后我受国家教育部派遣去古巴哈瓦那大学孔子学院任教。当时我在哈瓦那一家酒店居住，几乎每天都坚持中国式的保健运动，诸如太极拳、八段锦、六字诀等。有一天晚上，我正在做八段锦，忽然一中年女子从我身旁走过来问：先生，你是在做放松运动吗？听说你们中国人有一种办法能让人的紧张情绪放松下来，是真的吗？她说她是墨西哥人，刚和她的丈夫吵过架，情绪很紧张。她的诉说让我隐隐感觉到她正在把她的紧张心态转嫁给我，而且我很担心这位陌生女子在为我设计陷阱，我还得保持晚节呢，但看她一副真诚无奈的面容，我就动了恻隐之心，让她同我保持一定社交距离，在我的后面模仿八段锦的第一段“两手托天理三焦”。反复多次后，她竟然平静地对我说，放松多了，真假我当然无法科学测定。她还说中国的武术（她这样误称）真的很神奇。我告诉她，做这一运动时，要将意念投放到天之极限，让你自己的心胸同整个宇宙空间融为一体。如此，一切紧张和烦恼的情绪或被稀释，或化为乌有，这就是中国人崇尚的“天人合一”的思想及其效果，是无价之宝。她一再感谢我，最后用拉美人典型的告别方式同我热情告别。我也为这场并不是陷阱实为善意的美好交往而感到快乐。

（2012 年 8 月于北京延庆县张山营镇晏家堡村一农家院）

张打油如果还活着

唐朝有个叫张打油的，此公有一首名曰《咏雪》的诗：江山一笼统，井口黑窟窿。黄狗身上白，白狗身上肿。这种诗体通俗易懂，诙谐幽默，生动传神，让人读后轻松愉悦。人们用诗人的名字将这种诗体命名曰打油诗，其知识产权当然非张打油莫属。

张打油生于中唐时期。没有人给他留下传记，但有一段关于这位诗人的逸事。据说有一年冬天，一位朝廷官员前往祭奠宗祠。进祠庙后，抬头看见墙上写了一首诗："六出九天雪飘飘，恰似玉女下琼瑶，有朝一日天晴了，使扫帚的使扫帚，使锹的使锹。"官员顿时不悦，查问这类不登大雅之"庙"堂的诗文为谁人所写。有随从答曰："大人不用查了，作这类诗的不会是别人，一定是张打油。"

那位官员随即叫人把张打油找来问询。张打油不卑不亢回答道："大人，我张打油确爱诌几句诗，但本事再不行，也不会写出这类诗来。大人如不信，愿意接受面试。"于是这位官员即以当时安禄山兵困南阳郡为题，要张打油作诗一首。张打油脱口吟道："百万贼兵困南阳，"那位官员听到这第一句，连声称赞："起句非同寻常，好好！"张打油再吟："也无援救也无粮，"那位官员不动声色。没等他开口反应，张打油一气呵成又接上了后三句："有朝一日城破了，哭爹的哭爹，哭娘的哭娘！"在场的所有官员无不开怀大笑，一是为朝廷有朝一日真的破城而高兴，二是为这几句与"使扫帚的使扫帚，使锹的使锹”的风格如出一辙，是让人捧腹大笑的大实话。那位官员也乐不可支，还说了张打油几句好话。从此，张打油和他的打油诗风格也就流传开来。

还有传说，张打油是一位农民兄弟。他读过书，虽不多，但他能在那个时代创造出至今依然不朽的文化品牌，确非等闲之辈。他的诗没有入《全唐诗》，是个不小的失误，很可能是选诗人的偏见或略带点学院派的迂腐，瞧不起弱势群体，而将其打入编外。在我看来，再好的诗也离不开三要素，一是有内容，二是有意境，三是看得懂。《咏雪》条条符合。这首诗描写的是雪景，但除题目以外，无一“雪”字出现。诗很大气，很辽阔；有宏观，有微观；有意境，有神态；有粗犷，有细节。全诗用字、用词、造句，都很贴切。这一点，与合辙规范且高雅的格律诗作是相通的。

诗歌确有高雅通俗之分。我推崇张打油不是排斥高雅。相反，我也很在意追求高雅，有的方面还真有点孜孜不倦，只是力有未逮，至今学未成器。高雅历来被文人认定为主流，而我却认为，主流非主流不应过于刻板，它们也不是永久不变，二者之间的位置是可转化的。人也不应只重雅而不流俗。人间烟火、人的广泛情趣多在俗而不在雅。俗，乃平平常常之意也。平平常常才是真，才有真。谁能每天都享受阳春白雪，那还不产生审美疲劳的反效果！美声唱法和感觉我很喜欢，但总感觉过于艺术化。人总不能成天在艺术的感觉中生活。流行音乐似乎不登大雅之堂，但它贴近生活。大白话、大实话，唱的就是生活，它让身边的生活很不经意地变成了口中的歌。流行歌曲最大的优势在于含有不少像是简单生活语汇但却又很有哲理的警句，被社会各阶层广为引用。对于相当多数的人来说，这种艺术实际上就是主流，即便不算是文化大餐，也可算是文化家常菜吧。大餐天天吃，会腻味。风味小吃有时又何尝不是人们追求的佳肴！打油诗是诗、是歌，也是生活。生活中有雅有俗。雅俗存而不同，和而不斥。雅俗共赏才是一个人的完整情趣。打油诗的亮点在善于将生活的原本作艺术性的直白。

由诗及人。人是社会的人，社会同样有主流，有非主流。主流社会掌控着社会的方向，主流社会的人要按主流社会的游戏规则行事，思维、行为、说话方式，甚至穿着打扮都要求在规范之内，就像中国的格律诗那样，出格了，社会性质就变了。主流社会的内涵不同时期也不一样。中国封建社会的主流是非礼勿视，非礼勿听，非礼勿言，非礼勿行，是“灭人欲，存天理”，女人还被强迫裹小脚。人们崇尚温文尔雅，争当循规蹈矩的正人君子。五四新文化运动后，“德先生”和“赛先生”一起进来，人们几千年的行为规范就受到了这两位先生的导航，社会的主流价值取向开始转向开明和人性的开化。昨天的那四个“非礼”就慢慢变成了社会的非主流，甚至被认为是迂腐而遭到了人们的嘲弄。茅盾《子夜》里的那个吴老太爷就是因为不适应社会的这个巨变，还沉浸在他所虔奉的《太上感应篇》里，一见到新时代的女人穿得稍微袒露一点儿，就突然晕了过去。20世纪中叶，中国经历了一个史无前例的特殊年代，那时人们走在同一条道路上，喊着同样的口号，说着几乎是同样的话，穿着连颜色都差不多的服装，男女也几乎没有区别，文章诗歌也都是同一曲高调，响彻云霄。违背这种主流社会的人就被判定为离经叛道，甚至有可能惨遭厄运。那时社会中几乎没有人去选择什么非主流，不是不愿意，是主流把所有的人都卡死了。改革开放以来，中国社会再度发生巨变，其中之一就是包容。社会现象包容，人们的不同价值观开始走向包容。人们除了懂得主流社会外，老百姓每天也可以编织自己的故事，与主流社会共存并谋求二者和谐。社会变得宽松了。如此，非主流社会也呈现出一股生机，整体社会也因此有了众多的色彩。

张打油其人显然不属于主流社会，但其代表性很强。他的成名不仅仅是因为他的作品，更重要的是通过他的作品彰显出他的人格魅力：一，他不装腔作势，他的诗全是大实话、大白话；二，他不循规蹈矩，诗中不讲平仄，不讲对仗，任其挥笔；三，他不故弄玄虚，作诗不用典，不卖弄辞藻。第三条是五四新文化运动宣示的目标之一。这三条就是文如其人、人文一致的诠释。从这三条也可以看出，张打油是个不需要加形容词修饰的人。今天的人们爱玩微信。微信中有不少打油诗的影子，妙趣横生，让人喜闻乐见；有时针砭时弊，针针见血，入木三分，让人有酣畅之感。

我们退休的人曾在主流社会里谱写过自己的人生，但这一阶段已经翻篇。我们的人生使命已经宣告完成，我们快乐地走进了非主流社会，实行了人生道路上的战略转型。大家少了许多不必要的拘谨和繁文缛节，像年轻人说的那样，开始做起了自己。西装、领带、皮鞋相应跟着“退休”或“半退休”。休闲装一下子变成了衣着的主流。走路也不需要紧随主流社会的人们去刻意迈着“四方步”，说话也不需要太多的套话和规范的表达，更不需要言必称主旋律。人生过于（不是不要）规范会活得很沉重。不规范是一种才智，在职时它可能成为创意之母，退休后可能成为快乐之源。不规范，我们可以创造出有别于他人的快乐方式。不规范，我们也可以创造出属于自己的语言表达方式。所以我想，如果张打油今天还活着，他很可能是个众星捧月的“学术超男”。他对我们退休人员会情有独钟，会办个培训班，或者办个不以经济效益为唯一目标的文化公司，让我们当中有志于此的人退有所变，退有所学，退有所乐，退有所为。格律诗难学，主流社会的人难做。我们可以学学张打油作诗的快乐，做人轻松自在，像他应对当初那个官员在祠堂里的询问一样，既不卑不亢，又准确无误地表现自己。他也会有更多的诗作，许多博客、许多微博、许多其他网络产品。他会有很多崇拜者，或者不规范地称其为“粉丝”，因为在这个到处都充满压力的社会里，灵活的生活方式已成为人们需要的情趣润滑剂。许多人很想学学他，尽可能活得放松些。

（2012 年 8 月初于北京延庆县张山营镇晏家堡村一农家院）

自嘲是老年人的轻喜剧

退休多年后的一天，我从很远的地方认出了久违的一位老朋友。我立即用热情的语言向他打招呼，但他向我传递过来的回应却让我意外："我现在是真龙天子，你先别跟我这样说话！"他近似于呐喊，同时用手不断地在他耳朵周边画圈。他那种语言交际和非语言交际同时并用的方式让我即刻明白其意，真龙天子乃耳朵真聋了之意。他是在自嘲。一个本来沉重的话题，被他这么一番自嘲，反而变得轻松起来。我们二人皆大笑起来。很难想象，如果他不用这种方式回应我，而是愁眉苦脸、唉声叹气地诉说自己的不幸，那我们二人久别重逢会是个什么样子的情景和心情。

自嘲是一种动态思维和行为，是老年生活中的轻喜剧。善于自嘲的人首先是不忌讳谈论自己的不利处境，同时又不把这种不利的处境看成僵化的状态。善于自嘲的人善于将自己的弱势反转成精神上的漫游，从而让自己轻松起来，甚至美妙起来，就像我的那位久违的朋友明明是耳朵聋了，还要将"天子"拉过来陪伴一番，以求开心。

至于在善于自嘲的老人当中流行的诸如"白发拔不尽，春风吹又生""蹉跎惭白发，辛苦作黄牛""万般皆下垂，唯有血压高""酒窝变皱纹，皱纹变酒窝""最美不过夕阳红，美在哪里好朦胧""敢叫夕阳不西沉，向天再借二百年"，那更是美不胜收。如果你留心常常会发现，这些热衷于自嘲的老年人作这种自嘲时，眉宇间总是流露出对人生的自信和由此绽放出的生动的笑容。如此自嘲不但让自己享受快乐，而且能感染别人共享这种快乐。季羡林晚年的自嘲更让人叫绝。据说他专门请人为他刻了一方闲章，自嘲为“四半老人”，即半聋、半瞎、半瘸、半拐之意。可就是这位“四半老人”依然是志向不改。“四半”并不影响他笔耕不辍的追求，竟然完成了《病榻杂记》的遗作。

自嘲中国自古就有之，一些豪放的文人都非常善于以文自嘲来表达自己的喜怒哀乐。奇怪的是，自嘲没有确切定义，甚至连像《现代汉语词典》这样的经典都没有将其作为一个词条收入，但人们对它有一个共同的悟性。那就是，自嘲是一种很高明的思维和表达方式，是一种智慧。有人将其称为比幽默更为高明的思维和语言驾驭艺术。

人的一生都难免遇到一些意想不到的尴尬处境。究其原因，有的是外在的，有的是自身的。对于外在原因造成这种处境的，当事者恼羞成怒有之，动干戈者有之，失斯文者有之，但这些无疑皆为下策，会在尴尬的场面上造成负加分。另有一种人则善于运用自嘲。自嘲能化解自嘲者的窘境，以维护自己的尊严，同时又给原本无意给自己造成尴尬的他人以解脱，不失为双赢。一些大家们对此更是运用得炉火纯青。

北宋有个叫石延年的大文学家，人皆称石学士。有一天出门，为其驾马车者遇到突发情况。马受惊，车侧翻，石学士摔倒在地，其狼狈相可想而知。闻讯前来围观者的闲人不断，更添了几分难堪。车夫和围观众人皆以为，石学士起来后会动怒。不料，这位石学士起来后依然保持着平常的斯文，拍拍身上的尘土，轻轻地对车夫说：“幸亏我是石学士，如果是瓦学士，不就摔碎了吗！”（赖我石学士也，若瓦学士，顾不破碎乎）。随即，围观者尽散去，一切恢复平静。

丘吉尔上学时据说成绩很差。当了英国首相后回到母校。他非常明白，尽管学校领导隆重接待他，但人们肯定不会忘记他在校学习时的表现，只是心知肚明，在这种场合下不便说破而已。丘吉尔无疑是感觉到了。大概是非学校成绩因素在起作用，丘吉尔此时表现出过人的聪明。他对这种隆重接待和刻意的汇报没有过分在意，却请校方帮他找到学校成绩最差的学生。见到后，他对这名学生说：“我非常感谢你，因为是你牢牢地守住了我的位置。”

这一举动和这一句自嘲的话语迎来一片掌声，瞬间一扫人们对丘吉尔的负面心理，人们对他的亲近感也同时油然而生。

史载，古希腊哲学家苏格拉底的妻子是个泼妇，常对他发脾气。苏格拉底有时选择躲避。有一次，他刚走出家门，他那怒气未平的妻子突然从楼上倒下一大盆水，把他浇得像只落汤鸡。众目睽睽之下，苏格拉底颜面严重丢失，但他却镇定自若，不慌不忙地说："我早就知道，响雷过后必有大雨，果然不出我所料。"

用自嘲来改变由于自身的失误造成的尴尬，在生活中的例子也很多。我初中时有一位姓施的语文老师有一次在课堂上念错了一个字。第二天，自己发觉后，不是像一些浅薄的人那样找借口维护其人们通常所说的师道尊严，而是在我们这些十几岁的孩子面前说了这样的话："同学们，这个字我念错了几十年，以后你们别跟着我再念错另外一个几十年了"。语文老师念错了中国字，而且在课堂上、在自己的学生面前，那的确是很没有面子的事，但我们那位老师以这种自嘲的方式来纠正自己的错误，不但没有丢面子，而且给我们以永留记忆的启发。真的又过去了几十年，那个课堂插曲我至今依然铭刻在心，甚至还记得他说这句话时的样子。那位老师平时的课教得特别好，人也特别和蔼，课上课下我们对他都特别敬重。听了他这番话，同学们对他的敬重又多了几分。在那以后的几十年，我自己有时也有念错字的时候。每当这种尴尬状态出现的时候，我就学着我中学时的那位语文老师的口吻在众人面前自嘲一通。每次我作如此自嘲的时候，都无一例外地收获他人善意的理解和微笑，丢面子的负面影响也在轻松的气氛中得到化解。

自嘲不但可以改变有时出现的意想不到的尬尴局面，甚至会提拔自己原本的形象和在人们心中的位置。20 世纪 50 年代，联合国有一位叫哈马舍尔德的秘书长，接触了周恩来总理后曾说过一句广为流传的话："与周恩来相比，我们简直就是野蛮人。"如此自嘲式的对比，不但没有让这位有世界影响力的人物自己被矮化，反而无意之中提高了自己的身价。新加坡总理李显龙 2017 年在新加坡国庆群众大会演讲中称赞中国电子支付领域发展迅速时说，新加坡人在这种发展势头面前，简直就是"乡巴佬"。他高调要求他的国家的人们

“奋起直追”中国的顺风车。

大文豪鲁迅的自嘲别具一格。他那首以《自嘲》为题的古体诗十分经典。一方面说自己“运交华盖欲何求，未敢翻身已碰头”。字面上判断，面对当时的险恶处境，他在嘲笑自己一副很无奈的状态，实际上他是借此表达了“横眉冷对千夫指，俯首甘为孺子牛”的坚定志向。以自嘲反衬志向，逆境明志，铿锵有力。鲁迅还有一段更为绝妙的黑色自嘲。据他的侄女周晔回忆，有一次在鲁迅家里，她问鲁迅为什么他的鼻子“又扁又平”。鲁迅摸了摸自己的鼻子，笑着说，“我小的时候，鼻子跟你爸爸的一样，也是又高又直的。可是到了后来，碰了几次壁，把鼻子碰扁了。”“碰壁？”他的侄女问，“您怎么会碰壁呢？是不是您走路不小心？”“你想，四周黑洞洞的，还不容易碰壁吗？”鲁迅用自嘲来表达他对当时黑暗社会的愤怒鞭笞。

自嘲的思维和生活态度其所以比较适合老年人，是因为老年人身上原来具备的强势日益趋向弱势。消极、被动、无奈是我们经常遇到的关键词和尴尬。其心态如果顺势发展，原有的强势就越来越弱势，以至于有可能导致对生活越来越失去信心。老年人运用自嘲，就能从消极因素中寻求豁达，从被动中寻求乐趣，从无奈中寻求新的心理平衡。

人年轻时经历成长的烦恼，年老时面对衰退的烦恼。拿自己的年龄自嘲是老年人驱逐这种烦恼的通用思维。许多70岁以上的人把自己说成是“70后”，“80后”或“90后”，在思想上给自己留下生命继续的空间。

自嘲掌握分寸很重要。自嘲不是自贬，不是自贱，更不是刻意作秀，刻意求得他人廉价喝彩的低级趣味。自嘲应该是亦俗亦雅，亦庄亦谐，是一种言此意彼而着重在于意彼的健康心态。对于老年人来说，它能给枯燥甚至苦涩的生活增添额外的润滑剂。自嘲是老年生活中的轻喜剧。

（2017年11月于北京语言大学家属院）

老年人失掉自信力了吗

做人做事要有自信。人如果失去了自信，那就什么事情也做不成了，做人也就没有什么意义了。

鲁迅写过一篇《中国人失掉自信力了吗》的杂文，其时代背景是九一八事变前，中国人总自夸着中国“地大物博”；这次事变后，人们就不再以此自夸了，只希望着国联；国联后来袒护日本侵略者，于是大家既不夸自己，也不信国联，一部分人改为一味求神拜佛，怀古伤今。

鲁迅说，这部分人曾经信“地”，信“物”，信“国联”，其实都是“他信力”，而不是自信力。他们没有相信过“自己”。但鲁迅断言，这部分人不代表中国人全体。就其全体，中国人是不会失掉自信力的。

由此我联想到了我们的退休人群体。退休前，我们相信自己的体力，相信自己的智力，相信我们的工作单位，相信我们总能做事，有时轰轰烈烈，有时埋头苦干。应该说，这里面既有自信力，也有他信力。退休了，无论是自信，还是他信，都发生了变化，“时光的背影如此悠悠，往日的岁月不再有”。于是，有人怀古伤今，有人阵阵叹息，有人迷恋昔日豪情万丈，感叹前程来日无多。既如此，该做的，也没有勇气做了，该追求的，也不愿追求了。总之，不自信了。

我们真的失掉自信力了吗？

否。

先举个例子。我 68 岁时，汽车驾驶证因为某种原因耽搁了年检。要想继续使用，必须重新接受理论考试。许多年之前，我也经历过这样的麻烦，但我给当时的有关派出所所长写了一封信，他竟然十分痛快地免除了我的这一关，尽管我和他素不相识。这次我又想用这个不按常规出牌的办法。不料得到的回答却令我大失所望，说现如今一切由电脑控制，手工干预很不好办。人家如此说了，等于拒绝，我只能背水一战：参加电脑考试，而参加电脑考试，首先要通过的便是心理考试，是放弃还是迎战。换言之，就是有没有自信心。我点击了“有”的选项。面对一本厚厚的机械常识教材（简称机常），必须像当年上小学背书那样去一条一条地阅读并且记住，还要上电脑反反复复地进行模拟答卷。为稳定心态，在考试的头一天晚上，我和妻子在考场附近花 100 元人民币，租了一个农家院住下。农家院主人知道我们的情况后很吃惊地对我说：您白发苍苍还开车，还要去补考，行吗？他对我表示出一脸的不信任。

走进考场，我发现，我确实乃众人之中一老翁，众目睽睽，真的是太“小众”了。但我自己，通过多次模拟答卷，还是有信心的。别人不信我自信。是自信带我走进了考场。考试完毕，电脑立即自动给了我一个满分：100。我立即写下了以下这两句话来给自己一个即兴表扬：

何凭白发唤老翁，考场满分亦英雄。

写完后感到太自我膨胀了，竟然自封一把“英雄”，但仔细一想，有这个感觉也算是提升自信力吧，何况我也并非真的把自己当英雄看待。

什么事情都有个定位。自信亦然，首先要确定应有什么样的自信。自信无非是对自我能力的一种评估，而这个能力不能不受年龄、环境、自身素质的制约。自信或者说自我评估，是对这些要素的理解。自信点定高了不行，定低了也不行。我们的国家有一个时期说要“跑步进入共产主义”，结果不行。从中得出教训，现在把目标定在“小康”上，结果大家比较自信，认为可以到达，国家和个人都看到了成果。这些成果反过来又增强了人们的自信。

人生像太阳一天在空中的运行一样，有旭日、有中天、有夕阳，其轨迹是条优美的抛物线，在这条抛物线上运行的是起步、高点，然后悠悠下滑。

老人就是在悠悠下滑的这条线段上。下滑是不可逆转的，但下滑并不意味着一滑到底。我们要做的是，想办法 HOLD 住下滑的速度和节奏，让下滑平稳些、自然些、持久些。

老年人的自信，就是在这种前提下的自信，是在这种平稳、自然和持久的轨道上主动地编织别样的人生。这种自信就是不要同强势去比较，例如不要纵向同自己的过去比较，更不要横向同年轻人群体去比较。数学上有一个同类项的概念，比较只能在同类项中比较。同强势比，是一种不可比性，就会把自己应有的自信比较下去了，越比越没有自信。换言之，自信首先来自理性，有了理性，自信就会有依据，就不会盲目。盲目自信不可取。

人有很多类型的自信。我所说的我们不要丧失自信主要指的是学习上的自信，因为学习上的自信可以影响到其他诸多方面的自信。活到老，学到老，这一条无人非议。但学什么，怎么学，要学到什么程度，就要心中有个谱。电脑和手机，如今是如同吃饭穿衣一样须臾离不开的东西，一点不碰，对周围的许多事物就会有一种盲目感，也一定会影响对生活的自信。但还是常听到一些老人朋友说，不行，跟不上，学不会，算了，不学了，丧失了自信。殊不知，这个自信的丧失往往是因为自信点定得太高。其实，我们要学的和应该学会的就是如何操作的问题，是要学会一些实用性的东西。不是要我们去学习编软件、编程序。这就等于人家把粮食种出来了，收获了，加工了，像稻谷已经加工脱壳成了大米那样，我们充其量就是学会将这些生米煮成熟饭，这是可以学会的。你可以说你不会种田，不会播种，不会收割，但谁能说自己不会煮饭？电脑学会了，使用了，就会扩充自己的兴趣点，从而提高自己的生存质量。一位比我大好多岁的人，满腹经纶，想要将其留给后人，总是用手工写作。我善意地嘲笑说他是古董，因为他似乎还停留在 20 世纪，太落伍了。他说他想用电脑，但又很胆怯，总怕学不会。我鼓励他首先要建立自信。他鼓足勇气学了。没多久，有一天他像孩子似的特别兴奋地告诉我说，他会了，而且说只要学，也并不像他以前想象的那样难。他的自信心和自信力得到了突破性的提升。我说，他悟出了一个真理：人生的自信与学习成正比，越学越有信心，学到的东西越多，信心越充足。我的这位大朋友说，现在他对实现他原先的理想即要把他肚子里的东西倒出来的想法信心很足。

记得电视开始普及的时候，我们非常兴奋，它是当时的媒体中最耀眼的亮点。但曾几何时，它现在又成了旧媒体。人类已经进入新媒体时代，QQ、飞信、微博，直到现在无处不在的微信都是新媒体的标志性事物。有了这些新鲜的事物，新一代年轻人多数已经不屑于电视了。我们岁数大了，这方面不能和年轻人相比。但作为这个时代的人，我们总不能完全游离于这种新媒体之外。不然，岂不是枉度晚年？只要有可能，总要学一点儿这方面的东西。同若干年学习电脑一样，只要学习方法得当，也同样是可以进入这些领域的。这里要说的还是信心。信心就像灿烂的光芒，只要心中有它照耀，我们总能前进。我们老年人的富有莫过于时间的富有。学习某种功能，一天不行就两天，两天不行就更长一些时间。微信我开始操作得就比较慢。心理学家说，任何老年人都能唤起曾经拥有过的童心。老年人学会一样新鲜的东西，其快乐程度不亚于儿童。我甚至看到有人还会因此作儿童状，会像儿童开始学会基本生活那样拍手称快，这是每个人意识中积极因素的天然释放。

中国一位前外长说过一句话："我是个永远都毕不了业的学生，希望能跟你们一起学习"。这里的"你们"是指年轻人。现在流行一种称谓，对于岁数大一点儿的看上去又有点儿文化的人，就言必称其为"老师"。这在某些场合是一种误称，我从不为享受这一称谓而自醉。"老"不一定为"师"，师不一定高于弟子。《三娘教子》是义务，子教三娘是永恒的规律。老年人要学习新媒体，必须懂得子一定可教三娘这一道理。让年轻人多教我们一些新鲜的事物，让我们老年生活多介入一些新鲜的事物。只要我们保持相应的自信，自信就能带动我们进入新的精神领域，从而给我们的生活增添色彩。

（2013 年 10 月于北京海淀区羊坊店 3 号大院）

老年人应警惕牛皋式的大笑

大笑不适合老年人，这是近来国内外专家越来越趋同的看法。微信上对此也有很多议论。

这让我想起了早年读的《说岳全传》里面的故事，说金兵第五次入侵中原，将领金兀术被宋朝抗金将领牛皋打败后，牛皋骑在金兀术的脖子上。金兀术咽不下这口气，当即被气死。牛皋则因极度兴奋，竟然在哈哈大笑时也随即身亡。这就留下了“虎骑龙背，气死兀术，笑杀牛皋”的千古传说。气死金兀术可以理解，笑死牛皋一直存疑，总认为大笑不至于死。但现在看来，无论从传统中医还是从现代科学来看，小说作者大胆虚构出笑死牛皋的故事并不荒唐。说是虚构，因为历史的真实是金兀术并不是气死的，牛皋也不是笑死的，因为在战场上他们二人也从未交锋过。

中医理论几千年之前就发出警告，大笑伤神，久而伤身，甚者不治。现代科学则提供了更为具体的依据，认为大笑时血压急剧升高，使高血压病人脑溢血的发生几率大为增加；大笑时机体耗氧量剧增，容易使冠心病人因机体缺氧而诱发心绞痛、心肌梗塞和心律失常，从而危害身体健康。对于出血性病人来说，大笑时胸腔和腹腔压力升高，从而使血压骤升，以致出血加重，危及生命。其结论是，大笑不是传统意义上说的有利于健康的保健药。

中西医在此问题上竟是如此殊途同归，不谋而合。

说老年人不宜大笑是不是颠覆民间所说的“笑一笑，十年少”的心灵良方？不是。相反，就像老年人要多走路但更要会走路一样，一般来说，笑对人体健康是有益的，但必须是会笑，不会笑则害大于益。有些专门研究“笑”学问的专家列出了十多个笑种，无非是有益的和有害的两种。有益的笑不但自己受益，而且还可以惠及他人，对他人产生正面的感染力。全世界最著名的笑莫过于《乔的笑》了。那是 1971 年中国恢复联合国席位后，乔冠华在第二十六届联合国大会上发出的笑。那张笑的照片几乎占据了当时全世界所有主流媒体的重要位置。有的媒体说，《乔的笑》把联合国会议大厅的玻璃都“震碎”了，是“世纪之笑”。对于中国人来说，那是扬眉吐气的笑，是自豪的笑。但乔冠华的那次大笑，有其特殊性，老年人不可硬性模仿。

有害的诸如奸笑、狞笑、讥笑、嘲笑、冷笑、狂笑等。这是源于笑者心灵不健康导致对自己同时也是对他人造成伤害的黑色的笑。改革开放初期有部著名电影叫《苦恼人的笑》，那是给笑者内心造成无奈和痛苦的笑。排除了这些负面的笑，剩下的大概就是有益的笑了。大笑是从本来应该是有益的笑种中衍生出来的，其负面作用往往因此容易被人忽视，尤其被老年人忽视。一些伪劣的养生专家们和“心灵鸡汤”的制造者们把大笑的效果推向极端，这就和我们正常的养生之道和心理修炼背道而驰。对于老年人来说，大笑除了生理上有可能产生负面效果外，还可能影响更广意义上的处事心态。笑过头会乐极生悲，包括那些笑到最后的胜利者因没有掌控好自己的心态而造成的悲剧。故事中的牛皋其所以以悲剧结束其人生，就是因为不懂得这个道理。我们老年人应该引以为戒。由此及彼，遇到好事要珍惜之，也可以运用之，但一定要有分寸。

（2019 年 7 月于北京语言大学家属区）

老人诸事勿勉强

老人诸事勿勉强，勉强心必累。

应诺勿勉强。退休了，变老了，总有些人生经历，有些经历对他人可能有用处，别人也因此有可能请你讲一讲。要不要应诺？我的经历和体会是，可以考虑，但不能有求必应。承诺是严肃的，勉强绝不可以。我刚退休那些年，不止一家电视台和电台分别找我做节目。有做得好的，有做得不大好的。前者人家出于真诚表示感谢，后者人家出于礼貌表示感谢。两种不同方式的感谢含金量不同。一家出于礼貌表示感谢的电视台这样表达："不错，就是紧张了点儿。""不错"所表达的潜台词是不尽如人意，是勉强给你个肯定。人家的文章做在"就是"二字后面。说你"紧张"是给你台阶下，给你留面子。其所以有这个结果就是我勉强涉足了不太熟悉的领域，因而自己难以挥洒自如。面对对方的要求开始我是很犹豫的，但最后还是被赶上了鸭架子。好在对方很理解我，后来他们找了个给我能下台阶的比较熟悉的题目，这次我说得也不错，获得了对方的真诚感谢，这也算给了我一个自我安慰的补偿。这件事给我莫大的启示是，老年人对于别人勉强自己做的事情要敢于谢绝、敢于说"不"。否则，会长期承受负面的心理后果。自那以后，我也就不轻易应诺这类事情了。力微休负重。

交友勿勉强。乐莫乐兮新相知，新相知就是扩大朋友圈，这本来是好事，但对新相知的理解要坐实。说的是相知而不是相识。相识容易相知难。好的相知会真的有莫大的“乐兮”，相识很浅未必就有此享受感了。对于那些一见面就自称是你的朋友，或者表示要成为你的朋友的人要留神。邹忌讽齐王纳谏的故事我们应该记住。和本来是陌生的人建立微信联系，有些是特定情况下靠一时的兴致开始的，有盲目性。微信群更是如此，当初如果是勉强入群的或被别人勉强拉入某特定群内的，时间长了，就会发觉道不同不相为谋，感到有悖于“人以群分”的初衷，进而就会产生退群的想法。退群对己对人都颇为尴尬，其原因盖出于当初的勉强。

健身勿勉强。如今老年人是全民健身最活跃的群体之一。凡是有老人的地方，都有健身活动。健身已经成为老人生活中一道美丽的风景线。健身方式五花八门，健身器械五花八门，健身团队五花八门，健身场所五花八门。一些坚强的老人以此展示出一种对生命“永不言败”的时代风采，这是一种进取向上、不辜负生命存在的民族精神。但是，老年人健身一定要适度，尤其是力度，不应该像主流社会的人群那样超负荷和挑战极限，也不应该追求同一模式。不能人云亦云，更不能人做亦做。一些并不适合自己的健身器械或健身动作一定不要勉强去操作。

思齐勿勉强。见贤思齐，被认为是一种修养，意思是要向贤能贤德者看齐、学习。人的一生有三个年龄段，即接受教育阶段、投入事业阶段和老龄阶段，老龄阶段在国际上亦称第三年龄。人生前面两个阶段，步调大体一致，对许多事情的看法和处理，人们有一个大体一致的意志取向和行为标准。有时不但思想上要“思齐”，在行动上一定时期还要“齐步走”，如此形成某个时期的社会主流。老人群体则不同。由于退出了主流社会，各自经历不同，身体状况不同，在职时储备了几十年的兴趣不同，新的生活目标不同，只要不触及做人的道德底线，老人对人生取向的选择应该显示出很强的自主性和个性特色。这种自主性和个性特色来源于一生的积淀，在一些问题上，在一定时期，都有可能向社会再吐人生芳华，或提供正本清源的定力，因而往往受到社会的尊重。老人们不应妄自菲薄，不应该异化自己，抛弃积累了几乎一生的具有自己特色的贤能贤德，勉强向别人“思齐”。有些“齐”不仅不能勉强去“思”，更不能勉强去跟。见贤思齐不能变成见异思迁。老人要与时俱进，但与时俱进决不能盲目奉行“难得糊涂”这道伪命题。盲目源于糊涂。与时俱进不是盲目赶时髦，盲目赶时髦会不经意地失去应有的自信。老人糊里糊涂地失去自信，或者说是失去自我，是莫大的悲哀！那样做，会给自己添加不必要的精神虚无，在行动上也不会有什么正面效果，甚至会闹出东施效颦的笑话。有人说，老人生活没有模板，只需心灯一盏，但心灯必须明亮，才能照亮你的前方。

老人放弃自己的优势勉强自己向别人“思齐”不可，反之，勉强让别人接受自己亦不可。二者的理解是相向的。勉强让别人接受自己一定会给别人特别是年轻人留下倚老卖老的逆反心态，结果适得其反。老人淡出了主流社会，但时代依然在奔跑，我们有时面对一些正在奔跑着的事物还想适当地参与一番，但这种参与的位置要摆正，要坐实拿稳。许多新事物的出现是快速的，而我们又已经不在时代的快车道上，对一些事情一时适应不了，理解不了，这完全正常。感觉了的东西不能深刻理解它，只有理解了的东西才能深刻感觉它。出现这样的情况，我们在行动上也可干脆将其转化成犹如国际标准舞中优美的华尔兹节奏。在稳中求舒适，在舒适中求美感。在尚未理解之前我们应该谨言慎行。“想当年”和“我们这一辈”等说教不应成为老年人的口头禅，更不能强加给别人。否则，自己会无奈地而又无趣地吞下苦果。

（2019 年 12 月于北京语言大学家属区）

快乐的老人外语合唱团

看到群内转发拉美之友合唱团在某社区内获奖的消息，作为该团创建初期的一名成员，觉得很高兴。

拉美之友合唱团伴随快乐而诞生，为传播快乐而成长。其成员初创时有近一半是会说西班牙语的退休人，其中有中国原驻拉美不同国家的大使和其他退休的外事从业者，首次登台就显示出其潜在的艺术潜能和表演技能。那是在几年前欧美同学会拉美分会的春节联欢会上，当我们团队中最可爱的男声 Miguel（徐少军）在演唱古巴的也是世界的名曲《Guantanamera》(《关塔那梅拉》) 过程中十分优雅地以手势暗示台下的西语从业者 acoro（一起唱）时，台下第一时间便爆发出一场互动的欢乐颂。节目结束时，台上台下懂西语的和不懂西语的参与者同步鼓掌、再鼓掌。这首具有典型拉美特色的欢快歌曲的演出成了那场联欢会的最强音和闪光点。拉美之友合唱团也因那个爆发性场面的感染力在观众中造就了西语界一张名片。《Guantanamera》则成了该团的保留节目。Miguel 是我们北外校友，那场演出后不久便英年早逝。我们痛心地失去了一位优秀的歌友，但他那具有磁性的男中音及其大方得体的舞台表演永远留在我们的心中。

合唱团不管用什么语言演唱，其基因一定是音乐，其基础成员自然应该首先是音乐的爱好者，而不是西语的从业者。音乐是君，语言是臣。但西班牙语是公认的“林间清风”，本身带有几分音乐属性。二者和谐融合，音乐会插上曼妙的翅膀，语言会释放出艺术的感染力。因为有翅膀飞翔致远，因为有艺术感染至深，合唱团的名气越来越大。

“拉美之友”的创建者是我们的北外校友杨明江。她既是音乐世家的传承人，又是西语的从业者，是音乐和语言的双栖操盘手。退休后，她把音乐放在首位，把独具特色的拉美歌曲及其包含的快乐感传播给她的音乐知音。她和具有相同退休观的人把退休生活演绎成了动人的歌。不懂西语专业的音乐爱好者其所以成为这个团的热情参与者，还在于这个团同时还请了西语的从业者为这部分参与者传授语言，从发音到句型特色。在此基础上，杨团长还对原作品的音乐和歌词进行了部分微调，或在某些母语乐句结尾处作些专业性加工，或在翻译成中文的乐句中间保留一两个母语单词。歌曲也因此显得诙谐，如周恩来当年十分喜欢的巴西歌曲《在路旁》。合唱团中原本不懂外语的人大多也是退休人，接触西语歌曲感到既好奇又新鲜。如此，参与者就显得更具艺术表演活力。

合唱团不止一次从原先的社区走向更为广阔的舞台。新冠肺炎疫情暴发之前，北京外国语大学曾举办过京津冀外语院校西班牙语歌曲比赛，合唱团应邀参与了友情出演。两位年轻的节目主持人在合唱团演唱结束时大声说：“如果今天需要设立特等奖的话，我们一定会将这一奖项送给这些可爱的爷爷奶奶们！”台下的观众和在场的西语国家的文化官员用掌声和起立欢呼表达了对主持人的认同。

（2022 年于北京语言大学家属院）

筷子文化的传播

退休后，我去哈瓦那大学孔子学院传播中国文化时发现，一名学习汉语的学员将中国的筷子作为表达她热爱中国文化的选题，她甚至论述了在中国使用筷子的哲理及其使用时的详细礼节和禁忌，有的表述比中国人自己还到位。这很出乎我的意料。

中国对外开放以后，许多中国人都会使用西方的刀叉，但筷子依然是中国人进餐的标志性餐具。无论在中国，还是在西方，有中餐的地方必定有中国的筷子。在西方，我甚至看到一些老人在中餐馆内手把手教他们的孩子使用筷子，哪怕他们的教法不得当，但孩子们总是在认真地学。

筷子是中国的文化品牌，筷子夹的不仅仅是中国的行为文化，而且是中国的观念文化。筷子是中外交往时中国人赠送外国人很别致的礼品，几乎人见人爱，许多外国人还会主动索要。

我在国外工作期间同外国人的交谈中，尤其是在同他们共餐的餐桌上，中国筷子是经常的话题。若是吃西餐，对方会手里拿着他们的刀叉，却又主动和你谈起筷子，并作出比较。他们羡慕筷子的神奇功效。若是吃中餐，他会向你求教筷子如何使用。若他会用，他会兴奋地向你展示，有人甚至作孩童一般的可爱状，来一番我们所说的班门弄斧。只要说起筷子，哪怕是双方有难解的议题要交锋，气氛也会变得轻松起来。记得 20 世纪 80 年代我请一名西方记者吃中餐，当双方谈到中国刚刚开始不久的对外开放的话题时，对方问我："你们中国正在推行西方化吧？"我指着他手中的筷子回应说："还是先看看你是否已经在东方化了吧！"我这个呼应有点以点带面，但对方也立即明白了我的意思，看着我们二人手中拿着的筷子，都哈哈笑起来，可见筷子在中西文化的交流中起到一种怎样的作用。

最能说明筷子是中国品牌的，恐怕还是当年美国总统尼克松访问中国时的故事。学会使用筷子是这位总统访问中国前一项十分细心的准备工作。在中国领导人为他举行的国宴上，他竟能从容不迫地使用起筷子。更有一位当年跟随这位总统访问的白宫记者40年后透露，他自己当时最想得到的中国人的礼品就是送他一双筷子，后来如愿以偿。他说，40年后他仍然珍藏着那双筷子。

诺贝尔物理学奖得主李政道曾这样给筷子定位："中国人早在春秋战国时代就发明了筷子。如此简单的两根东西，却高妙绝伦地应用了物理学上的杠杆原理。筷子是人类手指的延伸，手指能做的事，它都能做，且不怕高热，不怕寒冻，真是高明极了。比较起来，西方人大概到16世纪、17世纪才发明了刀叉，但刀叉哪能跟筷子相比呢？"一位日本学者说："中国人使用筷子，在人类文明史上是一项值得骄傲和推崇的科学发明"。日本也使用筷子。日本有学者还从现代科学角度为筷子测定，人在用筷子夹食物时，有80多个关节和50块肌肉在运动，并且与脑神经有关。因此，用筷子吃饭使人手巧，还可以同时训练大脑，使之灵活。

说筷子是中国的文化品牌有其丰富内涵。筷子的起源有三种说法，都是在3000多年以前。一说起源于商纣王，二说起源于姜子牙，三说起源于治水英雄大禹。前两种说法不太靠谱，难以置信。起源于大禹的说法是这样流传的：有一次，大禹乘船来到一个岛上，饥饿难忍，就架起陶锅煮猎来的兽肉。肉在水中煮沸后，因为太烫，无法用手抓食，但大禹要赶在洪峰前面到达工地。情急之中，他砍下两根树枝把肉从热汤中夹出食之。这是筷子的雏形。

史料记载，筷子的名称一直在演变。先秦时期称"挟"。汉代史学家司马迁在《史记》中称"箸"。唐代诗人李白《行路难》诗曰："停杯投箸不能食"；同代诗人杜甫《丽人行》则有"犀箸厌饫久未下，鸾刀缕切空纷纶"的诗句。

但箸的名称到明代发生了变化。据传，当时南方船民和渔民特别忌讳“箸”，认为“箸”和“住”同音，有让船停住之嫌，意味着行船者生意结束了。他们更怕“箸”和“蛀”同音，木船被“蛀”更是厄运。于是，船人见了“箸”就反其道而叫之为“快”，于是“快子”流传开来。后来，因“快子”多以竹子为原料，就逐渐演变成“筷子”的写法。

筷子不仅仅是就餐工具，它传递着中华文明的深层次信息，是一种独特的文明符号。筷子的组合和使用提炼了中国古代哲学思想的精华，其所有运动都反映在阴阳互动和对立统一规律之中。在西方，许多人对东方的筷子十分折服，就在于他们懂得筷子所包含的中国古典思想及其文化元素十分深厚。简单之中深藏着奥妙。

筷子以两根为一双，使用时不是两根同时运动，而是一根主动，另一根从动；一根在上，另一根在下。学者们解释说，如此运动组合成为一个太极，主动的那根为阳，从动的那根为阴；在上的那根为阳，在下的那根为阴，这就是两仪之象。两仪者，天地也。天地之间，阴阳互动，可得用矣；阴阳分离，太极不存。这就是对立统一。阴阳互根，两根筷子可以互换，主动的不是永远主动，在下的不是永远在下，此为阴阳可变。筷子成双成对，古人以此将其作为男女姻缘的定情之物。两根筷子在一起，寓意白头到老，永不分离。南方一些地方以前新婚夫妇闹新房时，有人会把筷子从窗户扔进去。一把筷子落在地上，外面的人会说：“筷子筷子，快生贵子”。西方一位现代名人说，中国夫妻就像筷子，两根棍合成一股劲儿，劲儿往一处使，棍儿往一处夹，才能有吃有喝。他们还真算悟出了一点道道。两个小棍相互依赖，相互作用，正是体现出“和为贵”的中国哲学思想和人文属性。有一则民间故事流传很广，说一个老人在临终时把五个儿子叫到病榻前，让他们折筷子。先是一根一根地折，筷子很容易就被折断了；老人又把许多筷子合在一起，叫儿子们折，结果谁也折不断。老人以此来教导他的儿子做事要同心同德才有力量。

更有学者认为，筷子同中国上古时代的典籍《易经》的三易之理合辙，即简易、变易、不易。两根小棍合在一起，一用就灵，这就是简易。筷子只需自身运动变换，就有挑、拨、夹、拌、扒等多种功能，这是变易。其动作运转不管如何变化，终究离不开两根一双的规律，即万变不离其宗，这就是它的不易。筷子的组合及其运动是三易之理的完美体现。

筷子的使用在民间有许多禁忌，这些禁忌极为丰富地反映出中国的民俗文化，也是西方人特别感兴趣的地方。这些禁忌包括：筷子不能长短不齐地使用和摆放；夹起食物之后，不能再放回盘碟；不能用筷子对着人或用餐时拿筷子指手画脚；不能用筷子在菜盘上来回扒拉又不夹菜；不能到靠近别人的盘子中去夹菜；不能将筷子插入饭碗中的食物；不能用筷子敲打碗碟；不能将筷子含在嘴里。这些禁忌重则被视为不吉利，轻则显示操作者缺乏教养。

（2012年3月于北京海淀区羊坊店路3号大院）

鸡肋，留耶，弃耶

近读一位现代作家发出一则天问：我们是不是处在一个鸡肋时代？

此问初看有点耸人听闻。但细细推敲，它也并不是事出无因。“这件事很鸡肋”，这句话如今成了一种流行语，尤其在年轻人中间。鸡肋，意为食之无味，弃之可惜。这个典故源自《三国志·魏书·武帝纪》裴松之注引《九州春秋》，原文是“夫鸡肋，弃之如可惜，食之无所得”。现代人们越来越习惯用它来形容事业及日常生活等方面遇到困境时难以取舍的状态。

老年人手中的鸡肋并不比年轻人少，只是内容不一样而已。

孩子给自己买了一套科技含量很高的电器用具，说是智能化、人性化，使用很方便。但对于相当一部分赶不上现代科技的老年人来说，某些高科技的操作不但不是方便，反而引来某些苦恼，常常望“器”兴叹。留用，还是弃用？

搬家了，面对一些相伴了几十年的几乎成了文物的物件，包括坛坛罐罐等杂物。看了又看，内心深处很难割舍旧爱，但旧物确实完成了其历史使命。带走，还是另行处理？

一部电视剧，其格调从头到尾左看右看都不舒服，但从艺术表现技巧看却又突破传统，很有几分新颖。是继续怀着双重心态看下去，还是断然关机？

应邀参加一场学术讨论会。听了半天，讲座人除了造出一大堆很可能只有自己才明白的新词以外，内容上听起来只是这些新词的排列组合。是继续坐着听下去为其捧场，还是中途退出？

我自己有一辆自行车，很旧很旧了。骑起来很难掌控，别人都说不安全。但它是“永久”牌，28 型号，几乎是“绝版”，有收藏家为此出高价索买。我舍不得让它离我而去，因为它陪伴我编织了许多美好的故事，我怎能让它成为俄罗斯歌曲《三套车》中的老马！卖，还是不卖？

宋人杨万里诗曰：“半世功名一鸡肋，平生道路九羊肠”。人生的态度万众不一。“生平道路九羊肠”，如此历经千辛万苦所得来的半世功名，谁不珍惜如宝！杨公却视其为鸡肋，舍与不舍，想必是喜忧交集，难以言状。其中的奥妙和情趣，当然别有一番玩味。这种心态对于几十年来多少都有点功名的退休的人们来说，似乎也很有几分共鸣。例如，退休了，有人要你去发挥“余热”。去，面对如今世界变化之急速，万一遇到了新的挑战，会不会砸掉自己的“半世功名”？不去，廉颇尚未老矣，吃饭也尚不成问题。岁月静好，是陪伴清闲还是辜负生命的存在！

其实那位作家所说的“鸡肋时代”并不是新奇的定位。放大来看，鸡肋现象在历史巨变的大时代表现得尤为突出。英国作家狄更斯在描写英国工业革命后的时代曾这样说过：“这是最好的时代，这是最坏的时代”。我们今天也处在一个历史巨变的大时代，全球化时代。全球化对人类的进步正起着空前的推动作用，但同时也伴随着诸多不确定的负面成分，因而它总是涌动着逆袭的暗流。在其行进的过程中，许多事情留耶，弃耶，常常一时难以取舍。人们用狄更斯上面这句话来描绘和适应今天这个大时代再合适不过了。“最好”“最坏”，同时存在，无须奇怪。反映这个时代的信息化浪潮同样适用这句话。而且，人们还应该记住狄更斯的另外一句话，叫作“这是智慧的时代，这是愚蠢的时代”。愚蠢和智慧从来都是互动并互为转化的。排斥愚蠢同时也是在排斥智慧，排斥愚蠢不是智慧的选择。

手机应该算是这个时代的大鸡肋。手机，新时代手中之机，是手中至宝。现代人可一时忍饥挨饿，但不可一日手中无机。一机在手，诸事不愁。手机有众多的功能，这些功能几乎压垮甚至替代了诸如电视、电话座机、录像机、录音机、照相机、笔记本、纸质读物包括词典等搜索资料、购物、各类生活缴费、旅游产品等传统通信手段和日常生活中其他事物。手机如此重要，以至于人人都觉得“机”不可失，失去会面对一片茫然世界。手机最重要也是最实用的功能之一便是微信信息和朋友之间的交流，它成了现代人们生活中须臾不可缺少的精神食粮。君不见海量信息“云数据库”中来，汇聚手机不停息！不光是年轻人，我们老年人群也同样是以手机为伴，同样是兴趣盎然，同样是乐此不疲。打开手机，如插上隐形翅膀，飞离自己，飞向世界，飞回历史，在已知的和未知的时空信息里无边界地徜徉，几乎忘记了“今夕何夕”，忘记了自己是何等年龄。如此足不出户，竟能博闻天下，人类有史以来，几曾有过！

而在另一方面，“信息爆炸”也犹如黄河之水，清浊难分。海量信息中，真的假的，好的坏的，高尚的低俗的，让人振奋的让人心底发凉的，无所不有。人们不得不花费许多时间和精力去梳理。但一个人的精力和时间是有限的，即便像我们这样拥有比较充足的时间的老年人，也没有充足的精力在这些无法去伪存真或去粗取精的信息中来回穿梭。

我有一个学理工科的朋友，在现代通信手段方面算是个业内人士。从手机诞生一开始，短信、彩信、微信，无所不在其行，令我们这些现代科技意识滞后的人很是羡慕。但微信问世不久，他却选择离开了这一新型通信手段。谁知过了一段时间，他却又感到非常不便，说是快“与世隔绝”了，就又恢复了使用。我还遇到一名在中国的阿拉伯留学生考研没通过的情况。问其原因，他一面摇头，一面向我露出了一丝苦恼的笑。他直率地告诉我，他花在浏览微信上的时间太多了，而在这太多的信息中，无用的、无聊的更是让他不胜其烦。手机竟然还成了他控诉的对象。

鸡肋现象是永恒的，无论是古代，还是现代；它是无处不在的，无论是人们的思维，还是日常的生活中。人们无法避免鸡肋现象。无法避免意味着人们应该懂得选择。既不能躲而避之，也不能漫无目标地随波逐流。选择的前提是人们对复杂的现象要有清醒的认识，不能糊涂。难得糊涂不应该成为糊涂人的座右铭。

（2018 年 4 月于北京语言大学家属区）

又到春天植树时

——为“3·12”中国植树节而作

又到春天植树时。

小时候大人说，大树底下好乘凉，房前屋后要多种几棵树，为后人乘凉；成年后，大概是20世纪50年代吧，教科书上写着，要沙漠变绿洲，国家号召全民植树，绿化祖国；今天，我们意识到，植树的目标是为构建一个更高层次的生态文明，一个更为美好的家园。植树，是中国梦不可缺少的乐章，一部绿色乐章。

绿色，让生命跳动，同生命共呼吸。春风吹来的时候，我们给大地植树，我们泼洒绿色，我们让绿撒满人间。

我喜欢植树，在春天里，在播种希望的季节里，从小到现在，总是怀揣不变的绿色追求，穿上简装，扛起铁锹，提着水桶，与志趣相投的人，唱着春天的歌，一起去植树，此兴趣“年既老而不衰”。中国的植树造林举世瞩目。几十年来，造林大军浩浩荡荡一路走来，我为自己成为这浩荡队伍中的一员感到自豪。每一锹土，每一桶水，每一次同他人合作植树，哪怕只是移植一棵幼苗，都给我以生命繁衍不息的遐想。我们亲手埋入地下的种子，我感受到它们从生命的形成到发芽破土的欢乐和自信；我们精心移植培土的幼苗，我会感受到它们长成参天大树时的威武雄姿和由此谱写的生命赞歌。道法自然，大自然的法则是这样，我们人类的生存法则也是这样。我们植树，我们追求绿色之梦，就是对这种自然法则的顺应。

人对美好生活的追求不会永远停留在一个水平上。我们从求生存到求生态，从求温饱到求环保，这是一个划时代的观念转变。生产力是人类生存的保证。改善环境是保护生产力，同时也是发展生产力。植树是保护环境，改善环境，乃至创造环境的举措。创造优美的环境是设计人与自然和谐共生的新生活。前几年的一个夏天，我去了一趟宁夏，一改几乎固化在我脑海中“沙漠围城”的印象。宁夏一代又一代治沙人创造性地提出了“生态产业化，产业生态化”的良性互动的智慧口号，让治沙与助推当地农民收入增加相结合。他们植树种草，让治沙建立起的生态园林变成了“绿色银行”。他们的成功近年来吸引了 89 个国家的专家前来取经。宁夏被誉为“塞上江南”，如今真的是名不虚传，而且更上台阶。

世界荒漠化日益严重，它威胁着人类的生存。应对这种威胁是世界性课题。世界上许多国家为此设立了植树节。查了一下资料，近代植树节最早是由美国的内布拉斯加州发起的。19 世纪以前，该州是一片荒原，树木稀少，土地干燥。大风起时，黄沙漫天，人民深受其苦。1872 年，美国农学家朱利叶斯·斯特林·莫尔顿提议在内布拉斯加州首创植树节，以人工植树的方式扩大森林覆盖面积。今天，发达国家早已不是单指经济指标，森林覆盖面积的比例已成为定位发达国家的重要标志。中国植树造林的历史可以追溯到 2600 多年之前。在近代，首倡建立植树节的是孙中山。1979 年 2 月 23 日，我国又在新中国几十年植树造林经验的基础上，通过最高权力机构人民代表大会正式立法，确定每年 3 月 12 日为全国植树节。每到这个节日，从国家最高领导人到普通劳动者，都尽可能以不同形式参加植树活动。国家不但号召多种树，还要种优质树，同时强调物种多样化，从以往对量的要求提升到对质的要求。

“迟日江山丽，春风花草香”，让我们大家都来植树，让春意更浓，让大地更绿，让生活在绿水青山中的人在生命的绿波中荡漾欢畅。

（2018 年 3 月于北京语言大学家属区，时值 2018 年北京的第一场雪）

西方礼节遭遇新冠肺炎疫情

新冠肺炎在欧洲暴发初期，当时的德国总理默克尔在官方场合突然中断与她的内阁一成员握手。这一场景的照片瞬间在社交媒体上传播并引起广泛关注。当时默克尔已经伸出手来，后者用非语言交际的方式作出疫情期间要保持社交距离的暗示。机灵的默克尔立刻心领神会，微笑着抽回自己已经伸出来的手，改而挥手向在场的其他官员致意。她的这一改变意味着西方人数百年以来见面时通用的握手礼节遇到了尴尬。

社交距离，这个普通的字眼，在这场新冠病毒大流行期间成了高频率的用语，而且被赋予特殊的内涵。1.5 米距离的交际标准，被全世界一切抗疫防疫的人们所接受和践行。

礼节是不同文化内涵的表达形式。相传握手之礼最早起于 8 世纪的北欧的维京人，但多数人认为起源于中世纪的欧洲大陆，是一种成熟文明的标志。那是骑士绝代风华的时代。盔甲、利剑、铁套等显示时代感的行头让骑士侠客们充满豪气，但同时也让人敬而远之。为了拉近同他人的距离，骑士们除了表现出他们的侠骨豪气之外，还同时意识到必须表现出充满柔性的人情味，特别是在亲友们面前。于是，在与他人交往时，他们主动卸下令人望而生畏的骑士装束和手中进攻型武器，并伸出右手，优雅地同亲友们握手。这种将原本握剑刺杀对方的手改为向对方伸手相握的亲和姿态被雅称为绅士风度。西班牙语中将骑士和绅士一词通用不是没有道理的。两个要好的，或者是原本陌生的甚至曾相互仇视的人，一旦彼此握手，就表明双方友好和睦。这是一种人性善的表示。这种和善的礼节后来转移到人类不同群体社会制度不同的国家之间。1972年2月，在双方克服了无数的政治隔阂和巨大的文化差异以后，当时的中国总理周恩来和美国总统尼克松在充满寒意的北京机场“实现了跨越太平洋”的握手。这一次握手被全世界定格为“历史性握手”。相逢一“握”泯恩仇，两国之间的寒意开始逐渐消除。从此世界格局发生了巨大变化。

除了握手以外，西方人的见面礼节还有拥抱、吻面、吻手、碰鼻子等。同握手一样，这些礼节同样是通过身体的零距离接触而施行的。实际上，在人们的日常交际中，这些礼节比握手运用得更为广泛，其中以吻面礼最为常见。在我曾经工作过的西班牙语国家中，普通人见面基本上都是吻面礼，特别是男女之间，包括贴脸和亲吻面颊。见面和道别，尤其是道别，都必须这样做。处于热带的某些加勒比国家，男子亲吻女子面颊时许多情况下口中还要发出“啪啪啪”的响声，响声的分贝越高，表示越热情友好。在欧洲，吻面礼在官方高层中也很普遍，尤其是法国人和西班牙人。和普通百姓不同，官方场合的吻面礼很少发出响声，是很稳重，很有定力的。全世界都知道多年之前法国总统萨科齐对德国总理默克尔施行吻面礼的风波。萨科齐是否发出过分的响声难以考究，不过他可能涉嫌违规了，以至于默克尔后来公开表示不悦。

吻面礼同样也适合许多公众场合。有一次我参加加勒比一西语国家的半官方公众大会。会议已经开始，但一位应在主席台上就座的迟到者并没有因此省略向已经就座的一大排人一一施行吻面礼的程序，而且从容不迫。会议主持者不得不停下来等待她礼毕才继续开会。退休后，我受公派到那个国家的某大学孔子学院任教，课堂上也经常遇到此类情况。一些迟到的学生进教室后不是静静地去找空座位，而是先同身旁专注听课的同学一一贴面后再坐下。我也不得不等待他们礼毕才能继续上课。在那之前还有一次，在我第一次到西方国家工作的时候，对西方礼节缺乏了解。所在国两个女孩子到我的住处检查电表。查完后，我说了声“谢谢，再见”，还同她们握了手。在我看来，这就意味着告别了，她们该走了。可她们却站在原地不动。其中一个问我：“我们做错什么事了吗？”我很纳闷，怎么会提出这样令人不解的问题？其中一个马上补充说：“那您为什么不同我们吻别呢？”说着立刻把脸从我的右边贴过来。我这才明白，握手不算告别，我同她们的握手算是白白浪费了。于是我把脸向他们分别靠过去。如此这般后，她们才高兴地离开。后来我以此和别人开玩笑说，西方人才是精准领悟咱们中国人所说的给人以面子（脸）这句话的原本含义和实践者。

实际上，握手礼在西方多用于正式场合。在民间看来，握手礼节显得过于严肃，也过于严谨，有时甚至反而显得陌生，尤其是在朋友和熟人之间。与西方人截然相反，中国人自古以来的礼节都是不能进行体触的，无体触是多数东方人礼节的底线，作揖、合掌、鞠躬、拱手皆如此。体触是非礼行为，男女授受不亲是古代东方礼节的铁律。握手对于中国人来说，是纯粹的舶来品。它是自明朝开始的西学东渐过程中比较靠后进入中国的西方文化元素。辛亥革命后，民国正式先从官方后又慢慢在民间推出西方的握手礼节，并让其同西方一样成了现代交际的主要礼节，而且无贵贱之分。改革开放以后，拥抱也逐渐为中国人所接受，还辅以拍拍后背，其中以年轻的人和年老的人居多。同西方一样，人们认为握手过于正式，朋友之间特别是久违的朋友之间，见面或告别时热情而真情地“抱一抱”已成为新常态。一些年轻人认为这种拥抱比握手更为自然，就像平时穿休闲服装比穿正装觉得更随意一样。随着这次新冠大流行渐渐平缓，这些古老的和当下的舶来礼节能否在中国维持下去，同样也不能确定。现在，在一些国际场合，特别是有西方人在场的外交场合，用碰胳膊代替握手的尝试对于普通中国人来说似乎不大习惯，也无人效仿。2020 年中国的“两会”期间，推出了中国古老的拱手礼。这是典型也很典雅的保持社交距离的礼节，也很符合世界公众卫生的要求。它正为中国人所接受、所践行。我的一些国外朋友看到这种新鲜的具有中国特色的交际礼节以后，也模仿这种方式并通过微信图片向我表示云问候。在中国的普通外国人中，同中国人接触时也有主动效仿这种中国式礼节的。

（2020 年 6 月于北京语言大学家属区）

少小离家老大回篇

家乡的大河，我童年的歌

少小离家老大回，童年时光无限回味。我的家乡是江苏省盐城市射阳县。很让我回味的是家乡的一条大河。那条大河离我老家很近，它从未有过正式的名字，就叫大河。它是我童年的歌。

大河被称之为大河，当然不是长江黄河级别的同类河流的定位，但对于家乡的那条大河来说，这个名字的拥有却是受之无愧。它的霸气在于其下游直通黄海，且一路上有无数的支流汇入其中。历史上，苏北的名片一直隐形地写着年年闹水灾几个字。那个年代，家乡人就依靠着那条大河将洪水引入大海。无法考证大河何时诞生，估计当初这方面的功能在当地具有独一无二的气势。20 世纪 50 年代，家乡同全国一样，曾掀起兴修水利的蓬勃热潮，开凿了不少新的河流，以弥补原有的那条大河泄洪能力的不足。新开凿的河流其河面不管比那条大河更为宽阔，还是不如那条大河，一律都有自己的名字，唯独那条大河由于具有资深的性质，始终保持着传统称谓，至今不改其名，仍然叫大河。

我把那条大河说成是我童年的歌，是因为它是我童年时代成长的路线图，曾经见证并在我心中记录下了我童年时代许多对人生具有启蒙和起航性质的经历。这些经历如同大河经久不息的流水，一直在我的血管里流淌。几十年前我离开它时，回望不舍；几十年后我回到家乡再次伫立它身旁时，依然情思悠悠。

大河沿岸有我童年时代行走时留下的无数脚印。我童年时代，家乡的小学分初小和高小或曰完小两个阶段，完小指五年级和六年级。进入完小是要经过入学考试的，而且要离开本村到人口集中的镇子上去应考。赶考那年我12岁，第一次独自离开家门，第一次独自向着未知的世界走去。那第一次是背着母亲给我准备好的极为简单的包袱去的，那包袱同传统戏剧中寒门子弟上京赶考背的包袱几乎一模一样。我至今不能给自己作出清晰的解释，当时不看地图，当然首先是没有地图，更没有乡村地图，为何能无师自通地沿着那条大河岸边步行12里路去他乡的一个镇子赶考。幸运的是，最后如愿以偿地考入他乡那个镇子上的一所初小完小齐备的小学。完小的两年中，除节假日之外，每天来回必须步行24里路程，迎来日出，送走晚霞，无论春秋，无论冬夏。一路上离不开的伴侣和坐标也正是那条大河。尽管大河的走向曲曲弯弯，大河支流的入河口还要跨过一道道小桥，有时甚至是带有险情的独木小桥，但只要顺着那条大河岸边行走，就能准确无误地在我的家和我的学校之间来回穿梭，既不会迷路，也不会偏道。那时河水的颜值很高，无污染，很清澈，很诱人，是我们沿着大河岸边行走的人饮之不竭的免费的天然饮料。走累了，口渴了，来到水边，用手直接捧而喝之。河水透心透胆，流灌周身，顿时能量十足，精神饱满，转身上岸继续赶路。有大河陪伴，有河水解乏，不怕道路坎坎坷坷，不怕风吹日晒，酸甜苦辣都是歌。

大河每月有高潮低潮。月圆时高潮，俗称大潮或涨潮；月缺时低潮，俗称小潮或退潮。高潮时流水声哗哗，一泻数十里，很是激荡人心；低潮时舒缓柔情，妩媚动人，让人总是想放缓脚步用心观赏。平时，每天也还呈现出起伏不大的潮起潮落的景象。那河水表层变化的不同形态，看像一排排不同风格的乐谱在闪烁跳动，听似一曲曲动人的歌声从我心中流过。也是在我就读完小的那两年，一首含有“一条大河波浪宽”歌词的电影插曲风靡全国，也风靡了我的家乡。做完了一天的功课，在放学回家的路上，我一边惬意地唱着这首歌，一边感觉那就是在唱着我的家乡，唱着我家乡的那条大河，唱着我那快乐无暇的童年。流水声为我伴奏，我的心绪似在流水声中随波逐流，偶尔还仿佛感觉有几分诗意从远方、从远古中乘兴飘来：逝者如斯夫，不舍昼夜。

那时的一切都几乎接近于原始，而且至今我似乎还在留恋着那种原始，依稀记得从那种原始中享受着油然而生的快乐。那时人不深藏内心，物不包装外表。河岸边的道路亦如此，完全是裸露的土路。路旁没有多余的修饰，只有一些自然生长的野花和小草。夏秋季节，我同那条裸露的土路实行零距离肢体接触的是没有穿鞋更没有穿袜的一双赤脚，一切均是标配的运行自如的原生态。这种永留记忆的赤脚少年的经历是真正意义上的接地气。路上多数情况是独来独往，有时也会遇上同路人，其中有我的小同学，也有当年建立起来的农业合作社社员和后来几乎是一夜之间就兴起的人民公社社员或其他类型的熟悉的人和陌生的人。那时路上交通工具甚少，更不用说现代化的机动车辆。偶尔见到有一辆自行车从路上经过，都会令人羡慕不已，因为在当时它象征着一种很高的幸福指数。在如此可以称得上同大河形成配套的道路上，一切都简单得几乎只剩下快乐。无遮无碍，无规无矩，任我自由驰骋，任我尽情撒欢。但只要转身看到旁边那条大河的奔流不息，看到流水中来来往往的船只，看到河面上低空飞来飞去的水鸟，我生命中的灵感也就随即跳出了这种原始，开始变得像是被某种无形物激活起来，丰富起来。我想知道那些成年生活在船上的水上人家同我们在地面上的人有什么不同，那里怎么做饭，怎么睡觉。那么小的地方像我这样在地面上喜欢随意狂奔的男孩子们怎么游玩，和谁游玩。我更想象不出他们是怎么如厕的。他们为什么不住到岸上来，是不是因为他们那里有比我们更有趣更快乐的事情，还是那里的大人怕他们的孩子到岸上来会迷失方向、迷失道路。我还常常有一些诸如为什么大河会有潮起潮落的自我发问，我更常常产生有朝一日能不能随着这条大河奔流到很远很远的地方去的朦胧意识。我的思绪就这样随着那条大河开始外向，开始进入当时在小学生中流行的“十万个为什么”境界的人生序章。此时，大河给我的启发已经不仅仅停留在像歌曲《童年》中所唱的那样，停留在盼望着“有张成熟与长大的脸”的歌词上了。

我走在大河沿岸如此简陋的土路上，在“一条大河波浪宽”的旋律中，听惯了艄公的号子，看惯了船上的白帆，不时遇到纤夫在岸边为没有挂帆的普通木船拉纤和伴以他们那具有强烈节奏感的哼鸣。那哼鸣如同一曲曲原生态的浑厚的男低音。我和我童年时代的小伙伴见状，高兴时便要过纤夫们的纤板和纤绳，顽皮地斜跨在肩上，低着头，弓着腰，和纤夫们一起一步一步地缓慢地向前走，形似他们艰难拉纤的样子，口中也同时学着他们那样发出“咳呦咳呦”的哼鸣声。少年不识愁滋味，那是把纤夫们在人世间经历的“愁滋味”变成自己的童趣，开心不已。几十年过后，每每遥想起人生经历中这一幕，都深为自己童年时代的无知而惭愧。

大河日夜奔流，我自己也总是在不停地告别着人生的昨天，渴望着走向有更多改变的明天。世间知我心者，其中有家乡的那条大河也。大河和我如此深深默契，它在陪伴我幸福地读完了两年完小以后便又直接将我送往远方的中学。大河这种知心的担当犹如人生道路上跨越式前进时的无缝对接。那远方的中学名叫江苏省盐城中学。那是一所省立中学，它因老一代无产阶级革命家刘少奇和陈毅将军等抗日健儿曾在那里点燃新四军在苏北的抗日烽火和出类拔萃的教育质量而闻名于全国。学校至今已有 90 多年的漫长历史。学校所在地盐城离我老家有 100 多里。在当时，无论从交通工具的落后看外界，还是在我童年的心灵中，那都是很遥远的地方，是真正的梦中的诗和远方。我当时 14 岁，再次独自上路去寻找人生的明天。这次已不是沿着大河岸边的土路赤脚行走，而是要穿上与童年相应的正装，直接进入水道踏浪远行。水道正是家乡那条不久以前我在岸上曾无数次观赏并给我以初具人生享受感和追求目标的大河。大河用小轮船为我送行。小轮船是当时通往盐城的主要交通工具，其规模不等。有时遇到有两层乘客舱，最多时乘客可达 100 多人。在我当时的心中这算是很豪华的交通工具了。我乘坐在大河中行驶的小轮船上，想想就在不久之前人们还在大河岸边拉纤或在大河上借风扬帆出行，这种水上交通工具就是十分先进的了。能登上那种小轮船航行，在当时当地被人们认为是敢于闯荡天下去见世面的人。我的母亲一字不识，但她很有教育子女的思想。我永远忘不了她一句经常对我说的话：“孩子，刀要在石头上荡（方言，磨之意），人要在人前闯。”我正是胸怀她老人家这一深深刻在我幼小心灵上的金句踏上这条通向远方的水路的。小轮船为我激荡起理想的波浪和无尽的遐想。它平均每小时行程虽只有 15 里左右，但我却感到速度非常之快。我兴奋地站立船头，用眼睛用心灵观赏着船头两边披分着的耀眼的朵朵浪花，那浪花也同时飞溅入我的心房，我的心房则随之怒放和跳跃。其所谓浪花心花同步怒放之感应，产生一种奇妙的缥缈感。陶醉其中，我的心底同时也涌动甚至翻腾着梦幻般的未来。快到中学所在地时，忽然听到有人在小轮船的甲板上唱起了《一条大河波浪宽》这首我熟悉的歌。不知是这首歌本身还是这首歌的演唱者打动了我，我轻轻地转过身来，很专注地聆听他引吭高歌。作为一个第一次奔赴远方的少年，我感到歌唱者像巨人一般，我更感到我走进了一个完全新鲜的外部世界。歌唱者要是现在为其定位，应该是一位相当专业的男高音。他不是用我熟悉的家乡的方言，而是用普通话唱的。那是 1958 年，普通话刚刚开始推广，它对于我们这些从未走出过家乡的农村孩子来说，同样极具新鲜感和魅力。那男高音将我引进了一个与我在乡间上小学时唱这首歌时完全不同的意境。我感到极为亢奋。用现在的话说，我感到那是一种无与伦比的高大上境界。尤其当他唱到这首歌的副歌时，那宽厚的音域，那极为专业的腔体共鸣，在大河的上空回荡不已。我热血沸腾，从未有过的童年心绪仿佛随着那首歌奔放的旋律在飞翔，飞得很高很高，很远很远，连同我乘坐的小轮船和那条托起小轮船航行的大河。我知道，那远方是一个完全陌生的世界，但我已感悟到那一定是一个比我的家乡更为辽阔而又洒满希望的世界。那种感悟是我童年时代中第一次出现的具有里程碑性质的悟性。现在想起来是那样遥远，但当时的情景对我的冲击至今依然常常在我心中回放。歌毕，得知那位歌唱者是在外工作多年的家乡人，他正是从这条大河上开始走向外部世界，走向人生辉煌的。从此，一种追随榜样的驱动力在我的潜意识中开始逐渐形成。大河，我家乡的母亲河，我走向外部世界的人生道路就这样在充满豪情的歌声里、在体贴并融入你的怀抱里起航破浪。

有了那个人生真正起航的第一次以后，我同那条大河便更是深深结缘。中学六年，每个学期都要在大河上乘船往返不止一次。每次从家出发前，兄嫂后半夜就要为我做饭，因为轮船码头距离我老家要步行一个多小时。家兄帮我挑着行李。这个行李与我在这之前独自去参加完小考试所背负的布包袱不仅仅是叫法不同，其内容也比那个布包袱丰富得多。我们兄弟二人踏着启明星的晨光，天气不好时则在黑暗中摸索着前进，沿着大河岸边赶赴离家最近的一个叫陈洋镇的船码头。码头在大河的对岸，要有渡船才能过去。小轮船从大河下游距离黄海海岸更近的县城合德镇沿着新开凿的小洋河开来，每日清晨5点半至6点鸣笛而至。除特殊情况，数九严寒也从不改变这个时间。因为到达的时间太早，头一天必须和渡船艄公提前约定，请他到时接我们过河。去盐城整个途中要停靠五个码头，正常情况下要航行大约七个小时。一路上，船舱内外总有许多陌生的人。老家的方言众多而复杂。一次又一次，在这条大河上，我好奇而又贪婪地听着他们诉说着我从未听说过的外乡人的故事，甚至他们的口音也让我产生一种对外部世界的好奇感。那时家乡的人口比现在少得多，但轮船码头总是一块有着各种人员聚集的地方，总是热闹非凡，有时会有一些预料不到的事情发生。有一次，轮船行驶至一个叫上冈的码头，一名乘客上船时不慎落水，顿时有四五名乘客和船员一起跳入水中施救，其中一名乘客自己本不会游水，人们搭救起落水者转而又去搭救那位因搭救落水者而落水的人。大河就这样为我谱写下那个时代的颂歌，也是那个时代的主旋律。舍己救人这个词，我后来觉得似乎不是从书本上学来的，而是在那个时代，在我家乡的那条大河上直接镶入我的童年记忆的。大河上还有许多这样类似的故事。这些故事清晰地为我树立起一个个人生标杆。童年时不会忘记，到了现在，依然没有忘记。

光阴似水流年，水善利万物而不争。此乃上善若水之道也。我受恩泽于家乡的那条大河，受恩泽于它宽阔的胸怀，受恩泽于它的激流欢畅，受恩泽于它的平静妩媚，更受恩泽于它送我走向更加美好世界的担当。

大河如今早已告别了以小轮船载客为其主要特征之一的时代，也告别了依靠渡船两岸穿梭沟通人们交往的时代。省道、国道和国家级高速公路所经过的大桥均以现代化的雄姿横跨在这条我引以为自豪的大河之上，大河两岸纤夫的身影及其哼鸣声也早已成为遥远的回忆。我自己则随着时代的变迁走过了大半个人生，成为资深老年。记得由于家乡当年落后贫穷，许多人同我一样，从童年时代就远离家乡到外部世界编织人生。大河同样也是我们这类同龄人的同一首歌，同一份历史珍藏。我们都曾经站立在航行于大河中的小轮船甲板上或船头上，心中激荡着走向未来的青春进行曲，向家乡挥手告别，向那时遍布家乡的袅袅炊烟告别，向伫立在大河岸边为我们送行的那些当时从未离开过自己乡土的亲友们告别。我们这些喝着家乡那条大河的水成长起来的农家子弟，从家乡到异乡，从少年到白头，都曾观赏过或跨越过中国和世界上许多大江大河，有的很壮阔，有的很柔美，有的很古老，也有的甚至和我家乡那条大河很相似，但它们留给我们的感触往往也只是现场的几声赞叹，诉说中的几句赞美的言辞，唯有家乡的那条大河和那条大河为我们谱写的童年之歌在我们心中永久荡漾。它是我心中永恒的河、永恒的歌。

（2016年12月初稿于北京海淀区凤凰岭台头村，后有修改）

我那绿色的幼儿园

我一生中认识的很多同龄人出生在大城市，他们中又有很多人经历过规范的城市幼儿园教育。他们告诉我，他们对幼儿园有许多快乐的记忆，也有许多不快乐的记忆。不快乐是指他们的天性、个性在童年时代本来应该得到更好的释放而没有释放。听说他们连起床后的吐故纳新都要保持步调一致，违者要受到管教。在我看来，这种管教十分荒唐、十分反天然。

我很庆幸我没有那样不愉快的幼童记忆，但我也上过一个“幼儿园”，只是至今无人为其正名。在那个幼儿园里，我的童性、童心、童趣都曾得到应有的释放，以至于当我走过人生的昨天时，发觉由此而产生的优越感和幸运感依然蕴藏心间。

那是一个童年王国，一个真正称得上古希腊哲学家亚里士多德所设想的学前儿童应以游乐为主的童年王国。它遵循着一个隐形的、符合童年人性的规律，孩子们在那里享受着纯天然的成长过程，与日月融合，与天地和谐。孩子们是真正的大自然之子。

那就是我的家乡苏北平原。我将其定位为我的幼儿园，是因为它给我留下了我生命中最无瑕、最原始的人生快乐。那是一种从心底里流淌出来的由衷的快乐。享受那种快乐，孩子们得以按照生命的自然成长过程萌发着与生俱来的求知欲望。那种知识的获得是最直接的、最生动的。那个幼儿园让幼童们养成许多优秀的品质，而这些优秀品质的养成是最具感悟性质的、是终身受用的。

好大世界，无遮无碍。要走就走，岂不爽快！孩提时代，我在家乡的大地上自由自在地玩耍，在希望的田野上，在乡间的小道上，在一切大人们不禁止去的地方，几乎都是我活动的空间。一年又一年，大地绿了，大地青了，大地黄了，大地枯了，无不让人享受不同的快乐。春天，我们去田野河沿挖野菜，去看春意盎然的油菜花。大地满目锦绣，是那样的如诗如画，那样的漫无边际。孩子们在这大地上撒野，享受着人性的野趣。夏日，我们无拘无束地跳下小河洗澡。我们或追着萤火虫的光亮，或躺在大地上望着明朗的夜空，望着星星和月亮在白莲花般的云朵里穿行。望着望着，我们感到身边的房子、身下的大地似乎在移动，自己也跟着房子、跟着大地一起去远行，像在梦中悠悠飘逸。孩子们乘兴无目的地唱着歌，那歌是“自创”的，没有乐谱，歌词只有自己才听得懂。歌声划过夜空，传到不远的人家。对方的孩子也唱着他自己才听得懂的歌作为回应。那情景很有点像我长大后到苗族年轻人中去听他们对歌的感觉。秋天到来，我们同大人一起享受丰收的喜悦，在野地里上采摘野果，在庄稼地里烤烧成熟了的玉米，在打谷场上洒泼着所有的童年烂漫。我们出没穿梭在一排排脱去谷粒的草堆之间。我们爬上那高高的堆尖儿，然后尽情地往地面上跳跃或者滑行。秋水清澈，蓝天倒影。倒影中，一条条美丽动人的小河像是容纳天上人间的一幅幅流动画廊，欢乐于这天然美景中的孩子们都是画中人。棉桃开，芦花放，荷花绿叶满池塘。孩子们跟着大人乘小船在水面上采菱角、捞浮萍、戏秋水。冬雪降临，“黄狗身上白，白狗身上肿”，我们在银色世界中玩耍打斗。若久旱不雨，我们在那苍茫的大地上撵兔子、追黄鼠狼、掏鸟巢、捉麻雀。小时候，家乡的人口远比现在要少，荒滩草地随处可见。野草刈后留下一片片干枯的草根，村民在隆冬季节要在草地上或河坡上放火烧荒。那时农村没有工业系统，不存在工业污染，更没有像现在所说的放火烧荒是污染空气的意识。看那星星之火变成燎原之势，我们心中随之燃烧起团团烈火，奔波高兴得忘乎所以，每每弄得像黑孩子一般。烈焰过后，留下大量草木灰，那是很好的肥料。年轮转动，春天返回，大地再度唤醒冬日沉睡的草根，荒滩草地又呈现出翠绿的嫩芽，人世间转眼又是一片生机。现在流行“草根”一说。有人考证，此说始于19世纪美国的“淘金热”时代。当时的流行说法是，探索地下有无金矿，先看山脉土壤表层有无野草。有草，下面便有金。草根越深，下面蕴藏的黄金就越丰厚。如此，草根学说的含金量大幅提升，而且是中西合璧。草根一说后来渐渐被引入社会学领域，赋予最底层民众蕴藏着或经历了曲折辉煌人生的内涵。中国现时的社会里正浮现出一种伪贵族的群体。他们表面鲜亮，却无扎根于社会的属性。草根说是对伪贵族这一群体的逆反和挑战。

乡下孩子也要经历一段学龄前教育。这种教育不同于城里的封闭形式，它是在天然的大课堂里进行的，是开放式的。大自然是乡下孩子开始追求知识的第一起跑线。我们的人生意识是在感受着日月星辰、春夏秋冬、风雨雷电的时空转换过程中开启的。我们观赏大自然一年四季的万端变化，远望天边的地平线，看万道霞光，看红日升起，看夕阳西下，看风起云涌，看云聚云散；大河岸边，我们观赏潮起潮落；一月三旬，我们看月亏月盈，看日月同辉；风雨过后，我们看彩虹和太阳相向而现；我们观看二十四节气的斗转星移；我们感悟础润而雨，月晕而风。这些自然现象的发生及其对我们的影响，我们会从大人们的点拨中领悟。我小时候农村文盲很多，稍有文化的人会受到特别的尊重，小学毕业的人在乡民心目中已经是有大文化的读书之人了。他们是没有现代职称的特级教师，他们会无私地把自已有限的知识奉献给其周围认识的和不认识的孩子们。他们往往用形象思维教孩子们识字，甚至有一套套速成认字的口诀。字有时就让孩子们写在裸露的土地上，酷似现在大城市里的人们所创意的地书。这些土生土长的文化人冬闲季节会向村民们讲述各种历史故事，什么杨家将，什么诸葛亮、曹操，什么狸猫换太子，什么山海经、狐狸精，什么孙猴子闹天空、女娲补天等等，说得头头是道。我们这些还没有到上学年龄的孩子们都是不缴学费的旁听生，也不需要家长的引领，听着听着，会在心底翻腾起求知的波澜。乡下孩子开始学算术也始于实用、始于身边的生活。我们会在干涸龟裂的大地上数有多少道裂纹，在收割后的庄稼地里数有多少个草堆，数村子里有多少户人家、多少条小河、多少座小桥，数头顶上有多少只大雁飞过、多少只雄鹰盘旋。那时候，乡下孩子比城里孩子还要多一项学龄前教育，那就是珠算。只要不是智障者，用于加减法的“小九九”孩子们在上学前基本上都会打了。珠算中有些口诀如“三下五除二”“二一添作五”等融入社会俗语中。长大后，我们会将之运用于社会实践，会识破那些不诚实的人所打的“如意算盘”。

乡下的孩子在学龄前会接受很好的素质教育，其中最具特色的是与人为善的意识。这就是通常所说的乡下人憨厚、真诚、质朴的思想源头。《三字经》20 世纪 50 年代在我的家乡很流行。开头六个字“人之初性本善”几乎所有的人都会说。“性本善”的思想我们正是从背诵“人之初”就开始具有的。大人会借此教给我们一系列的礼节，礼节的核心是让孩子们学会尊重别人、包容别人、善解别人、礼让别人。其次是自立意识。那时在乡下，孩子上学都不要大人接送，哪怕是第一次上学，哪怕是要过几条小河、几座独木桥、几处坟地，都是跟着先前已经上学的孩子一起去的。先上学的孩子是第一次上学的孩子的领路人，由大人接送会让人瞧不起。乡下的孩子从小就看着种子入土、发芽、破土、生长、战胜杂草、抽穗拔节。我们的灵魂也随之抽穗拔节、随之有序的成长。乡下的孩子来到人世间的第一站就是无比广阔的天地。广阔的天地稀释了孩子们许多“成长的烦恼”。狂风来时，我们走出家门对着狂风莫名地狂呼；暴雨来时，我们走出家门到暴雨中让自己冲刷得淋漓尽致。我们似乎从孩童时代就有一股“让暴风雨来得更猛烈些吧”的旷野心态，并让其在胸中奔腾激荡！长大后，才知道那叫人生豪迈！乡下的路多样化，有康庄大道，一马平川；有弯弯的小道，很原始、很流畅、很随意、很自然。乡下的孩子会走自己的路。有的路本来就是顽童们自己从没有路的地方偷偷踩出来的，那时并不知道那叫开创精神，但每每留下了这些幼小的开创者们的脚印。第一次走过的路，童年走过的路，离开家乡走过的路，哪怕是早已改道，哪怕是不复存在，我至今也不会忘记。孩子们每走上一条路，就会想这条路要通向哪里，路的两旁有没有别的人家，那些人家是不是像我们自己一样善良。于是，就油然而生一种好奇心，就想去追寻。长大后，也才知道那叫人生遐想，或曰在平凡的道路上追求远大的理想，或用现代人更文雅的话表达，那叫追求诗和远方。

幼儿园是英国空想社会主义者欧文的创意。此公一生中搞了许多社会实验，最终几乎都失败了，唯有幼儿园的形式流传了下来，从此全世界的城市儿童大多数都失去了同大自然的早期接触和顺其自然的成长过程。我想，如果欧公他老人家活到今天，他一定会因此反思他当初的创意是否完全合乎人性的自然形成过程，是否需要作出一些适应时代的变化，例如对城里幼儿园的孩子们可否放松一些反自然式的管理，尽可能把他们投放到人生自然生长的环境中加以启发和引导，给他们一个永留记忆中的快乐童年。

（2010 年 12 月初稿于古巴蒙特哈瓦那酒店，后回国修改）

儿时的天空，儿时的大地

对于从青年时代就步入他乡编织人生故事的退休人来说，常回老家看看似乎非常合乎情理。常回老家看看，一是看，二是想。想是遥想，以今天所见遥想到消失了的当年儿时情景。有一次，我忽然想到了儿时的天空，儿时的大地。

那是一个春天，记不清是我退休后第几次回到老家。家兄80多岁了，对我能常回老家看看很是高兴。我在国外工作期间，他曾来北京帮我照顾孩子，同时在新华社打工多年，还连续几年被评为中直机关先进工作者，积攒了一大堆红彤彤的荣誉证书。他在新华社有许多老熟人，其中还有社一级领导。但他并不多聊这方面的事情，而对家乡几十年的变迁则谈性甚浓。我们兄弟俩坐在家门口，看着蝴蝶在自家的菜园子里飞来飞去。我们欣赏着，还夹杂着一些议论。偶尔抬头再看着站立在高压线上的麻雀，一拨又一拨的，它们的飞行高度大于蝴蝶，但同样属于低空飞行生物。除此以外，面前就没有什么肉眼可以看得到的飞行生物了。此时，我忽然想起童年时代的一首儿歌，叫《小燕子》。歌词是："小燕子，穿花衣，年年春天来这里。我问燕子你为啥来，燕子说这里的春天最美丽"。那时，口中唱的和眼睛看到的是一致的。如今歌词没有变，但远近高低都见不到小燕子了。于是我问家兄："春天到了，现在为什么看不到小燕子来我们家做窝呢？"家兄笑了："你脱离农村时间太久了。现在，春天已经很难看到小燕子，还谈得上什么小燕子来做窝呀！再说，就是有燕子飞来，家里也没有地方给它落脚做窝了。”

是啊，儿时，大概就是20世纪50年代中前期吧。每逢春天来到，大地开化，河流解冻，首先给我们带来春天气息的就是小燕子。那时，如果我们坐在门口，空中飞过来的小燕子会从我们身边进进出出，一天好几次，一连好多天。飞来的小燕子对人大大方方，从不腼腆，显示出很强的开拓性。它们把嘴的功能发挥到极致，在河塘边和其他潮湿的地方啄泥不止，并用自己的吐液和泥成丸。然后衔来野草、麦秸稻草或其他干枯的植物根须等作为建筑材料，在事先侦察好的人家的大梁上或房内屋脊上为自己辛勤筑巢，人称燕窝。这种燕窝实际上应该称为家燕窝，与那种极具营养价值的正名燕窝当然不同。这种家燕窝的主人属于燕科，后者的窝主则为雨燕科。但家燕窝同样受人青睐，其所以能在人的家里建成，是因为当时的房屋不是现在这样的水泥结构。那时的房子的顶棚是草木结构，大都以芦苇杆为主体，燕窝很容易附着在上面。燕窝建成后，雌雄通力，生育繁衍，其乐融融。老家当时有一种信仰，说燕子飞到谁家做窝，谁家就有好运来。有好运来，拥有燕窝的人家对燕子的到来自然十分呵护，谱写着人燕和谐相处的春之恋曲。

呜呼，曾几何时，儿时的这种情景现已荡然无存。每每想到此，春天的感觉就像缺少了什么似的：你去了哪里，昔日可爱的小燕子！

昔日在空中飞行的其他生物现在也十分罕见了。首先是低空飞行生物。幸存者虽然偶尔在我们面前做做秀，鸣叫几声，我们还真的不屑一顾。略具讽刺意味的是，眼前的麻雀当年曾一度被诬陷为“四害”之一。几亿人，呼天唤地，轰轰烈烈，硬是把麻雀轰到半空中，致使它们上不着天，下不着地，魂不守舍，不停地穿梭来往，寻找落地的途径，到头来大多数因饥饿或劳累坠地身亡。悲哉，麻雀！少数幸存者，大概就是我们现在所能看到的新生代了。喜鹊是好运的象征，甚至关联着不少中国的文化内涵，如鹊桥相会、鹊登高枝、声名鹊起等。树上喜鹊叫喳喳，那时随时可感受到，今天却几乎见不到、听不到了。

最令人心动的飞行生物还是那些在高空飞行的鸟类。看雄鹰豪迈，看白鹤飞翔，看大雁队队排列成行，那是高空中一幅幅流动的画廊。儿时躺在长满野草的大地上，仰望这些高层次的飞鸟搏击长空，“虽不能至，然心向往之”。心气浩荡，周天飞扬，飞向那遥远的不可知的远方。雄鹰，俗称老鹰，在老家人的心目中是一种威严、力量的象征，人们甚至将其看作是一种无法抗拒的威神类飞行物。记得当时大人们最怕的是老鹰在头顶上长时间盘旋，这是一种预警信号。每当这个时候，大人们就仓皇惊呼，保护好地面上的家禽，因为老鹰随时可能猛地俯冲下来，旋即将它看准的目标嗖地一下子从人的身边掠走，然后腾空而上，直飞蓝天，给人们带来敬畏和惊叹。白鹤通体白色，纯真高雅，象征吉祥长寿。老家当年不像现在有这么多人群居住，到处可见到开阔的原生态沼泽地，很适宜晚秋季节从北方飞来的白鹤栖息。与雄鹰不同，白鹤在天空飞翔时，均集成大的群体。秋水长天，悠悠鹤群，蔚为大观，至今记忆犹新。可惜的是，据说白鹤已是濒临灭绝的动物之一，其主要原因是栖息地的改变。同样的原因，小时在家乡经常看到的丹顶鹤如今也成了更为稀奇的飞鸟。丹顶鹤鹤身略大于白鹤，以其头顶有块红肉冠而得名，也称仙鹤。它有着高挑的身姿，雍容高雅，曼妙轻盈。在高空飞行时能发出高亢洪亮的鸣叫声，其声波可以辐射到3—5公里之外。幸运的是，这种飞鸟现已受到了人类的特殊保护。盐城市是我的家乡，联合国教科文组织盐城生物圈保护区是全球最大的丹顶鹤越冬地，每年约有1000只丹顶鹤迁徙到该保护区越冬，但保护区之外是看不到当年那令人心气浩荡的景象了。大雁同样是北方飞来的迁徙动物，被称为出色的空中旅行家。一队队大雁群飞时除了排成人字形或一字形的队形外，它们还不断发出“嘎嘎”的叫声，以宣示相互呼唤和照应的团队精神。那时的人们没有保护动物的意识，当成群的大雁飞过自家头顶时，常常被猎杀。几十年后我依然记得，当年老家的一个邻居有一次在家门口一枪就射中了两只。那时无知，我为之拍掌。

儿时大地上随时可见的许多动物现在同样几乎也都成了一种回忆，诸如黄鼠狼、兔子、狐狸等。乡下人那时最爱讲狐狸精之类的故事，讲得栩栩如生。孩子们听着又好奇又害怕，但又百听不厌，平时常常看到狐狸就联想到狐狸精。上面这几种动物在地面上奔跑的速度很快，人是追不上它们的，但人总是想办法捕捉他们，首先是用猎枪。那时不禁猎，捕捉的人许多来自外地，以北方人为主。他们扛着长长的猎枪，我们这些当地的孩子就跟着他们疯跑。人家打着了，我们就抢着去捡，当成游戏，乐此不疲。不用说，最后都悉数乖乖地交给猎手。有时看着他们当场剥皮，也不害怕。还有一个捕捉的办法就像鲁迅在其作品《故乡》中描述的那样，在这些动物可能出没的地方放一个芦苇或者菅草编织的大匾，下面用一个小木棍支撑着，木棍周围撒下一些吃的作为诱饵。小木棍放得很悬乎。这些闻到味道来寻食的动物一不小心碰倒木棍，大匾便轰然倒下，给这些动物造成真正的灭顶之灾。这种办法白天也可以用来捕捉一些落地寻食的鸟类，如麻雀等。那时乡下孩子没有上幼儿园一说。上学前在家自娱自乐，常常守株待兔，还可在小木棍的下端系一根绳子，绳子的另一端放在手中。见有上勾者，手中绳子一拖，精准击中。然后用干树枝烤而食之，其乐无穷。这些活动孩子们都是无师自通，疑似是一种早期的智力自我开发，它带来的兴趣一点也不亚于城市幼儿园孩子们的游戏，而且能给这些孩子们带来原始的成就感。

儿时接触到的这些东西是原生态。几十年过去，当初的天空，当初的大地，每每想起，心境依然会开阔起来，总感到原生态更为亲切，比现在许多巧夺天工的东西有更多的故事和情趣。

（2016 年 11 月于北京丰台区大瓦窑北路假日风景小区）

独木桥上的孤勇

蔚为大观的现代桥梁是现代社会的标志性景观之一，但我却由此常常回想起早已消失的独木桥，和我所经历过的桥及其往事。

那是几十年前的孩提时代了，在老家苏北走独木桥是很寻常的事。现已消失的独木桥如今是当地老人们记忆中的物质遗产。而在我的记忆中，当初走在独木上那种面临险情绝不言退的顺势取巧的精神以及由此产生的人生感悟则更是一种非物质遗产。

顾名思义，独木桥就是由单独一根圆形树干搭建在河面上的桥梁。桥体多数为就地取材，直的弯的，粗的细的，长的短的，均无统一标准。树干如果是粗的，当然是较好的建材。这样的材料，还可以进行粗加工，将树干的某一侧砍平一些，平面朝天。这种独木桥应该算是一流的了。独木桥下面的河无疑都是小河，流水不会很湍急。由于当时老家小河纵横交错，随处可见，所以相应而建的独木桥很普遍。“桥，水梁也。水梁者，水之梁也”。独木桥是当地人们通往外部世界的第一道关口，过不了独木桥这种水之梁的人就不能远出家门，这些孩子则被认为是无远大志向的，此乃流水小桥接天下是也。但这种情景并不像外界没有这种经历的文人所想象的那样浪漫得令人神往。脚下清澈的小河流水固然可爱，小桥走起来就不是那么容易了。独木桥除桥身外，也还有其相当原始的配套设置，配套设置决定着独木小桥的安全系数。它首先是指要为过桥人配备一根放在河岸边作为辅助性依赖的撑杆儿，撑杆儿也就是一根简单的小竹竿儿或小树干儿。另一种办法是在小河两岸分别竖立两根简易木桩，用一根也同样是十分原始的草绳子或亚麻绳子将其连接，过桥人可以借此让向前运动着的身体保持平稳。但这并不是万全之计。有时会遇到前面过去的人把撑杆儿放在河对岸的情况。我在这边，杆子在那边。能借助自己的平衡能力直接走过去的也有，但为数极少。大多数人除了等待有人从小河对岸过桥来交接撑杆儿外，就只能望“河”兴叹了。用绳子作为辅助也不易，因为绳子的稳度很难掌控。一摇晃，瞬间就把人摇晃到河里去。这样的落汤鸡也并不少见。也还有的独木桥什么配套装置也没有，那就是上面所说的一流桥体了。独木桥必须独自过。有小孩子实在过不去的，开始也可能有大人在前面领着。但这种二人同时过桥的也很少，因为那样反而更容易落水，而且是同时落水。让当时城里的人或者现代人难以想象的是，那时乡下的孩子第一次走独木桥就很少有大人传帮教，其原因大概是实际上大人们也没有准确地总结出什么要领可以给你传授。他们最多是鼓励你胆子要大，告诉你上桥后只顾往前走，莫回头。其余就只有依靠过桥孩子的悟性了。硬要说有什么诀窍的话，那就是过得越快越好。掌握不了技巧而落水的孩子，有的会受到大人的一番责备，说你没出息，将来出不了家门口，闯不了天下。现在看来，那些大人们也太苛刻了。那么难的事，孩子们怎能生而知之！

我第一次走独木桥是读初小的时候，大概十岁左右吧。开始走那种桥非常胆怯，比长大后第一次驾驶汽车上路要紧张得多。五年级考上高小，离家很远，每天来回必须走 20 多里路。要过的独木桥就更多了。远走那么多路去读书，是为了心中的明天。如此，独木桥不好过也得过，硬着头皮战战兢兢也得过，有多少道，得过多少道。过得多了，就慢慢适应下来，进而过得相当熟练，也从未落水过。儿时走过独木桥的人都具有人生最初的成就感。每过一道独木桥，就构建起一份人生的自信。这种自信和感觉在我后来的人生道路上留下了不少复印件。40—50 岁之间，我曾不止一次独自一人在国外为我供职的单位服务。至今还记得，有一年我在年终汇报工作时只写了 16 个字：黎明即起，诸事待理，独断专行，全靠自己。写完后，自我品味一番，相当自鸣得意。独断专行，此种感觉有我童年时代过独木桥的影子和启迪。

有人考证说独木桥源起于遥远的秦汉以前的时代。虽悠久，但却是并无多少技术含量的交通手段。搭建独木桥和走独木桥实属无奈，是在落后的无奈中选择的别无他路的出路。上小学时，我曾参加小放牛的演出。当我唱着《赵州桥什么人来建》时，有一种说不清楚的莫名的向往。赵州桥？想象不出除了家乡的那种独木桥外，赵州桥是个什么样子。当时的落后程度，由此可见。独木桥大概从20世纪50年代末期就逐渐消失了，取而代之的是水泥桥。一块预制的水泥板，横放在小河上，既宽又稳，方便安全。这在当时被看成一项了不起的技术革命。

独木桥曾诱发过中国一批古代文人独特的灵感，并赋以风雅。他们其实更喜欢由这种实体独木桥升华出来的形象思维及艺术形式。唐宋时代，以黄庭坚为代表的一些诗词大家们创造过一种被称为“独木桥体”的诗词形式。

烹茶留客驻金鞍。
月斜窗外山。
别郎容易见郎难。
有人思远山。
归去后，忆前欢。
画屏金博山。
一杯春露莫留残。
与郎扶玉山。

这种诗体使用同一个字作为全篇或一半以上韵脚的词，形似独木桥，在诗坛上曾独领风骚一个时代。当然，这种诗体同消失的实体独木桥一样，在现代诗坛上也绝迹了。

在现代，独木桥的说法也转为形象化的符号。改革开放初期，曾经有一场著名的有关国家前途的争论：独木桥和阳关道之争。这场争论长达三年，直到1982年中共中央下达的第一号文件出台。那份文件第一次正面肯定了在农村搞包产到户的发展方向。在那之前的争论中，大多数省委书记对这一政策犹豫不决，有些人提出包产到户是独木桥，而继续维持当时的农业经营方式才是阳关大道。当时的贵州省委书记池必卿却发出了“你走你的阳关道，我走我的独木桥。我们贫困地区就是独木桥也得过”的誓言。这一铿锵有力的誓言，同当时在中国南方流行的中国经济发展“要杀出一条血路”的豪迈气概遥相呼应。池必卿作为所谓“独木桥论”的代表人物，选择了要闯荡出一条具有风险的新路，以摆脱当地农业的困境。我当时作为新华社记者，同总社其他同行在那里蹲点采访，目睹了贵州人民率先砸碎原有生产方式的桎梏，在独木桥上顶风而上的独创精神。我们也见证了他们的成功。

都说人生选择比努力重要。人的一生常有必须选择独木桥的时候。所谓选择，首先是选择方向和道路。既然你选准了方向，你就要知难而进，哪怕前面的道路是独木桥。既然你选择了独木桥，你就必须走过去。走过去，等待你的就有可能是阳关大道。

走独木桥除了必须掌握身体平衡和心理平衡的要领外，最重要的是它必须调动起过桥人的综合能力和综合素质。判断、决心、毅力、定力、自信等等，所有这些要素会形成一种独特的思维，即彼岸思维。当你前进的道路上遇到小河挡道的障碍时，当你别无他路最终只能选择在你眼前的独木桥通过时，你的思维一定已经投放到河的彼岸。彼岸是一种无形的牵引力。这个牵引力里面有理想，有追求，有目标，有憧憬，有希望。这里没有苟且，一切都是过桥以后的诗和远方。任桥下响着动听的潺潺流水，任桥上随时有可能出现的变数甚至落水的险情，过桥人总能唤起足够的跨越精神，探索精神和探险精神，在心理上绝不动摇，在行动上绝不回头。独木桥不相信懦夫，更不接受懦夫。它接受的是《孤勇者》，爱你孤勇过水梁，爱你坚定向前的模样，考验的则是勇者和智者齐备的人。

（2018年1月31日于北京语言大学家属区，适逢月全食之日，后有修改）

碎忆母校江苏盐中

母校江苏省盐城中学是一所在全国都很有影响力的知名中学。其影响力在其独特的内功，内功则包括它的红色基因和学校教师与众不同的教学思维以及学校领导对学生的精心爱护。这些独具特色的内功在我的人生道路上一辈子都起作用。2017 年，母校举行 90 周年校庆，我应邀为它写下了当年的一些难忘的故事。

老一辈无产阶级革命家忆盐中

1990 年 5 月，时任中国国家主席的杨尚昆访问南美最南端的国家乌拉圭，我当时作为新华社常驻该国记者参加了这次高访的前方报道组。访问结束前，我有机会同杨尚昆主席进行了一次单独交谈。杨尚昆作为老一辈无产阶级革命家，当他得知我是盐城人时，首先提到了新四军在盐城的历史。杨尚昆主席将这一主题作为交谈的切入点，我也很快对接上了话题，并转而谈到了母校盐中，谈到了抗大五分校，谈到了刘少奇对盐中以及对盐中师生的影响，谈到了一直披挂着历史风霜的盐中正北楼。我是 1958—1964 年就读于盐中的，那是一个崇拜革命和革命领袖的年代，我们听着盐中正北楼的故事，一次次豪情激荡，一次次发誓将来也要担负起天下的兴亡。我告诉杨主席，盐中给了我们这一辈人一个德智体全面发展（当时的教育方针）的青年时代。毕业后，我们无论是进入大学或者从盐中直接走向社会，不管到了哪里，都带着红色基因，都走在正道上，都为国家做出了自己力所能及的贡献。杨尚昆听后，高兴地握着我的手说："很好，那就和你这位盐中的校友照张相吧"。说着，就准备站起来。杨主席当时已经80岁，我当然请他老人家坐着照。随即，他同我和我在场的妻子合影留念。今天，28年过去，我把这张照片奉献给我永远不会忘记的母校，我可爱的盐中。盐中，我亲身感受到了，老一代无产阶级革命家心中有你。

"老师，升学考试错一个字扣几分"

岁月远逝，但盐中老师在课堂上的一些碎片化记忆仍然可以组合成一幅具备盐中特色的画面。

"老师，升学考试错一个字扣几分？"

这是我考高中前一位同班同学向语文老师施卓风提的问题。

"革命和反革命，一字之差，你说这个错要扣几分呢？"施老师微笑着反问道。他跳出了程式化的回答，没有给出具体答案，却在反问中给出了让学生思维更为开阔的思考。这种启发式的不给标准答案的回答，几十年后我和一位当时在场的同学仍记忆犹新。这体现了盐中老师独到的开放性的教学风格。

还说施老师的讲课特色，特别是作文评讲。他那严谨又不失幽默的点评能让整堂课充满活力。有不少插曲我也是记忆犹新。例如，有同学的一篇作文这样写道："吃完晚饭，我弟弟急急匆匆向电影院跑去，不小心，他摔了一跤，原来是个皮夹子。"念完，他问我们这句话有什么毛病。由于我们一时分析不出错在哪里，课堂鸦雀无声。一会儿，他露出他那特有的课堂式笑容反问我们："难道你的弟弟是个皮夹子吗？"这一反问，我们恍然大悟，笑个不停。原来这句话的主语没有变，摔跤的主体即句子中的主语当然应理解成"我的弟弟"了。这个严重的语法错误不仅仅教我们运用文字要严谨，同时启发我们做事和考虑问题时要前后照应，首尾相接。学会这种思维的严谨，终生受益。

"饿？这是好事啊！"这是1960年盐中一位政治老师对学生说的话。那是针对第四节课上许多同学叫喊肚子饿并表现出不大情愿继续上下去的状况时说的。这句话现在听起来很难懂。但当时我们都懂了，会心地笑了，而且感谢这位老师对同学们的同情和关怀。1960年，那时人们普遍挨饿，饥饿导致许多人患上了肝炎，而肝炎病患者是没有饥饿感的。如此，正在长身体的青年学生感到饥饿，就说明他还是健康的人，这难道不是好事吗！这位老师没有像通常那样，批评学生学习态度不端正，而是以独特的黑色幽默鼓励学生振作精神，坚持上课，化消极因素为积极因素，不能不被认为是一种高明的教育艺术。我们那堂课接下去上得很好。

“盐中就是你的家”

我和我的不少盐中同学从青春期到成熟期共六年都是在盐中度过的。那是长身体最关键的阶段，最需要营养的供给。不幸的是，国家当时却处在空前严重的经济困难时期。但我们在盐中则又是幸运的。在社会上多数人吃不饱的形势下，由国家给我们盐中学生每月31斤大米的供应量却一两也不少。为把学生的伙食搞好，学校领导亲自下厨房、进饭厅，还想办法搞“瓜菜代”。“什么地方是你的家，盐中就是你的家”，时任副校长王正风有一次在作报告时对学生这样说。由于他是北京人，他那标准的普通话语调和带有很强磁性的声音我至今仿佛还能感觉到。不仅如此，学生家长来看望学生时，学校都用客饭招待他们。寒暑假时，学校甚至劝家庭困难的学生留住学校。我也还清楚地记得，当时的地委书记陈忠烈甚至要盐中的学生能不回家的就不要回家。他说：“同志哥呀，那是从米箩里跳到糠箩里呀。”这位书记后来调到农业部，一次偶然的机会我问他：“你那时那么说，是不是和当时所说的艰苦奋斗的时代精神不合拍？”“管不了那么多了，当时太困难了，想到的就是你们这些才十几岁的孩子怎样度过那道难关！”他这样回答。盐中的学生在人生关键成长阶段受到了国家和学校领导的特别和精心的关怀，让我们比较健康地顺利地走过那段关键人生，从而保证了在校学业的完成。这个影响也是让我们终生受益、终身难忘的。

（2017年10月于北京语言大学家属区）

记忆中的老古董：算盘、杆秤和扁担

古董是指很古老的而今天却仍很有玩味价值的器物。人生短短几十年所经历的东西，谈不上古老，也就更不能说是古董了。我所以说我有记忆中的老古董，是因为这个时代变化得令人目眩的快速，自己经历的某些物件似乎已经十分遥远，遥远得让创造时代辉煌的人感到越来越不知它们为何物。如此遥远的东西不也就是古老的了吗！

于是想到了我经历过的三件物品：算盘、杆秤和扁担。

算 盘

美国人不守规矩，悍然对中国发动贸易战，中国人说，这是“打错了算盘”。算盘，其应用过程称为珠算。它代表着中国人的智慧。

20世纪50年代，我们乡下的孩子是没有幼儿园的，但学打算盘却是一项必不可少的学前教育。珠算老师都是土生土长的，教我们打算盘也没有收费一说。我们学打算盘如同城里的孩子做游戏，常常比赛背诵珠算口诀，边背诵边拨动算盘珠子。有点“人生智力算盘始”的感觉。到了上小学时，用算盘做两位数的加减法孩子们基本都会了。智商高的孩子不但会打小九九，甚至连用来做两位数以上除法的归除也能打上一两盘。小学时，课堂上有珠算课，而对我们来说，这似乎像是在“深造”了。如故套用现在的学位制，应该是研究生学历。

珠算的口诀远远超出用来运算本身，还被用到日常生活中形象地解释某些事情。例如，口诀中的“三下五除二”“二一添作五”等，口语中的“你是属算盘珠子的，不拨不动”“你的小九九我们心里明白”等，孩子们不用听解释很快就能领会其含义。

珠算是世界上独特的运算体系，有2000多年的使用历史。明朝以后传入日本和东南亚国家，后又传入美洲地区。1972年，美籍中国物理学家李政道在同当时的中国总理周恩来交谈时曾说：“我们中国的祖先很早就创造了最好的计算机，这就是到现在还在全国通用的算盘。”李政道的话很有道理，我国在设计、制造第一颗人造地球卫星的过程中，科学家们就是用算盘来解决大量复杂的数学运算难题的。我国著名数学家陈景润在攻克世界数学难题“哥德巴赫猜想”的过程中，同样也是靠中国古老的算盘。

新中国早期实行计划经济。历史资料显示，1953年开始的第一个五年计划的运筹完全是用算盘打出来的。设计者们硬是用算盘打出一个著名的战略思考：打算盘要学会打“大算盘”。所谓打“大算盘”，就是要善于谋大局、谋大事，善于从战略高度考虑问题，善于驾驭复杂形势和局面。美国人对中国发起的贸易战是目光短浅的“小算盘”，而中国人的应对方案则是全局在胸的“大算盘”。

联合国教科文组织2013年将中国珠算列入人类非物质文化遗产名录。可惜的是，在中国，这门课已于21世纪初的2001年退出课堂。珠算在中国，真的成为古董了。而世界上却有另外一些国家还在坚持将珠算列入小学课程，如日本和西班牙等。西班牙若干年前还曾邀请过中国珠算教师团赴西班牙授课。我在西班牙工作时的同事夏顺英回国休假时还特意为西班牙朋友从国内带去几把“古老”的算盘。

一些新一代老人对算盘另有所悟、另有所求。所悟的是将其同中国传统医学结合，所求的则是将这种妙悟付诸于养老实践。中医学认为，人体内存在着与内脏相连的12条经络，其中6条以手指为起点。用手指拨动算盘珠子可以健身健脑。于是，一种被称为“算盘健身法”的尝试正在一部分老年人中悄然兴起。据说这种推陈出新的新思维新实践是从日本老人那里反传到中国来的。中国主流媒体多年以前对此就有过报道，网络上也不断有一些中国老人在同大家分享着深受其益的故事。一位退休已逾十载的人，原来患有腰腿痛、手指关节炎、失眠症等疾病，通过多年的打算盘活动，竟然变得春风满面，一扫昔日病容。当然，他的康复同时也离不开医学治疗。他的体会就是借助于算盘对身体各部位的锻炼，促进血液循环及肌肉、关节活动功能的恢复，渐渐改善和增强体质。还有一位104岁高龄的老人多年来同样是一直靠打算盘以求健身健脑。老人双手拨珠，珠动、手动、脑动。手动有利于指关节的康复，不断脑动则可以延缓衰老。经验不可复制，但可以借鉴。

杆　秤

几年前，我在渤海边的一条渔船上请求老板让我过一下重拾杆秤的瘾。当我撮起一盘鲜活的海鱼正在识别杆秤上显示重量的秤星时，一位陌生的游人似乎看出了我的小秘密，走上前来对我说："老板，你可不要短斤缺两啊。"我头也没回地说："放心，咱做的是公平买卖。"一个陌生的假老板和一个陌生的假买主在没有任何预演的情况下就这样在瞬间默契地完成了一场短剧。这一短剧吸引着在场的一位同样陌生的人，此人用手机同步记录下这一小场面。杆秤让我们结缘。紧接着，我们同周围同样也是陌生的人在现场饶有兴趣地举行了一个非正式的当然也是没有预演的"学术研讨会"。

杆秤国学含金量很高。秤砣、秤杆、秤星，三位一体，各负其责，各有渊源。杆秤在秦朝之前已经存在，但各国对于一斤确定为几两并不统一。自秦开始，统一核定一斤为16两，直到长达近2000年后的1959年改为10两制。后来，随着电子秤的出现，杆秤慢慢退出历史舞台。如今，只有在中药店等极少数情况下才能见到。

杆秤的文化元素和道德元素并不因为杆秤基本退出历史舞台而消失。

公平：衡是秦始皇统一度量衡过程中最后一个确定的标准。据说，负责度量衡统一的李斯当初对一斤统一为几两拿不定主意。他请示秦始皇，秦始皇写下了"天下公平"4个字。李斯受其启发，把这4个字的总笔画数作为标准，做出了一斤等于16两的决定。这个起源于"天下公平"的初衷成为中国国学的一项核心内容。由此足见，中国人信守“天下公平”的价值观源远流长，根深蒂固。美国人妄议中国人对他们的贸易不公平，除了不善的动机以外，就是读错了中国的古老文明史。“咱做的是公平买卖”，一杆公平秤刻画出了中国买卖人的道德底线。

善良：杆秤上的每一两都用一颗星表示。相传这些秤星来自同天上的星宿布局相对应的感悟。起初16两秤叫16金星秤，是由北斗7颗星、南斗6颗星加福禄寿3颗星组成。天地之间有杆秤，天人相通。人在做，天在看，做买卖的人一旦不讲诚信，缺一两无福，缺二两少禄，缺三两折寿。杆秤的作用不仅仅是衡量物件的重量，也可衡量人性的善恶，让买卖人有敬畏之心。人们称杆秤为良心秤。

权衡：权衡是汉语里的一个常用词，而这个词来自杆秤。古人把秤砣称为权，把秤杆称为衡，两个名词组合，词性改变，表达的是古人的缜密思维和良好的行为方式。权衡轻重、权衡利弊、权衡得失，事情做与不做，怎么做，离不开杆秤上秤砣和秤杆的衡量。衡量同时还引申至均衡、平衡、抗衡等。这些准则对于我们老年人尤为实用，例如营养的搭配，运动的适度，得失的应对等日常遇到的事情，都离不开杆秤文化中的掂量和权衡的思维。

扁　担

我的一位高中同学2019年给我捎来一本名曰《知识改变命运》的自传体巨著，35万字。他在书中写道，退休后他做的一件很得意的事情是经营着一块三分地的菜园子。70多岁了，他仍能为此挑一担粪肥走上一二里路。挑一担七八十斤重的桶水走七八十米，不停步，不换肩，一步到位。我的这位同学少年时有过磨难，在职时有过领导的担当，可谓人生苦乐一肩挑，老来不负历练人。

小时候常听大人们说“肩不能担担，手不能提篮”，是指某一个人的无能。那时候，农村的孩子特别是男孩子到了十五六岁还不能或者还不愿学挑担子，就被认为是没有出息。我和我上面的这位同学一样，小时也曾有过主动用扁担为自己增添压力的尝试和磨炼。铁肩担道义，我的双肩虽然最终没能磨炼成铁肩，但我用过的扁担上着实承载过我曾经拥有的理想，尽管后来的人生走得十分平平。成家时，我用从老家带来的一根毛竹扁担挑着计划经济年代凭票购买的两只大木箱，从几公里之外的家具店一直挑到小得可怜的临时住地。当我挑着这一在当时被认为是具有结婚标志的家具穿过北京最繁华的商业地带西单大街时，我心中充满了责任感和自豪感。别人看着箱子是空空的，而我心中感觉的却是装满了对新生活的希望。

扁担在漫长的世界史上早有记载。据说它起源于古埃及，后来由于外来的原因在它的诞生地消失了。在中国，扁担的使用从商朝开始。由于中国农耕文明有着强有力的持续性，扁担一直作为主要的农业工具延续下来，而且衍生出许多如何做人的启示。勇于担当的扁担精神便是其中之一。几十年前，南方的农家每家都备有不止一根无论从用材上还是造型上都很有讲究的扁担。无论是家庭个体作业还是集体化农业大生产，扁担都是肩膀上的运输工具。任重道远，扁担当仁不让。20世纪50年代后期和整个60年代，中国农村尤其是南方到处都在搞造福千秋万代的水利工程。苏北人将这项无与伦比的历史工程形象地称之为挑河。在广袤土地上，人们主要的劳动作业的项目就是肩挑泥土，而肩挑绝对不可缺少的劳动工具就是扁担。浩浩荡荡的民工队伍，不分男女老少，每年的隆冬季节，冒着天寒地冻，连续几个月住在工地，吃在工地，奋斗在工地。他们用他们的铁肩，用他们一根根弯曲和坚韧不折的扁担，挑着开挖出来的一筐筐泥土穿梭在波澜壮阔的社会大舞台上，气势蔚为壮观。那是永留我记忆中的历史景观。扁担是新中国这段历史的见证。扁担和扁担精神挑出了一条条通向大海的大小河流，从而改变了家乡千百年来年年遭遇洪水的苦难历史。

我所以对扁担怀有深深的眷恋，还在于扁担的使用技术和舞台艺术的完美结合，以至于有时候很难严格区分是挑担人行进中悟到了舞台艺术中的台步韵律，还是舞台上的艺术家汲取了挑担人高超的才艺精华。你看，优秀的挑担人既不是走路，也不是跑步，更不是散步，而是碎步连绵，直行曲拐，掌控自如，如行云，如流水。他们娴熟地把握着扁担两头所挑之物的平衡和双臂的平衡，让扁担和双肩在一上一下的悠悠起伏中发生和谐共振，同时保持着只向前而不后退的惯性运动和固有频率。振幅越大，流动感越强，越省体力。一个肩膀压累了，几乎是本能地将扁担切换到另一个肩膀。切换过程中，前进脚步的节奏依然不变，犹如华尔兹舞蹈动作中每一个轻重节拍相互转换一样，动作连贯而曼妙，显得天衣无缝。舞台上的走步动作和节奏是艺术的展示，而这种艺术展示的源泉扁担和使用扁担的人之间的互动同样给人以一种艺术的谐趣。扁担对艺术的贡献还在于，扁担的功能和技术直接派生出了艺术形式扁担戏。这是一种汉族传统戏剧。一根扁担可以挑起全部戏剧用品：乐器、道具、小型舞台等。扁担戏又称五指木偶戏，是世界上三大木偶剧种之一。扁担戏担负着广泛的艺术题材，以戏曲和说唱为主。曲调丰富，唱腔、念白随着人物角色变化而变。只不过这种艺术形式今天几乎被现代化大潮冲击得无影无踪，留在人们脑子里的也真的是一种古董了。

（2019 年 7 月 17 日于北京语言大学家属院）

微信朋友圈碎片篇

*七十岁，猛回首。从故乡到异乡，从少年到白头，唱着《三百六十五里路》，我一日行一程。多少冬夏春秋已经走过，多少人间往事心中永留。

*当年五四青年节，心中总是谱写着诗和远方，放飞着遨游蓝天的隐形翅膀。如今诗情画意已经穿越，二月红花虽说留有余香，但秋日的霜叶则更是令人期待，令人向往。向前看，长路依然通向远方，通向希望。咱们慢慢走，好好走，且走且珍惜，切莫辜负这漫天的晚霞衣裳。

*看机器人表演　世界上最遥远的距离，不是罗刹海以东的26000里，而是我是真实的人，你是人创意的模拟，彼此功能貌似神合，形如兄弟，却不在同一个情感世界里。

世界上最遥远的距离，不是人和人创意的机器人不在同一个情感世界里，而是人的智慧给模拟对象以人工智能，而后者却表现得反噬人的智慧，转而让创意者自身的智能显得苍白无力，不知谁在控制谁。

*人已老，心依旧，情更悠。随着年龄的增长，家乡情怀近年来越来越浓厚。这大概是因为如同一位现代作家说过的那样，人总是爱他的家乡的，尽管他乡的山更青，他乡的水更绿，他乡的少女更多情。我的家乡是苏北平原。它不富庶，但很美，在我的心目中则是永恒的美，他乡无可替代的美。绿绿的大地，清清的河水，桃花盛开，油菜花黄，鸡满圈，鸭满溏，麦苗稻谷送清香。辽阔平原的视野中，曾有过诗情画意的袅袅炊烟，有可极目平视地平线上光焰无际的落日霞光。情意绵绵的芦花花絮随风飘荡，轻盈曼妙的丹顶鹤在空中为我可爱的家乡歌唱。同退休前每次回家乡只能匆匆而过不一样，退休后，我几乎每年都回来小住一段。小时候走过的独木小桥，赤条条下水

跟鱼鳖蝌蚪同游的小河，小河旁吱吱呀呀的风车，引领我走向外部世界的大河和航行在大河上的帆船以及片片白色的船帆，纤夫们拉纤的哼鸣声及其留下的坑坑脚窝，我第一次走进课堂的乡间小学，离家时走过的弯弯小路，夏日夜晚躺在平地上面遥望月亮在白莲花般的云朵中穿行的没有任何建筑材料掺和的原生态土广场，还有农业集体化时代生产队露天也露地的打谷场兼儿时相互追逐的绿色娱乐场，有的已变迁，有的已不复存在，有的已被纵横交错的乡村大道、国道或高速公路覆盖。但无论想起来是多么遥远，无论发生了怎样的变化，童年的这一幕幕情景总是很清晰，总是让我的怀念风起云涌，让我的心绪随之高涨。这是生我养我的地方，是托起我彩色梦想的地方。这里有我至爱的亲人，有我童年时代的朋友，更有我童年时代的故事。家乡，无论什么时代，每次离开你，我总是回望不舍。每次回到你的身旁，我总是情思悠悠。每每想起你，我的心底就会涌动着层层波澜；每每触摸你，我就会与中国当代一位诗人产生共鸣：为什么我的眼里常含泪水，因为我对这片土地爱得深沉。

*这张《月亮和飞鸟》照片不与朋友共赏是一种辜负，因为在拍摄的那一瞬间我忽然觉得拍摄的对象及其运行是一种人生极为难得的写意。不是吗，每当我们面对月亮时，我们的心灵都会有一种寄托，这种寄托无不和美妙的希望连在一起。月圆时满怀希望，月缺时寄托希望。我们总是在拥有和寄托的交替中编织人生。寄托是一种期待，而期待何尝又不是一种享受，一种自信和力量。现在是农历初四的夜晚，当我遥看着这月缺的夜空时，我已经在遐想着月圆的美满时刻。两只飞鸟似乎看懂了我的心，突然出乎意料地从火红的霞光中飞来，从这弯弯的月亮下面飞过。这景象让我产生一种从未有过的灵感，仿佛这远处飞鸟的出现不仅仅是为着这弯弯的月亮，也不是偶然前来寻找陶醉，它们是衔着希望带着祝福而来到我们这个村庄的。或者说，它们是为填补这月亮的空缺来到这个村庄的。我惊呆了，世间怎么竟然有如此完美的画面和心灵感应上的默契。我无法拒绝这种圆满的感觉，本能地立刻用手机拍下这一空中美象。

序言选篇

《炉火通红——来自集中营报告》自序

“二战”爆发前夕，欧洲发生了一场惨烈的西班牙内战。54个国家的4万多名国际纵队战士参加了这场战争。1939年初，战争临近结束，近1万名国际纵队战士奉命撤退。撤退过程中，国际纵队和西班牙共和军同时负责掩护十几万西班牙战争难民逃离。不料队伍行至西班牙和法国边境，这些全副武装的国际纵队官兵突然被法国达拉第政府缴械，先后被关押在该国南部的两个集中营。关押者中有8个人是在战争中幸存的中国人，包括马德里保卫战战场高级指挥官、曾在共产国际中负责宣传中国革命的谢唯进。

人世间的正义和邪恶随之被颠倒。几十个国家的反法西斯健儿在西班牙战场上曾经气吞万里如虎，被突然缴械后则犹如虎落平川。虽仍然气冲霄汉，但要扭转局势的逆向发展，已无回天之力。

铁丝网为集中营里的人们编织了一个从未有过的世界，一个炉火燃烧的世界。

声讨欧洲法西斯的烈火在这里燃烧。

要求转战中国反法西斯战场的激情在这里燃烧。

反饥饿、反虐待、反强送非洲当殖民地雇佣军的怒火在这里燃烧。

东西方不同文明的灿烂火花在这里燃烧。

国际战友之间的特殊情谊在这里燃烧。

在这里，一个失去自由的世界里，

还有爱情的烈焰在反法西斯的情怀中燃烧。

西班牙内战中，谢唯进是保卫马德里战斗中的炮兵政委，以后又多次参加过重大的战役指挥。他现在正以火一样的热情投身这片燃烧的世界里，成为集中营内最为耀眼的人物。他把中国人民在东方抗日战场上的消息传播到整个集中营，为中国人民的抗日战争赢得了一大批同情者和支持者。“中华民族之英勇斗争万岁”的口号声一次次激荡在这个炉火通红的世界里。

写书的人通称为作者。我作为这本书的作者，更愿意被称为是历史的翻拍者。书中的人名、地名、重大历史事件、基本故事情节，都是历史的真实。历史是原创者，是第一作者。对翻拍者来说，如今让这段历史公诸于世，是一种责任和良知，也是一种欣慰。倘若这些文字能引起更多人的兴趣，那翻拍者的感觉就不仅仅是欣慰了。

说是责任和良知，是因为1996年我作为新华社驻西班牙记者第一次接触到这一题材时，就被深深感动了。中国教科书都曾提到过有中国人参加了西班牙内战，但不甚其详。后来有幸存者落入西方某国集中营更是鲜为人知，在集中营内曾发生过与当年中国反法西斯战争有关的感人故事，就几乎更没有人提到过。在马德里，我有幸见到谢唯进的儿子谢弥东，他是代表他已经去世的父亲前来参加西班牙内战60周年纪念大会的。他向我初步介绍了谢唯进在西班牙内战结束后和其他幸存的中国人被困在法国南部集中营的情况。1998年，他应国际纵队历史资料收集中心的邀请，再度来到马德里。这次他接受了我的正式采访。此时，存放在莫斯科国际纵队的档案已经开始陆续解密。谢弥东是俄罗斯杜马下院主席尤金的秘书。他以国际纵队老战士之子和俄罗斯议会的工作人员的双重身份调阅了这方面的档案，查到了其中的15名中国人，包括他的父亲谢唯进。谢弥东再次也是更为详尽地向我介绍了他父亲在集中营的斗争情况。他同时向我透露，他父亲在集中营内写有5万余字的日记，记载的情况比他向我介绍的要详细得多，也准确得多。采访中，他将他事先准备好的许多在集中营内拍摄的照片复制品赠送给我。他告诉我，20世纪20年代谢唯进同周恩来在法国相识，他们曾立下为改变中国而终身奋斗的誓言。周恩来从欧洲回国前夕曾送给他父亲一部莱卡相机，这些照片就是用那部相机拍摄的。谢唯进生前说过，他有两件珍贵的东西，一是枪，二是他的照相机。谢唯进把这些照片“看得比生命还要珍贵”。谢弥东送给我的这些极为珍贵的历史照片为他父亲的文字记载做出了令人信服的佐证。这份日记谢唯进生前已交给国家博物馆。我当时决定，要尽我的一切可能搞到这份更为详细的历史记载，并告示于国人。目的是让我们的后人知道，当年有这样一群中国人，在他们自己已经失去自由的西方集中营内，怎样自觉地、独立自主地为争得更多的国际友人对中国在东方反法西斯战场上抵抗日本侵略者的斗争给予同情和声援在不屈不饶地进行着呐喊。让后人知道他们、缅怀他们，是知情人的义务，是一个新闻记者的良知。

为了寻求更多的第一手资料，我多次去了西班牙东南部国际纵队档案馆和西班牙西部城市萨拉曼卡进行查证和采访。经华侨学者兼诗人张丽教授的介绍，我还接触了西班牙邮票协会、国际纵队友人协会、马德里中国之友协会会员博法鲁尔。后者从浩瀚的各国邮票中集中搜集历史资料，向记者提供了国际纵队关于中国志愿者研究的最新成果。在那以后我又得知，台湾学者倪慧如和邹宁远早在20世纪80年代末就开始投入这方面的研究，花费十几年时间，自费前往荷兰、法国、捷克、德国、西班牙等欧洲其他国家，走访中国志愿军战士的战友、遗孀和子女，去寻找那些华人勇士的人生轨迹，出版了专著《橄榄桂冠的召唤》一书。该书为中国读者提供了最为详尽的中国志愿者名单及其生平。与此同时，北京师范大学张至善教授又借助现代通信手段因特网，查阅了另外一些有关资料，并出版了一本内容更为全面的《西班牙反法西斯战争中的国际纵队与中国》一书。

这些历史记录，虽然不是直接发生在集中营，也不是我的主攻目标，但对于我了解集中营内中国志愿者的斗争背景，十分有价值。

最让人欣喜的是，2008年，国家博物馆编辑、紫禁城出版社出版了题为《中国勇士血洒西班牙——国际纵队中国志愿军史料集》大型画册。画册收集了大量由谢唯进拍摄的西班牙战场和战后在集中营内的照片，第一次将谢唯进生前冒着生命危险保存的日记公开于国人。应国家博物馆安莉女士的邀请，我直接参与了日记和部分照片中的西班牙语翻译和校对。这部日记是中国学者了解集中营那段历史最直接、最权威的史料。中国人在集中营的时间只有9个月，但谢唯进和他的同胞们却在那里谱写了一部史诗。

遗憾的是谢弥东此时已在莫斯科作古多年。他生前一直多方奔波，希望完成他父亲的这一遗愿。好在人世间还有一条不变的真理：时间会记住精品。每当我想到此，总不免心潮澎湃，久久不能平静。谢唯进的日记永远闪烁着人类正义事业的光芒，它是中华民族全面抗击日本侵略在欧洲开辟的一个强有力的舆论战场，它的影响是国际性的。它也是作者撰写这本书的动力和源泉。

（2015年于北京丰台区大瓦窑北路假日风景小区）

《三十年路风和雨》自序

在如潮的红色回忆录中，我把昔日的农村“生产队长”这个角色摆了进去，因为在新中国第一个30年的历史上，在波澜壮阔的农业合作化继而人民公社化的舞台上，这个角色是绝对不能留下空白的。它曾在那个大社会的巨大旋涡中激烈翻腾，它的历史分量很重很重。它也是一部红色篇章，不知道在此之前有没有人为他们写过一笔。

中国国务院前总理李克强在回忆他年轻的时代时曾说过：“当年我在安徽凤阳插队，当过生产队的‘头儿’，也当过大队支部书记。当时我每天起得很早、睡得很晚，生产队每个人的生产任务，这个人插秧、那个人挑担子，都安排得无一遗漏”。

的确，新中国第一个30年似乎已十分遥远。改革开放后，人们要回忆或评论那30年的变迁，农村的话题远比城市的话题要多，而且更具有历史性。土地改革、扫盲运动、合作化、统购统销、人民公社、“大跃进”、共产风、公共食堂大锅饭、整风整社、生产队和生产队长、三年困难时期、农村社会主义教育运动（即“四清”）等一系列重大历史进程都发生在农村，或源于农村。这些重大历史进程也无不风云激荡，无不牵动那个时代整个中国和中国人民的命运。正因为如此，20世纪70年代末在中国发生的伟大的历史性改革也是从农村开始的。

历史慢慢沉淀下来以后，21世纪的年轻人对于中国这片辽阔的大地上那

30 年的了解和理解犹如读春秋战国。他们很难从今天的现实中感受到或想象到那个时代的风云历史和惊心动魄，甚至当时的一些流行语言今天要解释起来都很困难。

浪漫的人们用过眼云烟形容逝去的历史，历史学家们用抽象的概念概括历史，而过眼云烟和抽象概念都会使历史的真实变得苍白，不少时候让人读后不甚了了。本书的主人翁颜为坤几乎参加了这一漫长历史变迁的全过程，可谓风雨兼程 30 年，其中主要是他作为生产队长的亲身经历。

生产队是当年中国农村各种矛盾的标志性焦点，它是波澜壮阔的人民公社三级所有制中最关键的一级基层生产单位和管理单位。“共产风”曾把中国大地吹得天翻地覆，一开始的生产大队所有制、人民公社“一大二公”所有制，都已作为历史教训而载入正史。被称为人民公社“宪法”的人民公社工作条例《六十条》最后明确规定了公社三级所有、队为基础的管理和经营体制，队即为生产队。这个体制一直维持到人民公社的解散。作为生产队长，颜为坤以他的现身说法，告诉了人们一部那个时代的真实历史，它比我们读到的任何专家们写的史书都要让人有亲切之感、厚重之感。这是一部缩影，从这部缩影中人们可以真切感受到，那 30 年在中国大地上所发生的一切是怎样地让人刻骨铭心。

（2013 年于海南省海口蓝水湾小区）

《五十年春秋路》标题语

2014年，北京外国语学院（今北京外国语大学）西班牙语系1964级学生在入校50周年之际出版了一本纪念册，取名为《五十年春秋路》。纪念册分“我们重逢了”“难忘的大学时代”“我们走过的路”三个部分。受纪念册编委的委托，我为这三个部分分别写了导语。

我们重逢了

重逢情依依，
你我久别话今昔。
握着你的手，
遥感到了你当年的火热；
看着你的脸，
想起了你当年纯真的笑容；
听着你的声音，
毫不怀疑你现在很健康。
重逢让我们当年的师生情、同学情更加浓厚；
重逢给我们带来了里程碑式的欣慰感。
重逢里我们庄严相约：
从此重逢将成为我们的新常态。

难忘的大学时代
那是我们西班牙语中一段过去将来时。
难忘我们曾远看天空的彩虹，
难忘我们放飞过胸怀世界的梦想。
如今我们早已走过昨天，
但，
这一张张往日的照片似乎并没有褪色，
大学时代的豪言还不时回荡在我们心间。
是青春永留在记忆，
还是记忆在呼唤着我们的青春！

我们走过的路——个人专页
人世间的道路，
平坦或崎岖，
阳光或风雨，
幸运或挫折，
无不是时代的记录。
离校后我们与时代同步而行，
无论岁月多么沧桑，
处境多么复杂，
甚至面临陷阱，
我们无一例外地选择了人间正道。
我们无愧于母校对我们的培养，
我们无愧于自己的人生。

（2014 年 9 月于北京海淀区羊坊店路 3 号大院）

自由体诗选篇

五色土，我心灵的故乡

——为“6·25”中国土地日而作

我喜欢在裸露的土路上行走，
在公园，
在城市的马路边，
在乡间原生态的小河旁，
不在意尘埃会不会把我的鞋袜弄脏。

我爱吸吮泥土的芬芳，
在春天播种的农田里，
在夏天万物茂盛的碧野间，
在秋天金黄无际的稻浪里，
在冬天空旷沉睡的大地上，
不管那是不是我熟悉的地方。

我愿意走遍华夏大地的五色土，
东青、南红、西白、北黑、中原黄。
为什么要封土立社，

为什么要封谷立稷，
因为有了社稷，
人类才有兴旺，
因为“人非土不立，非谷不食”①，
因为华夏文明的根和本源自于土生土长。

我笃信着一条不变的真理：
土地是财富之母②。
我凝视着一条铁定的红线：
中国18亿亩的耕地。
那是一条生命之线，
万万不能将它埋葬。
智慧的华夏儿女啊，
我们的文明之根不能动摇，
有限的良田被过度开发是真正的国殇！

我尊敬在土地上劳作的人，
他们让种子从泥土中抽出生命的嫩芽，
他们把泥土雕琢成人类赖以生存的希望。
我鄙视那些鄙视土气人的所谓高等华人，
不仅仅是因为他们的傲慢，
更因为是他们缺乏起码的智商。
他们不懂得，
他们的餐盘背后有多少土气人的汗水，
在烈日当午的禾下土中流淌。

① 语出《白虎通义》。华夏文明崇尚“土神”和“谷神”，以期五谷丰登，并把祭祀“土神”和“谷神”的地方分别叫作“社”和“稷”，统称“社稷”。
② 英国古典政治经济学创始人、人类统计学之父威廉·配第名言。

不要说我的思想散发着土气，
因为我从乡土中走来。
不要问我为什么对乡土人怀有偏爱，
因为我有乡土人的天然血脉。
在南方，
我曾同他们一起在水田里栽秧。
在北方，
我曾同他们一起飞奔在卷起尘土的马车上。
在夜郎国的田头，
我曾同他们一起编织过春天的故事。
晨曦中，
我看见他们举起一双双巨手，
砸碎桎梏，
将写有“生产责任制”的时代经典，
深深插入涌动变革潮流的炙热土壤[①]。
啊，那土，那地，
中国人的千年寄托，
啊，那土，那地，
我心灵中永久的故乡。

（2009 年 6 月于北京海淀区羊坊店路 3 号大院）

① 改革开放初期，贵州农村是率先冲破原有的集体经营管理体制、主动实行“生产责任制”和“包产到户”的少数地区之一。我当时作为新华社记者在该省一些地区进行实地考察和调研，同那里的人们一起走过风、走过雨，感受着那里的农民对土地的深情和对其进行自主管理的渴求。

土豆赞

罗刹海向东 26,000 里不是天涯
你的祖籍在更加遥远的安第斯山脉脚下
西物东渐不辞远
400 年前你走进东方美食文化

你有一个马铃铛似的响亮名字叫马铃薯
但土豆的叫法更为大众化
你的属性是土里生土里长
你的颜值是土头土脑但其内质却缜密无瑕

每一次生命轮回你都重返沃土
每一次重返沃土我都为你把汗水挥洒
你虽然在大地的怀抱里成长
但你从不掩埋你的绿叶和紫白色的繁花
你放手让它们在地面上尽情绽放
绽放着生命回春的芳华

阳光为你成熟出土后的本色添彩

我为你摆设的选秀图案美如夏花
水稻小麦玉米马铃薯
人类主粮品种四大家
不要说你是小兄弟
你是西餐桌上的上宾
你丰富了中餐主宴的荤七素八
朋友们频频举杯
是为你飘逸的美味
还是在你的美味飘逸中
齐赞东西方饮食美美与共的佳话

退休颂

为什么我们的舞步这么轻盈，
因为我们已经放下了昨天放不下的事情。
为什么我们的歌声这么动听，
因为我们心中荡漾着信念的永恒。
谁说我们在感叹夕阳的西沉，
谁说我们不再具备有价值的人生！

我们不为逝去的岁月留恋，
我们不在回忆的原野上驰骋。
我们的目光依然向前。
向前，
我们把生命的路线延伸。
向前，
我们追寻新的地平线，
憧憬中，
我们踏上新的生命航程。

有生命就有欢乐，

欢乐是人生自信的象征，
让童真激活，
让童趣再生，
哪里有欢乐哪里还会有我们，
我们是当年的红领巾。
我们依然摇曳着人生的双桨荡漾，
我们脚踏锦绣大地旅行。
放心，
我们曾跨越无数人生经纬，
我们最懂得，
哪是过分，
哪是适合身心健康的动与静。

知识是力量，
我们追求知识的脚步不停。
脚步不停，
我们走进老年大学，
转身就像新少年，
我们有了新的学生证。
知识无涯，
世界翻新，
我们知道的重温，
我们不知道的也乐于攀登，
我们寻求的是更为充实的心境。

活着总要做点什么，
我们在新的领域留下身影。
请不要说我们发挥的是余热，

请不要怀疑我们奉献的真诚。
教鞭在手，
我们同年青一代互动。
学术论坛，
我们把有价值的东西传承。
我们把人生感悟写进文章，
社会公益我们也身体力行。
也请放心，
我们不挑战极限，
做多做少我们尽己所能。

与时代同步，
我们畅游于信息革命。
指尖让我们插上隐形翅膀，
动一动电脑鼠标，
触一触手机荧屏，
我们一样把新的世界搜寻。
我们自信，
自信在时代潮流中，
我们永远有盏不灭的心灯。

（2012 年中秋国庆期间于北京海淀区羊坊店路 3 号大院）

我老了走在校园里（节选）

——与新中国初期入学的同学分享

我老了走在校园里，
那曼妙的上学情怀，
顿时又在心间荡漾。
我，
还有那个时代的我们，
身披新中国第一缕霞光，
迸发出金子般的烂漫，
谱写着人生的序章。
有燃烧的胸膛，
有万丈雄心的释放，
有诗和远方的向往，
有蓬勃奋发的力量，
立志要让国家变得富强，
誓言将担负起天下的兴亡。
这志向这誓言，
无论春秋，

无论冬夏，
无时不在校园回荡。
我们脚踏实地，
我们孜孜苦读，
我们历练筋骨，
在课桌前，
在体育场上，
在蓝天下，
在小桥流水旁，
在树影婆娑的林荫间，
在校园的每一个角落里，
从红领巾在胸前飘荡，
到把《接班人之歌》唱响。
我们天天向上，
我们节节成长，
成长成长，
我们成为八九点钟的太阳。
成长成长，
我们长就了隐形的翅膀。
我们有了人生第一道自信，
自信我们接受的主义无比高尚，
自信全人类将会响起，
响起英特纳雄耐尔，
一定会最后胜利的雄壮乐章。

我老了走在校园里，
我不想让我们这一代人的追忆，
变成重游校园的终端导航。

纵然曾经是灿烂，
纵然曾有过沉重的创伤，
我要让往事搁浅在彼岸，
我要让霜叶汲取红花的芬芳。
我放慢了脚步，
且走且品尝，
校园依然是，
春天一片芳华，
夏日激情似火，
秋风共明月，
寒冬意志强。
我看到，
大数据公众号网上课堂，
聚合平台 AI 人工智能资源共享，
这是新时代的校园，
承载着新时代的模式和内涵，
成就着现代学子们的现代理想。
我羡慕他们的今天和明天，
明天，
当他们成为今天的我们时，
老了也走在校园里，
像我今天这样，
那时的校园，
一定不同于我们的昨天，
也不同于他们的今天，
但校园的属性一定不会改弦更张，
攀登科学高峰是校园的永恒方向，
校园依然会定格在追求知识的起跑线上。

……

我老了走在校园里，
校园是一部永远读不完的书，
校园永远不缺少美妙的遐想，
无论年轻无论年老，
无论我走到什么地方。

（2018 初于北京海淀区羊坊店路 3 号大院，2021 年后有修改）

我来到了乡下

你住城里我来到了乡下，
你若还在为某事纠结，
我会寄去一片蓝天，
让你稀释所有的烦恼和惆怅。

你住城里我来到了乡下，
你若感叹过于年迈，
我会寄去一片绿野，
让你转身重游进生命的碧波荡漾。

你住城里我来到了乡下，
你若厌倦生活过于格式化，
我会寄去春秋冬夏，
让你观赏四季变化的万般模样。

你住城里我来到了乡下，
你若无东西南北之感，
我会寄去一缕曙光，

让你陶醉在太阳升起的东方。

你住城里我来到了乡下，
你若问我是否幸福，
我会寄去一株金色的麦穗，
让你分享大地的希望。

你住城里我来到了乡下，
你习惯站在立交桥上看人间万象，
我喜欢坐在平房前享受月光，
月光洒满了我乡下的院子，
是否也装饰了你在城里的梦想。

（2012 年中秋前夕于北京延庆一农家院，后有修改）

永远的母校

——入学北京外国语学院50周年断想

请不要说人生路遥，
几十年风雨兼程，
我们又聚集母校。
再现我们的青春，
回放我们难忘的人生高潮，
激情再度迸发，
似乎又像当年那样在燃烧。
宿舍楼上下的往日时光，
荡漾着多少歌声欢笑；
教学楼内外的朗朗书声，
放飞着我们的风华正茂。
那时的你，
那时的我，
那时同桌的你我，
那时我们每一个人，
那时我们的理想比天高。

请不要责备我们曾掀开课桌，
更不要对我们的青春说 No，
一场外部强加的突发风暴，
一阵意想不到的地动山摇。
地动山摇，
人间是非颠倒；
是非颠倒，
我们曾在混沌中上下求索，
我们曾在迷茫中把道路寻找。

请不要怀疑我们进入母校史册，
那是因为母校基因永存我们的细胞，
那是因为我们最终选择了人间正道。
正道可道，
正道漫漫为我们记录着多彩的加号；
正道可道，
我们今天回来了，
我们用坦荡二字，
向母校汇报。
亲爱的母校，
我们曾把青春之歌留在你的怀抱。
如今虽然芳华不再，
但夕阳的余晖，
和朝阳的灿烂永远相互映照。

（2014 年于北京语言大学家属院，2023 年部分修改）

感谢你，微信

原本好奇，
我走进了你。
走进你时，
本想观赏一片红叶，
你却让我饱览了整个枫林。

原本求知，
我走进了你。
走进你时，
本想在海滩捡几块贝壳，
你却让我畅游在知识的海洋。

原本交友，
我走进了你。
走进你时，
本想得到一个微笑，
你却给了我深深的拥抱。

啊，WeChat，微信，
你照亮了时间的隧道，
你缩短了人世间的路遥。
有了你，
我走上了时代的快车道；
有了你，
我年老的生活里，
平添了几分年少。

（2014年8月底于北京海淀区羊坊店3号大院）

又见家乡百鸟飞翔

雄鹰豪迈，
白鹤亮相，
大雁队队排列成行。
曼妙轻盈的丹顶鹤，
为我可爱的家乡歌唱，
虽不能汇入这高空，
它曾让我童年心气浩荡。

气候失常，
鸟儿感伤，
叹息失去往日天堂。
喜看人类猛然醒悟，
赞全球碳中和意识强，
蓝天绿地再次相映，
又见家乡天空百鸟飞翔。

我和我的自行车

现在出行的交通手段很多，但骑自行车依然是我的选项之一。因钥匙丢失，我的自行车曾闲置了一段时间。闲置期间，我一直在挂念着它的安全。它是“永久”28型号的，明星级的老牌子，曾受到陌生收藏家们的高价求藏。近日，我完成了新老车锁的转换交接程序。我的自行车又重新上路了，而且再次获得了高回头率的效果。“大爷，您的自行车真牛！”耳边不止一次响起年轻人的点赞。牛者，28型号如今罕见得如古董之意也！赞叹声多了，我也就不能不奉献一点文字，以表示对它的真爱。

我的自行车很旧很旧了，
但它的体态依然大气端庄，
它是“永久”28型号的。
我的自行车很旧很旧了，
但它的龙骨依然坚强，
它是用锰钢制造的。

我很喜欢很喜欢我的自行车，
它上得了大道，
进得了小巷，

比我的汽车更便捷更流畅。
提篮小买，
鸡鸭鱼肉，
瓜果蔬菜，
日常生活离不它的担当。
它不排废气，
也不喧嚣张扬，
偶尔响起的车铃声，
颇似清脆的小曲耳边唱。
说它环保出行，
如此定位也不算夸张。

我和我的自行车，
堪称和谐合作的榜样。
怎能忘记，
我们相伴穿越风雨，
我们一起沐浴阳光；
又怎能忘记，
我曾用它送妻去上班，
送儿上学堂。
它为我服务勤勤恳恳，
我牵挂着它，
从不忘记对它精心护养。

有人曾对我说，
我的自行车是绝版，
愿高价买去收藏。

我说不行不行，
它是《三套车》里的老马，
它若离我而去，
我一定忧伤。
还有人说，
我的自行车真的很旧很旧了，
何不更换一辆？
我说，
喜新厌旧不是我的选项。

长路奉献给远方，
极简奉献给寻常。
我拿什么奉献给你，
我的自行车，
我生活中资深的好搭档。
岁月流转有我在，
你不必担心会下岗。
我不厌你旧，
你不嫌我老，
一起向未来，
优哉游哉大道上。
但愿车“永久”，
你我八方共夕阳。

（2014 年 9 月于北京海淀区羊坊店路 3 号大院，2022 年部分修改）

小河小山小楼——忆母校江苏盐中

2004年退休后，回母校江苏盐中参加同学聚会。遥想风华正茂的少年时代，感慨无限。母校小河中天上人间的倒映，小山上的凌云壮志，小楼前的豪情激荡顿时又涌上心头。

小　河

我总是奢望，
奢望我昔日的母校不要改变原样，
奢望那条弯弯的小河仍环绕着母校流淌。
我寻思那条记忆中的小河，
它曾陪伴我度过风华正茂的欢乐时光。
我曾赤脚蹚着那条小河穿梭玩耍，
也曾在那条小河中洗涤带补丁的衣裳。
我曾沿着它的岸边思索，
也曾伫立它身旁放飞已经无法追忆的理想。
我寻思那条小河，
它总是那么纯洁，
那么闪亮：
流水线像乐曲的五线谱清晰，
流水声能分辨出每一个音符的分量。

小河融长天一色、携行云同游，
更是一幅天地悠悠的流动画廊。
我寻思那条小河，
春夏秋天它的两旁总是盎然生机，
树影婆娑下是我们最惬意的室外课堂！
毕业那年，
老师们惊呼藤椅不翼而飞，
最后发现是我们夹着书本把它们搬到小河旁。
没有责备，
没有追究，
老师们只是说，
这届毕业生的刻苦不同往常，
不同往常。
毕业后，
无论走到什么地方，
无论岁月多么悠长，
那条小河仍常常流过我的胸膛，
让我留恋、让我怀想，
让我记住，
那是我梦想升起的故乡。
如今，
它已不复存在，
不知它是否承受过什么沉重的历史沧桑，
有没有无法诉说的衷肠！

共青山

共青山，
共产主义青年之山，

其实不是山，
只是母校一座标志性土岗，
但它的名字却曾激起几代人豪情万丈。
当年，
我们凝视着它，
它横空凌云。
我们追寻着它，
它足能托起我们腾达而上去追逐光照人类的太阳。
我们曾无数次攀登上它的顶峰，
环顾四周，
激活想象，
指点评说看得见和看不见的远方，
全然不顾那是不是过于年轻、过于狂妄。
长城万里今犹在，不见当年秦始皇，
是我们的学长，
用泥土和壮志构筑起这座至今没有更名的土岗。
建造者如今在什么地方，
当年的豪迈是否还在默默珍藏！

正北楼

正北楼，
看似平平常常，
却非同寻常。
它重载一部历史，
运筹过当年烽火连天的抗日战场，
还把两位伟人的名声传扬。
金戈铁马，
笔墨华章，

一位是豪放诗人新四军军长，
另一位曾写就红色经典《论共产党员的修养》。
正北楼为此而骄傲，
几代师生为正北楼感受荣光。
那是一个崇拜革命和革命领袖的年代，
我们听着正北楼的故事，
一次次豪情激荡，
一次次发誓将来也要担负起天下的兴亡。
毕业离校退休回，
一座座旧楼变迁，
一座座新楼重彩辉煌，
惟有正北楼依然披挂着岁月的风霜。
坐不动摇，
也不梳妆，
本色依然，
原始模样。
俱往矣，
望群楼，
它在我的记忆中越发显得厚重端庄。
来去匆匆，
我只能从远处把它瞭望，
心里却荡起一份永恒的敬仰。

（2004年11月追忆于北京，2005年3月修改于古巴首都哈瓦那，同月回北京后再度修改）

小院漫曲

小院子，
乡间租的家，
汗水浇灌春和夏。
种豆得豆，
种瓜得瓜，
满院吐芳华。
更有秋风明月同坐[①]，
荡起多少人间夜话。
情似景，
莫迟疑，
心相约。
让这纯真世界，
有我有你也有他；
让这悠悠漫曲，
飘然接天涯。

（2023 年 10 月于北京语言大学）

① 借用宋·苏轼《点绛唇·二之一》“与谁同坐，明月清风我”之意。

我是圆明园西侧的小河

洗尽外侮的屈辱，
还我荡漾的碧波，
阳光清风随波逐流，
金色的鱼儿陪伴着我，
我是圆明园西侧的一条小河。
两岸游人慢慢走，
我要带走你的烦和忧。
让我的纯净，
浇灌你的心田；
让我的柔情，
围绕在你的身旁。
轻轻地，
轻轻地，
为你编织曼舞轻歌。

人生节日歌

小时候，
过儿童节，
过的是盼望，
盼望着快快长大，
盼望着早日有张成熟的脸。

长大后，
过青年节，
过的是放飞，
放飞着诗去远方，
放飞着愿景托起的隐形翅膀。

再往后，
过劳动节，
过的是奋进，
奋进在人生高地，
奋进在征程中高光的欢歌里。

现在啊，
喜遇重阳老人节，
过的是放下，
放下昨日的执念，
放下人生成败得失的喜和怨。
明月清风我，
相邀同路人，
笑谈古今多少事，
喜诵霜叶红于二月花。

（2023 年 9 月于北京语言大学家属院）

春 雪

漫天飞舞，
你将世界染成洁白，
年轮转动，
你在长空中，
向冬天作最后的告别。
春天懂你，
着意敞开少女般的胸怀，
给你暖暖的情意；
你更懂春天，
即刻以普惠人间的无私，
将你的全部化为春水。
春潮有你融合，
更加汹涌澎湃；
大地有你润泽，
正开化新一轮生机。

（2023 年 2 月于京西北大地）

感恩独木桥

你见过、走过独木桥吗？那曾是我家乡苏北一道古老而独特的景观，是我童年时代走向外部世界去追赶人生梦想的第一道跳板和挑战。独木桥，我生命中无数的感恩从你开始。

无河不成我家乡，
独木为桥水之梁。
一次次童年回放，
一次次我站立在小河旁。
源自远古的独木桥啊，
我要借助你的臂膀，
托我跨越小河去他乡，
去他乡，
去寻觅我梦中的诗和远方。

独木桥下水荡漾，
有心过桥莫彷徨。
一次次妙悟平衡，
一次次我行稳在小桥上。

大道至简的独木桥啊，
我要感恩你的担当，
助我迈上大道追梦想，
追梦想，
长路漫漫我从未把你遗忘。

（2021 年 8 月于北京语言大学家属院）

国外讲学篇

中国文化和而不同（西班牙文）

La Cultura China, Armoniosa pero Diferente

——在哈瓦那大学孔子学院的学术报告

Un término de alta frecuencia en boca de los chinos

El término o la palabra armonía es usado ahora con más frecuencia que nunca por los chinos, tanto para mirar el futuro de su país y del mundo como para arreglar su vida cotidiana, en expresiones como la China armoniosa, la sociedad armoniosa, la urbanización armoniosa, la familia armoniosa, el matrimonio armonioso, así como el mundo armonioso y el Asia armoniosa.

La armonía se refiere, en su sentido original, a la concordancia de los sonidos de los instrumentos musicales o de las voces de un coro para lograr una melodía agradable. Pero también representa la concordancia y coherencia de las partes de un todo. Ahora que se ha introducido en el campo social y otras esferas, su contenido es aún más rico. En la actualidad, la sociedad china pone en práctica el concepto de desarrollo científico, que tiene al hombre como fundamento, con el objetivo de construir una sociedad armoniosa. Esto es una prolongación e intensificación de la reforma, la apertura y el desarrollo a partir de 1978 en la sociedad china y la tendencia básica de su desarrollo de cara al futuro. También es una tendencia ideológica y cultural dentro de la estrategia estatal y el rumbo principal a adoptar. Todos los chinos están conscientes de que para edificar una sociedad socialista armoniosa tienen que atribuir suma importancia a la creación de un buen mecanismo que permita forjar y mantener la armonía, la sanidad y la estabilidad y el buen orden duradero de la sociedad. Concretamente, la sociedad socialista armoniosa debe ser una sociedad de democracia y de gobierno legal, justa y equitativa, de fe y fraternidad, plena de vigor, estable y ordenada, y de convivencia armoniosa entre el hombre y la naturaleza. En 2005, China formuló explícitamente la propuesta de edificar conjuntamente un mundo armonioso, de manera que se ha internacionalizado el concepto de armonía.

Rascacielos que aparecen como brotes de bambú luego de una lluvia primaveral, autopístas y carreteras, así como ferrocarriles de alta velocidad que enlazan todos los lugares del país, y cifras estadísticas alentadoras sobre el desrrollo económico. Eso es lo que la gente fuera de China ve y aprecia altamente cuando llega a este país asiático. Esa es una impresión correcta, pero no completa. La gente tiene que notar que los mayores cambios operados en la actual China consisten en la versión de los chinos hacia sí mismos y hacia el mundo. Estos cambios del fuero interno de los chinos son, en realidad, lo más grande y lo más profundo. Los chinos de la época presente, sobre todo los jóvenes, han llegado a comprender que su propio destino tiene que unirse con el de toda la humanidad. Ellos, con una mentalidad amplia, anhelan construir el brillante porvenir de la humanidad, tomándose de las manos con el mundo, algo nunca antes visto de esa manera. Los chinos tienen gran esperanza de que en el planeta donde vivimos no exista la guerra, ni la política de fuerza, ni la opresión, que se pueda desarrollar con tranquilidad y en abundancia, y las naciones, así como el Hombre y la naturaleza, convivan en armonía, y que los pueblos de todos los países, sin distinción de raza ni credo, puedan crear la vida libremente según lo prefieran.

La armonía arraigada en la cultura tradicional china

El concepto de armonía y su práctica es el ideal o la meta noble de los chinos en el presente, y este concepto tiene su profundo origen ideológico en la filosofía china, o sea, la cultura tradicional de China. Por eso, conocer la cultura china de ayer y de hoy significa conocer y comprender mejor a los chinos de la actualidad. La cultura es la mayor vía de comunicación de las personas. La entrada de la cultura en el alma es un proceso evolutivo. Una vez que llega ahí, desempeña un papel profundo y de largo alcance.

China dispone de una cultura ideológica integral que ha influido en el país por varios milenios. El Confucianismo, creado por Confucio y Mencio, el Taoísmo, fundado por Laozi y Zhuangzi, y el Budismo introducido de fuera, son los tres pilares de este sistema. Estos pensadores chinos vivieron casi la misma época de Sócrates y Platón en la Grecia antigua, y Sakyamuni en la India antigua. Por varios milenios, cada una de las tres escuelas fundamentales de China tiene su función y papel peculiares, formando una cultura integral "armoniosa pero diferente". El Confucianismo aboga por la bondad o benevolencia entre personas y la armonía social, o sea, se refiere a las relaciones interpersonales y sociales. El Taoísmo explica de su propio modo la necesidad de prestar especial atención a la armonía entre el ser humano y la naturaleza con las doctrinas "la integración entre el cielo y el hombre" y "la interacción entre el cielo y el hombre". Por su parte, la ideología budista, que absorbió las doctrinas del Confucianismo y el Taoísmo, dando lugar a escuelas budistas con características chinas, llenó los vacíos dejados por la simplicidad de la filolsofía tradicional y enriqueció la cultura china. Como todo el mundo sabe, el Confucianismo ha sido la de mayor influencia, y el propio Confucio es el prototipo de la filosofía china, además de pedagogo y pensador. Una de sus doctrinas se basa en la unión, "más vale la unión", "la unión hace prosperar al país", "la unión favorece a ambas partes". Confucio formuló tres niveles de la unión, que son:

corrección del caos mediante la unión, comodidad modesta con la armonía basada en la unión y colaboración y el mundo de la gran armonía. Según sus adeptos, en el mundo del tercer nivel o mundo ideal, el gran camino prevalece y todos obran por el interés público. Se eligen a sabios y aptos, se profesa la fe y se cultiva la concordia. En este mundo ideal de la gran armonía se cuidan a las personas mayores hasta que fallezcan, los adultos tienen que hacer, los menores crecen y se sustentan a los menesterosos, viudos, huérfanos, desemparados, discapacitados y enfermos; el hombre se porta con decencia y la mujer tiene hogar; se odia derrochar las cosas; se aborrece no hacer esfuerzos; no se urden estratagemas, no hay robo ni latrocinio, no hay caos ni rebeldía; las puertas de casa no se cierran, y esta última ventaja se convierte en símbolo de tal mundo y una meta perseguida por los chinos en toda época.

En Occidente hay bastantes eruditos que están estudiando con gran interés el libro clásico de la antigua China Yi Jing, que se traduce en español como Libro de las Mutaciones. El pensamiento de Yi Jing apareció hace más de 3000 años, muy anterior a la época de Laozi y Confucio, que constituye una joya de la nación china. Según este pensamiento, todas las cosas en el mundo tienen un camino para la unión y la colaboración, y este proceso nunca se acaba. El libro habla de unión de la manera más exhaustiva. Dice que unión significa tomar el mismo camino pese a las diferencias, como por ejemplo, cuando se juntan las materias y los ingredientes y se logra hacer una comida deliciosa, mientras que una sola materia o ingrediente puede no resultar de buen gusto al paladar. Argumenta también que un sonido siempre es monótono y no compone música, y sólo se hará melodía cuando se tocan varios instrumentos juntos. Añade que países diferentes y personas diferentes tienen papeles también diferentes, y que unión significa ocupar cada uno su debido lugar, y no tener encontronazos y estar todos en armonía. Los países, la sociedad, las personas e incluso todas las cosas del universo, recalca el libro, deben estar unidos en un todo y convivir en armonía.

Para los chinos, armonía es una palabra que debe escribirse en mayúsculas porque en China, la admiración por la armonía no solamente es una tradición cultural histórica, como ya hemos mencionado. Ya en la antigua dinasía Qin (221-206 a.n.e), el carácter chino 和 (armonía, paz, o concordancia) era práctica y no teóricamente uno de los más importantes conceptos filosóficos. Las épocas posteriores hicieron constantes aportes a las teorías correspondientes. La armonía entre el ying y el yang o lo negativo y lo positivo, entre lo firme y lo suave, era considerada la suprema ley del universo. La armonía en la ética humana y el acuerdo social eran considerados como las mejores relaciones sociales. Convivir con el Cielo y la Tierra y entrar en armonía con todos los seres se aprecia como el más hermoso mundo de la vida del Hombre. En los anales del pensamiento chino, casi todas las corrientes, pensamientos filosóficos e ideales para el juicio estético tenían, sin excepción, la armonía como temática básica y sitio donde confluye el valor. La cultura folclórica, con muy numerosos modales y formas, está llena de espíritu, regocijo en la armonía y en la bondad, la paz y la convivencia.

Estas ideas filosóficas típicamente chinas las demuestran los nombres de los tres grandes pabellones del núcleo de la Ciudad Prohibida en Beijing. Los que han visitado este excepcional palacio, hoy Patrimonio de la Humanidad, de seguro quedaron profundamente impresionados por su arquitectura imponente, pero pocos notan los nombres de sus grandes pabellones núcleo que reflejan de manera encapsulada, en síntesis, el pensamiento filosófico tradicional de China. Estos nombres son el Taihedian (Pebellón de la Armonía Suprema), augurio del Cielo y la Tierra, simboliza la armonía entre el hombre y la naturaleza, el Zhonghedian (Pabellón de la Armonía Central), doctrina del medio de Confucio, metaforiza la armonía del mundo humano, el Baohedian (Pabellón Preservado), armonía en estado sentimental y confort en lo físico, metaforiza la armonía en lo físico y mental. La denominación de estos tres pabellones refleja el rumbo a adoptar en el valor de la cultura tradicional de China.

La sociedad humana siempre se ha enfrentado a tres contradicciones básicas: la existente entre el Hombre y la naturaleza, la existente en el seno de la humanidad y la propia del hombre. El concepto de armonizar las contradicciones es una contribución de la cultura tradicional china a la humanidad, que tiene una significación práctica en la época contemporánea. La sociedad humana siempre se desarrolla y marcha adelante en medio de muchas y complejas contradicciones. Resolver las diversas contradicciones y elevar los índices de felicidad de los ciudadanos al perseguir este propósito es una cuestión de cáracter mundial. La armonía constituye el prerrequisito para allanar las contradicciones y las diferencias de las cosas. La armonia es el equilibrio en medio de los movimientos y la coordinación en medio de las diferencias. La cultura constituye un reflejo del estado de existencia, así como los sentimientos y los anhelos. Además, ejerce influencia de iniciativa en la existencia de la gente y en el desarrollo. En este sentido, se puede decir que la cultura significa el hombre. En sus esfuerzos por construir una sociedad armoniosa, China necesita poner en pleno juego el papel estimulante de la cultura para con el espíritu de la gente, el papel conductor y sosegador de las contradicciones sociales y el papel de la fraternidad y la aglutinación de los miembros de la sociedad.

Armonizar se relaciona con lo diferente

La armonía es algo bonito y las cosas bonitas siempre abarcan aspectos diferentes, diversos o variables, y estos, a su vez, conforman la armonía. Sin lo diferente no se puede hablar de la armonía porque no tiene base para existir. La diversidad y la diferencia dan lugar a la fuerza de atracción. Por eso, cuando hablamos de una cultura armoniosa debemos respetar la diversidad o diferencia de las culturas. La diferencia tiene tres partes fundamentales: la antigua o tradicional, la foránea y las etnias del país. Para los chinos, en la primera parte, es hacer que lo antiguo sirva a lo presente; en la segunda, se trata de hacer que lo foráneo se adapte a China; en la última, significa respetarse, conocerse, entenderse, convivir los estilos variables entre las etnias.

La formación de la tradición cultural de un país y una sociedad tiene causas bien complejas. Al formarse, posee un cáracter hereditario y un cáracter estabilizador relativo y se convierte en una poderosa fuerza aglutinadora. Al propio tiempo, cualquier tipo de cultura debe ser un sistema abierto a la época, tan sólo sujeto a constantes reajustes e innovaciones a medida que se desarrolla la época y se modifica la sociedad, podrá manetener siempre su fuerza vital y vigor que se incrementan con el paso de tiempo. En los anales de la historia mundial algunas brilllantes civilizaciones se interrumpieron sucesivamente incluso fueron sepultadas. Por suerte, la civilización china no. Esa es la razón por la cual en China, de un tiempo hasta hoy, ha venido produciéndose un auge o una fiebre de difusión de pensamientos antiguos nacionales en publicaciones, la televisión y otros medios masivos de comunicación. Sin embargo, eso no significa hacer culto a lo antiguo. Los chinos conocen bien su cultura antigua y justamente gracias a eso, saben cómo heredar la cultura antigua de China. Heredar no es en absoluto copiarla, sino hay que revigorizarla y enriquecerla. Conocer y difundir la cultura antigua para heredarla y transmitirla a las nuevas generaciones de manera correcta, y lo más importante, para dar el mayor esplendor a lo mejor de esa cultura y sus pensamientos. Como todos saben, en cualquier cultura, la tradicional y la moderna siempre coexisten las obras positivas y las escorias. Hay que analizar lo positivo y lo negativo, lo práctico y lo anticuado y, sobre esa base, desechar lo accesorio o lo inservible y seleccionar lo esencial y lo práctico para nuestros días. Hay que saber que la cultura antigua y los pensamientos antiguos surgían en concordancia con aquellos tiempos, que son diferentes de la actualidad. Debemos acomodar la cultura excelente antigua a las nuevas circunstancias, transformarla, innovarla de manera constante e imbuirla de un nuevo contenido y una fuerza vital. Es necesario tener como una meta grandiosa armonizar la diferencia entre lo viejo y lo nuevo. El Hombre es el cuerpo principal en la construcción de una sociedad armoniosa, también el punto de partida y destino de la misma. En el dominio cultural, esta iniciativa radica en salvaguardar los derechos e intereses básicos de todos los ciudadanos, satisfacer los requerimientos culturales de toda la sociedad y sus múltiples estratos y aspectos, y hacer realidad el desarrollo integral del Hombre. En la China de hoy, la sociedad necesita una mayor calidad de productos culturales y servicios en ese sentido. El consumo en lo cultural se diversifica y mercantiliza en mayor grado también. A la par con los cambios económicos y de vida social, la forma de producción y la forma de vida de la gente se diversifican diariamente y la demanda cultural presenta características como la diversificación, el cáracter desarrollador y el cáracter de selección automática. Al mismo tiempo, los productos culturales se hacen más científicos, tecnológicos y modernos por su elaboración y también se tornan cada día más modernos los modos, formas y medios en que la gente recibe información y pasa sus ratos de ocio y recreación, y la tecnología de Internet ejerce una influencia cada vez mayor en la vida cultural de la gente. Todo esto constituye un reto muy grande a la subsistencia de la cultura tradicional y hace que se vea obligada a experimentar enormes cambios. La cultura tradicional necesita estos cambios para poder subsistir y desarrollarse en medio de la sociedad moderna. De otra manera, será un tono que no corresponde a la época y perderá su sonido armónico en la sociedad moderna. Los chinos comprenden muy bien que desde el punto de vista propio de la cultura es necesario hacer enormes esfuerzos para suscitar la reactividad y reforzar la vitalidad de la cultura tradicional china. Eso require la innovación de la cultura tradicional. Lo que alienta a la gente es que en la China actual la situación al respecto se presenta muy alentadora y muy dinámica. La mente de la gente se emancipa, el corazón se abre, se vive una época de gran efervescencia en cuanto a la creación cultural. Un sentimiento de despegue cultural con creaciones culturales vertiginosas será pilar espiritual para una sociedad con un nivel de vida modestamente acomodada en el futuro, lo que se debe a un motivo profundo para la nación china camino de su gran rehabilitación que ayuda a mantener siempre una tremenda vitalidad de la cultura china. En este sentido, las innovaciones en lo cultural no sólo se relacionan con el desarrollo propio de la cultura, sino que se relacionan más con la situación en conjunto de la sociedad y con el futuro del país.

En resumen, la China de hoy necesita la prosperidad de la cultura, la cultura armoniosa y variable, y para hacer realidad esta meta necesita la innovación de la cultura, lo cual abarca la reflexión sobre los conceptos tradicionales, el sondeo de las áreas desconocidas, necesita ricas fuerzas imaginativas y creadoras, necesita de pensamiento creador y formas de expresión particular, incluyendo pensamientos foráneos útiles para la China de hoy.

En lo tocante a las culturas foráneas, debemos notar tres puntos: primero, la cultura china forma parte de la cultura mundial y su desarrollo nunca se separa de las culturas foráneas. Segundo, la cultura china, principalmente en lo referente a la cultura tradicional, consiste en un sistema totalmente independiente de la cultura occidental y cuenta con sus propias características. Tercero, China desde tiempos antiguos ha conferido importancia al intercambio con las culturas foráneas y sabe bien estudiarlas, introducirlas y armonizarlas con la cultura china. Eso es porque los chinos saben que la cultura de las diversas naciones del mundo posee tradiciones distintas y caminos de desarrollo propio. Una cultura tradicional específica debe ver a otra diferente como referencia y prosperar en conjunto, por lo que no se debe excluir la cultura de otras naciones. Es notable la diferencia en cuanto a tradiciones entre la cultura china y la occidental. Eso ocurre por ejemplo, en el dominio de la cognición: Occidente pone énfasis en la adhesión a la razón y el discernimiento y China presta más atención a la experiencia y el sentido recto; para Occidente es más importante el análisis de los detalles microscópicos y China concede mayor importancia a la integración del todo macroscópico. En la deducción del valor, los chinos con frecuencia ponen la mirada en lo lejano y profundo, subir a lo alto para mirar a lo lejos, como dice un verso de la dinastía Tang de China, mientras los occidentales, sobre todo los norteamericanos, son bastantes pragmáticos y suelen dedicarse a los detalles de un modo realista. En relaciones impersonales, en Occidente destacan la competencia, los méritos y beneficios, así como la capacidad, mientras que en China son más evidentes la ética, la moral y el espíritu o ánimo. En la autoevaluación, en Occidente sobresale la individualidad, mientras que en China siempre se destacan el autocultivo y la autorreflexión. Sin embargo, si hacemos una comparación entre la cultura china y la occidental desde el punto de vista histórico, podemos descubrir muchos interesantes fenómenos de referencia recíproca. El intercambio entre las civilizaciones oriental y occidental y las culturas de diversos países, la toma como referencia mutua y complementariedad recíproca concuerdan con la forma de pensar de la gente. La comuncación entre las distintas tradiciones culturales contribuye a eliminar la incomprensión y el prejuicio entre las naciones, favorece el fomento del desarrollo de las relaciones políticas y económicas entre los países y el desarrollo conjunto cultural bajo prerrequisitos del mantenimiento de la diversidad cultural.

La cultura de la nación china tiene un contenido tan rico, tan profundo, tan variable y tan multifacético. Una de las explicaciones es que en su prolongado proceso evolutivo, absorbe diversas culturas foráneas, además de desarrollar la cultura tradicional del propio país. Ya en la dinastía Han del Oeste, fundada en el 206 a.n.e., China empezó a enviar sucesivamente a personas al Medio Oriente y Europa, y Antonino Pío, emperador romano de entonces, mandó las suyas a China, lo que dio lugar a la creación de la famosa Ruta de la Seda. Durante más de 200 años, China introdujo las culturas muy distintas de Asia y Europa y estas gradualmente se fundieron con la cultura china. El Budismo entró justamente en este período en China en gran medida. En la época contemporánea hay dos movimientos de enorme envergadura en que entraron masivamente culturas foráneas, primero sucedió en 1919 y la segunda vez comenzó en 1978, cuando China empezó la política de apertura, y gracias a esto, China en la actualidad se presenta como si fuera una exposición o vitrina mundial de culturas. En esta exposición se abren y compiten todo tipo de flores culturales y artísticas, provenientes de diversos continentes, diversos países, diversas etnias, diversas personalidades de la cultura y las artes. En esta vitrina, los visitantes no sólo contemplan toda forma de cultura, sino también pueden participar libremente en actividades culturales y artísticas, tales como bailes latinos: samba, rumba, chachachá, paso doble, flamenco, tango y salsa cubana, junto con profesionales y aficionados, chinos y extranjeros, en lugares de ocio, de recreo, en parques públicos también. No es en absoluto exagerado que los parques de la capital de China, Beijing, desde la madrugada ya se impregnan de un ambiente de gran armonía de culturas espléndidas. En China la cultura ya se hace muy popular.

China es un país unificado de 56 etnias, de las cuales la población de la etnia Han representa el 91,6 por ciento del total nacional. Desde tiempos remotos, China es un país de apoyo mutuo y coexistencia de multiples y diversas etnias, las cuales mantienen sus propias personalidades culturales y, a la vez, se asimilan y se funden unas con otras para terminar conformando la cultura china, de un conjunto multielemental con poderosas fuerzas aglutinamantes y vitales. China también posee desde la antiguedad una tradición de competición entre las cien escuelas de pensamiento; las diversas escuelas de pensamiento y las diversas disciplinas se comparan, compiten y se mezclan, lo cual es favorable para vivificar la mentalidad y renovación y variación de la cultura. El Han (chino) es el idioma de uso común en todo el país. Entretanto, de las 55 etnias restantes, 53 hablan su propia lengua, 22 de ellas tienen escrituras propias y usan 28 lenguas escritas. Cada etnia tiene su propias constumbres en cuanto a alimentación, vestuario y fiestas. En cuanto al vestuario, las mujeres manchúes usan el qipao; la etnia mongola, su peculiar túnica y bota de caña alta; la etnia tibetana, su túnica típica con cinturón y botas; las mujeres yi, miao y yao lucen sus faldas de cien pliegues y llevan oro y plata; los uigures llevan un pequeño gorro de cuatro lados con adornos bordados; los de la etnia coreana se visten con vestidos blancos. La gran variedad de lenguas, escrituras, constumbres, y especialmente de vestuarios, de las 56 etnias de toda China forman un espectáculo fascinante o un coro armonioso durante las fiestas nacionales, lo que dio origen a una canción impresionante que todos los chinos se saben y se titula “56 etnias, 56 flores”.

(2010/6-21, en La Habana)

旧文新编篇

哈瓦那随想

（1981—1989年）

哈瓦那有“新世界的钥匙”之称。

历史上传袭下来的这个称号，在16世纪西班牙国王腓力二世赐予它以来的400年中，一直伴随着这座城市的成长并使其保持着独特的声誉。神话与传说，掠夺与反抗，血与火的洗礼，几大洲外来文明在这里的撞击和融汇，使得无数感叹时光流逝的史学家们为之倾倒。

1982年，哈瓦那老城部分被联合国教科文组织列为“人类遗产”。这座城市再次把人们带进一个时空更为广阔的联想境界。

哈瓦那的建立坎坷不平。它几经变迁，几次被毁，几易其手。

哈瓦那当初的出现被视为中世纪欧洲出现的“淘金热”在新大陆的第一批成果。贪婪的黄金欲望驱使欧洲的探险家们横越浩瀚的大西洋，踏上“新的活动场所”，从而开创了人类历史上漫长的殖民时代。马克思说，新大陆的被发现与开拓，是欧洲“资本主义生产时代的曙光”，也是资本“原始积累的主要因素”。哈瓦那是这一划时代的资本“原始积累”的最早见证者之一。当时，新大陆的史前文明被摧毁，土著居民被征服、被剿杀。随后，满载着来自秘鲁、墨西哥等国的黄金和白银的船队源源不断地来到这里，又源源不断地从这里驶向欧洲的西班牙。这个历程，构成殖民主义的一部“黄金”

史，其代价则是殖民大陆的奴隶们的斑斑血泪。直到今天，当人们在这把钥匙上叩听历史的回声时，仿佛仍能感到那些屈死在金银锭子上的新大陆无数被征服者的冤魂在痛苦呻吟！

该城始建于古巴岛南海岸的巴塔巴诺，但随后终因那里是一片难于开拓的沼泽地而被废弃。以后逐渐向北迁移。今天的老哈瓦那城址的确定，是因为西班牙人后来惊喜地发现这里有一个得天独厚的天然良港。到了18世纪，哈瓦那成为整个西半球的一个举足轻重的自由贸易港。而伴随这一历史演变过程的则是海盗的猖獗与先后来到新大陆的欧洲征战者们为争夺包括奴隶在内的商品市场而进行的跨世纪的战争。1538年，当哈瓦那还是一个不大的城镇时，第一批法国海盗就将它夷为平地。重新修建后不久，以雅克·德索雷斯为首的另一批法国海盗卷土重来，于1555年再次将该城全部烧毁。随之而来的是趁火打劫的荷兰海盗。愤怒的西班牙人为抵御海盗的袭击以保卫他们在整个新大陆的既得利益，便在这里修建了美洲的第一座城堡。但是原始的城堡并没有阻止得了后来英国武士们的来犯，他们于1762年夺取了哈瓦那。经过一年的海上战争，西班牙人才最后将英国人赶走。

就这样，最初的两个世纪里，用奴隶的汗水浇灌起来的庞大而完备的殖民主义防御体系成为哈瓦那区别于新大陆其他城市的突出标志。雄伟的莫罗、蓬塔、卡瓦涅亚要塞，坚固的城墙，气势非凡的武器广场，以及许多大大小小的城堡，如今都成为供后人评说的珍贵的历史文物。其中，城墙是殖民主义的一面镜子，它把19世纪以前的哈瓦那分成两个部分：港口和行政区。港口区曾有过它值得骄傲的繁荣，如今它还是拉美第一大渔业港口。行政区则是殖民主义文化的一个缩影，这里是第一批西班牙移民定居的地方。如今，这里留下一条条虽可蔽日、但十分狭窄的石砌砖铺的街道。街道两旁，不时可以看到旧时的安达卢西亚式的庭院，铸有各种古典花纹的铁制栅栏的门窗和阳台，半圆形的精致门厅和窗框，虽然有的已褪色，有的已变形，有的已残缺，但人们仍可从中想象出当年的建筑风格和布局及其辉煌。随着殖民主义鼎盛时期的出现，各种新式建筑风格更是层出不穷。贵族们的豪华，武士都督们的威严，巨贾们的富有，天主教神职人员的考究，无不一一留下它们的历史印记。军事总督馆、塞贡多卡伯宫、西班牙大教堂、洛尔卡大剧院、原始的市政厅，也无不使旧大陆的来访者们陷入怀旧的沉思。老哈瓦那有900座殖民主义式的建筑，其中88座被列为珍贵的历史文物。陶立克式、穆德哈尔式、巴洛克式、新古典主义式的建筑，集殖民主义城市建筑之大成，面貌各异。而对当地人说来，这些建筑中最有魅力的莫过于坐落在港口大道旁原始的市政厅了。它原是一座并不太大的庙宇，门前竖立着六根陶立克式的柱子，每根柱上铸有象征国果的青铜菠萝。因为这里是哈瓦那第一次市政会议的所在地，也曾是欧洲移民在哈瓦那第一次做弥撒的教堂，旧大陆的来访者们总是要到此“朝圣”。门前还有一棵不知过了多少代的木棉树，它是非洲人后裔信奉的“圣树”，一直受到精心的保护。昔日两种文化在这里汇聚，象征一个统一民族的整体逐渐形成。每到12月16日午夜，各种肤色的人们不约而同地汇合到这里，共同庆祝建城日。届时，灯火通明，夜色融融。人们踩着音乐和鼓点的节奏，围绕着木棉树环行，驱逐尘世的烦恼，祈盼人间的福音。

哈瓦那在不停地告别历史，又在历史的脚步声中不停地向前发展。独立战争的兴起，奴隶制的废除，使得20世纪的美国文明潮水般地冲垮欧洲殖民主义在新大陆的最后堤坝。共和国成立了，新兴的资产阶级出现了，在不到一个世纪的时间里，哈瓦那创造出的现代文明远远超出它在最初三个世纪中创造出的一切。老城被迅速地抛到后面。

贝达多在19世纪后期还是一片灌木丛生、礁石遍地的荒野“禁区”，到了20世纪20年代，已经发展成为城市的运转中心。开始是老城区有钱的人到这里建起幽静的别墅。随着美国资本的涌入，一座座豪华的五星旅馆、大商店、银行、交易所，以及影剧院、酒吧、赌场等带有美国生活方式烙印的娱乐场所雨后春笋般地崛起。临近23街的拉姆巴地区更是令人目眩。这里的自由哈瓦那（原为希尔顿）酒店、民族饭店、卡普里旅馆气势非凡，蔚为壮观。这里既是夜生活最兴旺的地方，也拥有一些吸引人的文化设施。具有200多年历史的哈瓦那大学就坐落在这里。政府的许多重要部门，包括掌握国家经济命脉的经济机构，也都集中在这里。当初美国人留下的物质文明还都在以与昔日相似或已改变其内涵的方式发挥作用，唯有赌场已不复存在。贝达多区和后来向西扩建的新贝达多区烘托出整个哈瓦那独具韵味的风采。其鲜明的色彩是城市的自然美。在由各种热带自然因素交织成的和谐体中，阳光给人以特别的享受。酷爱这座城市并在这里生活写作了22年的美国著名作家海明威写道："阳光是城市之美。阳光下的哈瓦那，一派迷人风光。"大自然把原始的光谱无私地洒向人间。楼房、街道、公园、学校、医院、交通工具、人的衣着、动物和植物、一切相对静止的和相对运动的、有生命的和没有生命的、神圣的和平庸的，都在阳光的沐浴下，披上和大自然相协调的色彩，或淡雅、或鲜艳。然而一切总是那么明朗、那么清晰，甚至人的内心世界仿佛也融合到这夺目的外部环境中，变得明朗剔透。

鲜明的线条是人工美。同老城区不同，后起城区的街道脉络清楚，主次协调。那一块块十分规则的方形街区，那一幢幢组合式的居民楼，那一座座错落有致的高层建筑，无不显示出明快的线条和设计者们的匠心。这些建筑和街道的排列和组合同时又是一幅城市变迁图，使人可以从中看出现代哈瓦那是怎样由老城演变而来并继续成为世界上最著名、最美丽的城市之一的。哈瓦那还是一座雕塑之城。著名人物的雕像，历史事件的丰碑，甚至还有文学作品和传说中典型人物的塑像，宛如一颗颗灿烂的珍珠撒落在城市一切有人群的地方，其中以民族英雄何塞·马蒂和安东尼奥·马塞奥的雕像最为引人注目。这些雕像和丰碑造型各异、格调高尚、线条简洁、碑文详尽，既是巧夺天工的艺术品，又是纵看历史的教科书，成为城市精神文明的重要源泉。

大海是城市赖以生存的又一个极为优越的天然条件。它像母亲一样，把无穷无尽的清新空气奉送给城市，又将城市的人们吸引到它的身旁。在昔日满目荆棘的贝达多"禁区"的北海岸开辟出了一条本来没有的道路，这道路到今天，已经被修建成一条举世闻名的海滨大道，人称哈瓦那一绝。

大道从哈瓦那港口开始，沿着海湾和海岸的走向绵延数公里，直到该市流量最大、最古老的阿尔门达雷斯河的入海口为止。它像一条大动脉，连接着城市一半以上的主要街道。大道的原始计划出自19世纪古巴一位极有才华的工程师阿贝亚尔之手，其宗旨是适应当时正在兴起的新街区的商业和娱乐的需要。由于实施这项计划代价太高，当时的殖民主义当局一拖再拖。直到20世纪初，美国人插手进来以后才最后完成这项宏伟的工程。现在的大道，靠海一侧是坚固的水泥堤防，能阻挡大海狂怒时的惊涛骇浪。另一侧则是令人赏心悦目的高层建筑、公园、雕像、纪念碑、体育场、喷泉等壮观的城市设施。

海滨大道还是一幅生动的社会画面。在这里，奔驰的汽车川流不息。乍看上去，情景与一切现代化都市并无二致，只是其中那些十分陈旧、只能依靠车主们的聪明才智才能使其继续运行的人称美国的老爷车，仍然披挂着20世纪50年代的历史风尘，严重“超期服役”。这使人想起这个民族的昨天和今天。几乎到处都可以感到经济上的压力和商品的短缺，其中包括高档商品，汽车的进口不得不受到严格限制。尽管如此，每逢5月至10月的节假期或星期天，全市成千上万的汽车，公用的、私有的、出租的，以及旅游车、外交使团车，像参加大赛一样，新老一齐上阵，从四面八方汇合到这条大道上，然后穿过哈瓦那的海底隧道，风驰电掣般地向东哈瓦那金色的海滩驶去。而留下的这条大道，依然充满着多姿多彩的社会生活情调：情侣话长，绵绵不断；垂钓者，自得其乐；欲探大海深浅的勇士只身潜入海底。马塞奥雕像前的儿童在愉快地逗耍，面向大海在沉思的、遥看天河在幻想的、静听外国旅游者谈论海岛以外异国他乡奇闻的。各自情趣不同，然而一切都那么和谐，那么无拘无束。

最精彩的场面是一年一度的狂欢节。活动从7月中旬开始，长达10天左右。头几天是“红领巾”们的天下，接着就是全社会的介入。到了“7·26”前夕，工作人员放假，狂欢节推向高潮。奔放的乐章，鲜艳的色彩，美好的愿望，都倾注到这条大道上。著名的伦巴舞，现代的迪斯科，以及风靡欧美的萨尔萨，使得整个大道一连数日欢腾不绝。这是一个男女老少都能闻乐起舞的音乐舞蹈王国。没有肤色区别，没有社会地位的区别，没有专业人员和普通观众的区别。这是一个人的和谐体，人和自然的和谐体。人们用笑脸和兴奋谱织成一个缤纷的世界。而在这个缤纷的世界里，他们的举止又是那样地规范，完全没有西方另外一些国家狂欢节中所出现的那种出格场面。这时，我们似乎也才真正看到一个民族的风采和气质。人们并不因物质生活的困难而消沉，那种对精神生活持久不衰的追求，那种面对任何现实都表现出来的适应性和乐观情绪，常常给外部世界的人们留下不灭的印象和深深的启发。

他们还未走出人类的昨天

（1990—1995年）

——为当今地球上的奴隶们而作

犹如记忆中的一块暗淡层面，犹如遥远的时代里一段沉重的历史，犹如19世纪留下来的褪色照片。还是那些角色：一无所有者，目不识丁者，衣衫褴褛者和令人难以置信的瘦骨嶙峋者。他们挣扎在亚洲的采石场里、非洲的大沙漠上、加勒比的种植园里、亚马孙的热带雨林中，他们无时无刻不在死亡和生存之间选择。

20世纪90年代，由联合国派出的一批记者们就是以这样凝重的笔墨论证了我们这个星球上仍存在着奴隶的现实。

苏莱卡

苏莱卡生活在领土五分之四均为沙漠的非洲西北部的M国。她来到这个世界上已有十个年头，但至今从未享受过人生童年应有的快乐时光。几年前，按其父母的安排，她告别那遥远的沙漠家乡，跟着一名有钱人来到一块陌生的土地上。就在她还没有也不可能明白离开家乡和父母意味着什么时，她已被转卖给了生活在该国首都的另一个富有人家。从此，她便失去了一切自由。

几年来，除了干活，主人家里几乎没有给过她更多的生活内容。她想念她的母亲，想念她的家。她向主人哀求放她回去。但主人已将她视为能动的“不动产”，不可能满足她的要求。更为残酷的是，当主人发现苏莱卡并不那么容易“驯服”时，立即又将她转卖给了他人。年幼的苏莱卡失望了。但失望之余她似乎又突然变得成熟起来。在新旧主人将她转手时，她出人意料地“病”倒了。新旧主人之间立即为此出现了讨价还价。原来的主人不得不将苏莱卡送进医院，聪明的苏莱卡此时便趁机逃了出来。但命运常常捉弄弱者。那位主人很快报警，苏莱卡也就很快落入警方之手，并被送上法庭。在法庭上，当一位律师故意提出该国“是否不存在废除奴隶制度的法律”时，法官竟将这位律师投入监狱，同时又将苏莱卡交还给她原来的主人。

联合国的记者们在记录了上述这很难为外人所知的情节时，感慨地写道：这并不是 19 世纪的故事。也正因为如此，它引起了当今世界人们的关注。记者们还透露了他们对苏莱卡追踪采访时的艰难。M 国警方先是阻止他们同苏莱卡接触，不成后又让苏莱卡的主人在联合国记者到来之前的前一天晚上将其转移。但他们没有想到，正是这件事给了敏感的新闻记者们以启发，促使他们花大气力，在一些国家和地区由此及彼地进行了广泛的了解。最后惊奇地发现，在这个世界上，苏莱卡不是唯一一个。苏莱卡的故事所反映的奴隶制残余，不仅仅存在于 M 国一个国家。

可悲莫大于此

20 世纪 80 年代，干旱曾连续肆虐非洲大陆，给非洲人民的生存带来空前灾难。具有讽刺意味的是，这一历史性灾难却给这块大陆上的一些国家，特别是地处沙漠地带的一些国家的奴隶们以重新安排命运的机会。在人类社会形态演变的过程中，奴隶和奴隶制度的出现和存在本来就是一部分社会成员的经济地位超过维持自身的需要从而导致对另一部分社会成员的占有，包括人身的占有。奴隶主一旦失去了支撑这一制度的经济基础，这一制度也就随之发生动摇。

“干旱使主人失去了一切，也失去了我们这些奴隶。主人再也不能像以前那样使用我们了。他们抛弃了我们，我们也得到了解放”，M 国 76 岁的奴隶贝尔卡对此似乎有点因祸得福的感觉，显得半是轻松，半是苦涩。但人类社会自从出现阶级以来，从来就不像大自然那样公平。大自然毫无区别地降灾难于人间，但最受其害的依然是奴隶们和大部分这些自以为“被解放”了的奴隶们。后者除了一些形式上的人身自由以外，他们仍然不能自由地安排自己的命运。他们不得不回到贫民窟，度过连他们自己也不知道何时是尽头的苦难时光。

一位伟大的历史人物曾表达过这样一个思想，意识到自己的奴隶地位而立志去改变它，是历史的英雄，如古罗马的斯巴达克斯那样。意识到自己的奴隶地位而安于现状者，是真正的可悲的奴隶。非洲的塞内加尔河流域有一块狭长的地带，那里的黑人几乎都是白人的家奴。这些家奴们世代与世隔绝，更不知世界上和他们的国家在字面上早已废除了奴隶制度。“我是奴隶。我们全家都是奴隶”，达尔在其主人的果园里对一群陌生的外来记者说。问其主人待他如何，他说：“有时不错，有时很坏。他们虐待我们的孩子，常常殴打他们”。

这名黑人对他所处的奴隶地位似乎不以为然，他甚至不相信他的邻国有奴隶已解放的事实。联合国的记者们带启发性地问他：“你认为，白人当主人，你们当奴隶，合理吗？”他竟回答说：“当然，我们应该是奴隶。我们的祖祖辈辈都是这样过来的”。

人类社会的发展竟有这样的不平衡，地球上竟有这样不知外部世界如何演变、外部世界也不知其内幕的死角。达尔这名可悲的奴隶所表现出来的落后几个世纪的社会心态在那块死角里很具有代表性。他和他的家庭其他成员已被转卖过多次，他在他所有的主人家总是不分昼夜地干活。他现在的主人生活在首都，拥有许多汽车，还有 15 个像他这样的奴隶。他说，在他们那里至今仍时有像历史上那样捕捉奴隶的现象发生。相比之下，他只是被转卖，还算是幸运的。

家 奴

“他们从来都称我为奴隶。事实上，我也是他们的家奴”，一名在海湾地区某酋长国里当家奴的妇女这样讲述她的身世。在那里，家奴现象并不罕见，伦敦的一家国际机构仅在海湾战争以后就记录下了100多宗这样的档案资料。

翻开历史进程，这一地区的家奴制从来就没有消失过。在长达几个世纪的过程中，海湾地区的酋长们曾不断从海湾以外的地区招来奴隶。早在12世纪，那里的一些民族就曾发起过对非洲黑人的捕虏。这些当年被捕获过来的奴隶们的后代今天有上万人仍生活在该地区。据他们中的一些人说，其中大部分人的命运仍然是世袭家奴，其处境与他们的先人并无多大区别。唯一不同的是，他们的主人不能像古代奴隶主那样随意杀害他们。

时代总是给那些应被历史带走但却尚未逝去的现象加上一些相应的色彩。在今天的海湾地区，家奴制已被赋予新的形式。劳工合同便是对这种不合时代的旧的社会形态继续残存的掩盖，一些被称为“请来的劳工”只不过是昔日家奴的代名词而已。他们来自菲律宾、印度、孟加拉和西非等国，这些现代家奴们有不少人把他们的血泪甚至连同生命都留在了那个地区。上面提及的那名女奴在主人家里干了四年，受尽凌辱和痛苦。她几乎每天都要遭到电缆的抽打，而她总是逆来顺受，但最后还是被主人逐出家门。

伪装成夫妻是一些国家保存家奴制度的另一种形式，而且比劳工合同的形式更能掩人耳目。非洲南部就有这种情况。邻国的内战和种族的互相残杀造成了一股强大的难民潮，无孔不入的国际犯罪分子便趁机在这里进行拐卖人口的活动。那里的一些富有者也纷纷因此以纳妾的名义而收留家奴，并把她们当成私有财产加以炫耀。这些从难民沦为家奴的妇女，实际上是无代价地任拐卖者和主人的摆布。一名26岁的女孩子安娜竟已两易其主。在两个主人家里，她不但受到侮辱，而且每天都遭到毒打。

家奴，现代社会法律词汇中难以找到的称谓，在这个世界上仍然有人把他们当作“会说话的牲畜”加以对待，他们连基本的生存权都没有。他们的身价在一些地区甚至仍然停留在奴隶制占主导地位的古代社会，连中世纪的农奴都不如。在非洲某国，一个奴隶只要用三头骆驼便可以买到，而在南亚某国，则只需要六头牛。人的价值用牲畜来衡量，这不是人类自己贬低自己吗？

债务猛于虎

人们很难相信，人类社会发展到今天，世界上竟有因付不起债务而失去人身自由并牵连后代的现象。人们也很难区分，现代文明社会中这种使部分人成为变相奴隶的生存方式和古代奴隶社会那种因同样原因而获得奴隶来源的原始方式之间有什么不同。

南亚某国的萨德拉姆和她的妻子在一座大都市附近的采石场已干了8年。8年来，他们没有获得过一天自由，而他们失去自由是由于无法偿还一笔只相当于46美元的债务。强制性的超负荷劳役使他们这对夫妻过早地失去了青春。有一天，他们犯了一个“弥天大罪”。他们发出一系列埋怨，甚至对别人说他们想回家，因为他们认为，8年来的劳役早已抵偿了当初那46美元的债务。几天以后，4个喝得酩酊大醉的粗壮男子突然闯进他们的住处，将他们捆起来狠狠地棒打了一通。“那顿棒打以后，我们的心就死了，我们彻底绝望了”，萨德拉姆说。他的伤势刚刚好转，就又被赶到采石场上去干活，而且分配给他的活依然是那样繁重。作为惩罚，主人还减少了每天给他的报酬。这些报酬，除了他自己吃饭以外，已所剩无几。根据该国劳工组织的调查，不包括童工，该国有300万类似萨德拉姆这样的变相奴隶。该组织甚至发现了一个连续8代都是奴隶的家庭。几百年的债务，几百年的枷锁！这个家庭的世世代代几乎都听过这样一个重复过无数遍的声音：“你们要离开吗？那就把你们前辈所欠的债务加上利息一齐还清吧！”

奴隶从事的几乎都是像采石场上那样的重体力活。在南亚的另一个国家，大量的债务奴隶都被赶到砖瓦制作场上和炉窑旁。那里，从工具到生产过程，都十分原始。没有安全措施，没有社会监督。1988年，该国曾宣布对这种制度进行改革，但摧毁千年传统谈何容易。几年来，获得“自由证件”回归社会的人寥寥无几，大量的人仍在苦苦地等待着自由的曙光。阻力来自那些拥有这些现代奴隶的主人们。一家大型砖窑厂的老板手下有几百名因负债而失去自由的劳工，国家有关法律公布后他保证将公正地对待他们，并还给他们自由。但有一个条件，这些所谓的负债人每年仍要为他无偿地干两个月的活。否则，他们的自由仍是有限的。而对于那些几代人都被束缚在那里的人们，即使拥有这些有限的自由，似乎也十分感激，更不用说对他们的后代了。然而，他们不知道，他们与从中世纪农奴中间产生出来的自由民相比，竟落后几个世纪！

“拉丁非洲人”

一位加勒比政治家说过，加勒比海中许多岛屿上的居民实际上是“拉丁非洲”人。在16世纪初开始的大规模非洲奴隶贸易中，第一批黑奴首先就是来到加勒比。当时的黑奴人数相当于当地自由民的8—10倍。在安的列斯群岛等地大片大片的甘蔗、咖啡、蓝靛、染料木等种植园里，干活的几乎全都是黑奴，史书称其为“种植园奴隶”。他们任凭种植园主人使唤和处置，不如牛，不如马。黑奴，加勒比海的涛声曾融进了他们那无尽的心酸和血泪。不料几个世纪过去了，他们中的一部分人依然没有走出当初的种植园。当年的残酷和今天的不幸融合在一起，人们仿佛仍能感到加勒比海涛声中所发出的一股历史悲鸣。加勒比两个小国的边境上，某国士兵的职责似乎并不是守卫边防，而是负责转运来自邻国的源源不断的劳工。他们将身无分文的人放进本国并交付种植园主人。雇主们答应每天给这些雇工三美元的报酬，但生产用具、住房和饭食的费用要扣除冲销。在雇用期间，特别是甘蔗收割时间，他们的劳动时间完全听任种植园主人的安排，可以任意延长。他们也不得随意离开，更没有要求增加报酬的权利。该国是世界上最不发达的国家之一，这些来到邻国只为寻求生存的彻底的无产者常常是来也空空，走也空空。几年前，某国际组织谴责说这里变相的奴隶制是对邻国劳工的“剥削”，但邻国人说这是本国人出于自愿。其实，在这两个国家共同拥有的小岛上，同样在种植园里干活的100万黑人劳工的处境相差无几。他们的生产条件和劳动报酬都决定了他们在本国从来都处于受制于人的最下层的社会地位。

这两个国家的城市情况也并不比种植园好。贫困潦倒的人们衣不蔽体，食不裹腹，无家可归，夜宿街头。只要你给他一片面包，他就虔诚地为你服务。城里一些人也就往往以恩人姿态趁机将他们收留，并迫使他们无偿地为自己效劳。赫苏斯是一个典型。他原是一家种植园里的种植工，微薄的收入使他无法养活家庭。几年前，他被城里一家人收留。当初他很庆幸。几年后，他却埋怨上帝对他不公平，乡下城里几乎都没有像他这样的穷人的出路。在城里，主人是这样为他安排一天的生活的：早上6点起床，起床后首先打扫厕所，接着是打扫庭院、收拾房间，等等。总之，大大小小的家务事全落到他一人头上。直到晚上9点半他才能有自己安排时间的自由。主人从来没有让他吃饱过饭，也从来没有给过他一分报酬，他当然也就不可能靠自己去养活还在种植园干活的其他家庭成员。

金子并不闪光

黄金是财富的象征。在人类积累财富的过程中，多少冒险家因此成为历史的幸运儿和主宰，然而又有多少受他们主宰的人成为悲惨的奴隶。在这方面，地球上没有任何地方可以与南美洲的亚马孙地区相比。黄金与灾难并存，黄金并不一定都闪烁光芒，黄金也可能散发出历史和现实的血雨腥风。

亚马孙河流域，包括其面积700万平方公里被称为地球上最大的热带雨林，古老而神秘莫测，冥冥而令人迷离，含宏万汇，融地理、历史、生态、人种于一体。它巨大的价值在于这里蕴藏着大量的贵重金属，其中以黄金最为丰富。这一地区从17世纪中叶开始持续了100多年的“淘金热”，在史书上成为有名的“黄金周期”。这些财富的获得和积累无不凝聚着当年来自非洲的黑奴们的血泪和冤魂！无数奴隶曾在皮鞭下、在矿井中离开了人间。

历史不会简单地重复，但常有惊人的相似之处。今天的亚马孙热带雨林中，黄金欲其实仍在不断地驱使一部分现代淘金者深入其内部，他们甚至仍用最野蛮的手段对待仍处在石器时代的印第安人的残存者。这些现代征服者们强迫当地的土著人用最原始的办法为他们沙里淘金。被强迫的土著人赤着脚光着身子夜以继日地为他们干活，但得不到任何报酬，因为他们双方连个口头合同也没有。密林深处所发生的一切，外部人无法知道。西方一些社会学家说，那里完全是强者的天下，一些人企图逃跑，但不可能成功。那些现代征服者们甚至拥有自己的警察。凡逃跑者被抓回来后，无人能逃脱棍棒的毒打。这些实际上的奴隶们一旦死亡，病死的、累死的、被打死的，均就地草草埋葬，没有人理会他们，没有人记住他们。一旦染上某种瘟疫，就被捆在一棵树上，以免同他人接触。

南美某大国是西半球最后一个在法律上废除奴隶制度的国家。但是实际上，由于其历史和地缘条件，不同形式的奴隶制度在一些地区从未消失过。据联合国机构对该国边远地区的3个州和亚马孙原始森林中的18个庄园的调查，仅1993年前10个月就发生了4500起类似奴隶制度的社会事件。例如，一个名叫路易斯的青年，受雇为一庄园主到森林中开辟一片牧场。行前谈妥了报酬。但当他到了森林之中，庄园主突然说只能给他原先的一半。那青年人不答应，最后企图回去。庄园主立即让其保镖狠狠地将他打了一通，并威胁说：“在你以前，也有个像你这样中途不干并企图逃跑的青年，我们已结果了他的生命。”路易斯无奈，只好听命于主人。

让文字恢复尊严

奴隶制是人类社会中出现的第一个人剥削人的社会制度。在漫长的历史演变过程中，它曾合法地同几种社会形态并存。直到1807年，英国率先正式宣布废除奴隶和奴隶贸易制度，其基础才开始逐渐崩溃。1833年，英国海外领地的奴隶获得最后解放。其后，荷兰、瑞典和法国以及拥有大量黑奴的美洲各国也先后通过废除奴隶制度的法律。但法律和现实不是在任何情况下都是一致的，何况旧的社会形态也绝不会轻易退出历史。在西半球，奴隶制度的丧钟响彻了整个19世纪。与此同时，人类社会的发展也总是不平衡。有些地区由于特定的历史条件，在奴隶制度废除后，跨越历史阶段直接飞跃到更高级的社会形态。而另一些地区，直至20世纪仍处于奴隶制或半奴隶制或变相奴隶制的社会状态，仍然或多或少地保持着原始奴隶制的几种主要形式，即战俘奴隶、债务奴隶、世袭奴隶、被拐卖的奴隶和因受惩罚而成为奴隶等等。

根据联合国一机构的调查和估计，当今世界上处于这种奴隶或半奴隶状态的有一亿人左右。20世纪以来，在国际范围内已经签署了许多废除奴隶制度的共同声明。1926年，参加当时国际联盟的各国政府就曾宣布，要为在地球上最终埋葬万恶的奴隶制度而斗争。不料随后出现了纳粹德国，它所建立的集中营是20世纪最残酷的奴隶制度。这种历史的大倒退虽然短暂，但它给有文字记载的人类文明所造成的创伤却永远磨灭不了。“二战”后的1948年，建立不久的联合国宣布：“奴隶和奴隶贩卖制度的一切形式必须废止。”20世纪50年代，世界劳工组织也要求各国彻底铲平奴隶制残余和变相的奴隶制，100多个国家就此签署了文件。但是，由于国际文件的约束力有限，这些文字至今并没有完全显示它应有的尊严。

不仅如此，一些国家尽管颁布了有关法律和法令，但或因政权更迭，或因内战不已，或因部落冲突，这些法律长期停留在字面上。加上无论国际上还是各国政府至今都没有任何关于对违反这些法令的惩罚措施，原先的许多奴隶主们总是抱住旧制度的僵尸不放。例如非洲某国，1905年、1960年和1980年曾三次庄严宣布，将在本国完全废除奴隶制度。但就在1980年，仍有一些逆人类历史潮流而动的旧制度的维护者们，冒天下之大不韪与之对抗，声称如果国家要实施废除奴隶制的法律，就应该给奴隶主以相应的补偿。

奴隶制的丧钟已敲了两个世纪，地球上残余的奴隶制度和变相的奴隶制度早已应该成为人类的昨天。然而不幸的是，人类中仍然有这样的群体还没有走出历史的昨天。这是人类的一大悲剧。

花儿不为他们开放

——为地球上遭受不幸的儿童呐喊

没有光，没有热，没有温情，没有希望。与他们作伴的，是一片爱的荒原，是飘摇着的血火，是贫困，是愚昧。人们把儿童比作花朵，而他们来到人世间，从不知道他们应拥有这一花季。他们过早地凋谢在人世间，或生命被扼杀，或形体被摧残，或心灵被扭曲。这，就是这个地球上相当一部分儿童所直面的悲惨人生。

永远地倒下了，是在战场的外围

地球上的人类从来就没有平静过。战争，这个人类生存中的历史性怪物，使千百万生灵涂炭。儿童是这一灾难中最不幸的受害者。联合国儿童基金会1995年的一项报告说，在过去的10年中，全球有200万儿童在战争和其他各种武装冲突中丧生，有400万儿童因战争而受伤或致残。他们中许多人并不是战争的参加者，也不是战争的直接对象。他们是在战场的外围中永远地倒下的。相当一部分儿童是被炸弹、地雷、化学武器或者十分原始的战争手段致死或致残的。联合国的报告还告诉人们一个难以置信的景象：战争中儿童的伤亡率远比参加战争的军人要高。就全球范围而言，每200名儿童中就有一名是各类战争的受害者。20世纪90年代发生的波黑战争的头一年中，仅萨拉热窝城中就有 3000 名儿童丧生，他们中 40% 是被流弹打死的。还是这场战争，来自国际机构的一项调查表明，81% 的儿童一直处在他们认为有可能被流弹射击的境地之中。非洲的情景就更加目不忍睹。打开全球 20 世纪 90 年代的战争地图，58 场战争中有 28 场发生在那块大陆。民族结怨、种族冲突、政权更迭、部落屠杀，一起接着一起，它们又无不以战争形式出现。据一些国际组织统计，1994 年在卢旺达发生的一次致使 50 万人丧生的种族冲突中，儿童竟达数万人。大批儿童已失去家园，失去亲人，失去生存的依靠，不得不在难民营中寻求渺茫的希望，而实际上，死亡无时无刻不在威胁着他们。

儿童在战争中的惨剧是对人类文明的历史性控诉，此景已引起国际社会的广泛关注。联合国主持签订的《关于儿童权利公约》至今已为 167 个国家批准。该条约明文规定，儿童在战争中应受到特别的保护。联合国去年还拨出“二战”结束以来从未有过的 100 万美元的资金，以资助国际红十字会在非洲搜寻战争中儿童的行动。欧洲有些早在第一次世界大战中就建立起来的专门救助战争儿童的基金会也在同联合国实行协调，不少国家的志愿者队伍也奔赴前线去从事这项神圣的事业。但是，正如联合国儿童基金会指出的那样，救助儿童最根本的办法，是国际社会“寻找避免战争的途径”。但这一途径在哪里，似乎仍是一条远没有见到尽头的长长的隧道。正义的人们仍在黑暗中苦苦地摸索。

他们本来无罪

这是真正的悲剧。战争本来是为一定的政治目标服务的，被称为流血的政治。但他们走上战场，甚至在战场上表现得那么顽强，心目中却并无明确的目标。除了置他人于死地以外，他们的心目中呈现的是一片空白。他们是战争的参加者，毁灭着别人，也毁灭着自己。战争就是这样为非洲的童子军谱写了一曲连人类自己也不能原谅自己的咏叹调。

20 世纪 80 年代，非洲一个国家的反政府武装力量将一支人数达到 3000 人的童子军投入战场。该武装力量的最高司令竟对将儿童推向战场的行为辩解道：“非洲儿童从 4 岁起就开始学打仗。这是非洲的传统。谁要是以为战争可以摧垮孩子的心理，他就是不懂得非洲。”在那些内战闹得不可开交的国家，也几乎无例外地将儿童投入战争。战争的指挥者们有一个共同的心理：这些未涉世的孩童们特别听命令，特别无情，特别“勇敢”。某国的反政府领导人在具有了一支由 8 至 15 岁的男孩组成的队伍后，得意地说，这支队伍不知道什么叫畏惧，指挥到那里，便打到那里。一些国家的政府军由于面临强大的武装敌手，也公开使用童子军。

童子军的作用往往是成年人军队难以替代的。除了有一股初生牛犊不怕虎的猛劲以外，他们还很善于进行无情的丛林战争。他们被用来袭击村庄和城镇的先头部队，用他们作为侦探也会减少怀疑。男孩常常被用来刺杀对手，女孩则被当作首领的奴仆。童子军的参战并不是什么“非洲的传统”，而是一个罪恶的时代怪胎，它是一些武装集团强行招募的产物。有的武装力量招兵的办法就是公开绑架 8 至 12 岁的儿童。这些孩子经过训练并被派上战场后大多数变得沉默寡言，不相信任何人。几乎所有参加过战斗的儿童都逃脱不掉一个可怕的后果：在睡梦中不断出现被他们杀死的人的凶狠的面孔。噩梦过后，他们便变得十分残酷。童子军的另一个悲剧是他们很难回到正常的人生道路上来，他们失去了自然的人生价值观念和行为准则。战争有开始也有结束。战争停止，士兵回营。而这些童子军就只能“退役”，只能被遣返回家。由于他们人生的道路上有块被扭曲了的断层，在行为上适应不了社会。这些未成年的“老战士”退伍后仍然习惯地袭击他人，“野性”不改。一位非洲领导人说，“他们这代人，生下来就只知道战争和暴力。战争在他们身上留的痕迹也许几十年才能消除。”

早熟的代价

联合国儿童基金会 1993 年曾向处在战争中的儿童发出一份问卷，要他们为和平与战争下定义。萨拉热窝的一名 9 岁的小学生在答卷上这样写道：“和平就是相互之间的爱与理解，就是可以自由自在地在街上行走还带有笑脸。战争是仇恨，是人们相互之间的残杀。人们恨得很厉害，以致残杀儿童”。联合国该组织当年将这份答卷存放到联合国总部，作为该组织制订一项对处在战争中的受害儿童的心理帮助计划的依据。还是这名小学生，他与他心爱的小狗在公园里玩耍。邻居的一位老奶奶提着一桶水从他身边走过，他问老奶奶的孙子为什么不出来和他一起玩。正说话之间，一枚炸弹落下，那位老奶奶和离她仅仅10米远的另外两个人被炸得粉身碎骨。这名孩子写道："那一夜，我想了很多很多，我问自己：我们的世界发生了什么？为什么大人们会是这样？"联合国的一项调查报告说，波黑战争中，有51%的儿童看到他人被杀害，39%的儿童承受着家庭中有人在战争中死亡的痛苦。震撼心灵的惨剧总是在他们的脑海里沉浮。他们跨越了童年时代，直接进入了尚未属于他们的对人生进行深层次思考的世界。

不幸可以致使儿童失去童年属性，过早成熟。不正确的爱美观同样可以导致儿童失去童年。在西方一些发达国家，一种新型的疾病厌食症开始滋长，英国社会学家和医务界把这种疾病称为社会变态病。他们大声疾呼，要求全社会参与阻止这种疾病的蔓延。否则，受害的儿童会越来越多，并影响英国未来整个国民健康水平。该国一家权威性机构指出，儿童这种病的出现在于社会都在崇拜成年人的所谓体型苗条。这项报告还指出，英国26%的儿童认为身体不苗条是件不光彩的事，约15%的儿童从6岁就开始节食。其结果是，不少儿童不但重量达不到应有的标准，个子也不如按正常饮食配量的儿童。

科学家们把这种社会变态病归咎于新闻界、出版界和广告行业，特别是电视节目。对苗条过于推崇和对肥胖过于挖苦把儿童引入误区，从而影响着他们未成熟的思维形态。

嘤其鸣兮相救无奈

眼前是一所大教堂，称作保护圣灵的殿堂。几十米远处是码头，现代物质文明的窗口。数米处是警察局，社会治安的监护所。上帝和人间，权威与信赖，这里被认为是最安全的地方。然而就在这里，南美某大国的一座大城市的市中心，罪恶的子弹竟然在几秒钟之内夺走了7名街头儿童的生命。

这场令全世界为之震惊的惨案发生在1993年7月的凌晨。65名儿童当时正蜷缩在一座高楼下面熟睡，他们是因为家庭贫穷而成为流浪儿的。据统计，这个十分富有的南美大国有700万儿童流浪街头，其中大部分是穷人的孩子和黑人儿童。这些孩子从来到人世间就不知道人们正常生活的运行规律。他们白天在街头流浪，晚上在街头露宿，这是他们的常态。由于他们给社会治安不断带来麻烦，不但得不到普通人的同情，还经常遭到警方的“清除”。这次枪击事件后，死者的遗体被编号放在冷冻室内，以期待他们的亲人来认领。但最终无任何人来认领。一名市民感伤地说：“见他们被杀，已让人难过。死后竟无人来认领，更让人痛心！”他们离去了，成了人世间匆匆的过客。没有过多的人记住他们。贫苦在这个世界上造成的恶果，对儿童是极其不公正的。除了夭折和营养不良外，就是导致了无数流浪儿。

加勒比某个小国的监狱里，有324名儿童与成年犯人关在一起。他们中的大多数人只是因为小偷小摸而被抓进来的。许多孩子来到这里连个基本手续都没有，他们被关押多年而未受到审讯。狱中无基本的生活条件，而孩子们又是所有犯人中的最底层。成年犯人受不了狱中的待遇，这些儿童就成了他们发泄的对象。女孩子被强奸，男孩子被罚干重活。他们像奴隶一样遭受欺凌。多年来，监狱以外的人们对此一无所知。偶尔被零星曝光，人们也无可奈何！

西方一些丑陋的道德观念使这个地球上没有父母的儿童或不知谁是其父母的儿童越来越多。他们走向何方，人们要将他们引向何方，当今世界没有人回答得了这个问题。倒是有些国际犯罪集团，从事着无孔不入的勾当。他们往往引诱这些处在绝望中的儿童，拐走他们，然后进行买卖，或使其做童工，或使其做童妓，从中大发横财。

荒凉赞歌

（1996—1999 年）

高山铸造了众多民族的灵魂，人们感叹其雄伟壮丽。大河写就了不同的人类之文明，人们赞美其辉煌灿烂。而今我谓环球之荒凉，不见雄伟，不见灿烂，谓其含宏万汇之空间，以我所见悟所不见之遐想，其广、其深、其美，不亚于高山，不亚于大河。

平生第一次产生荒凉也是美的感觉是在西撒哈拉大沙漠。那是地球上一片几乎被人类遗弃的表层，那是一种直视浩瀚苍茫、极目几可穿射千里之外的感觉。那是一片罕见的生命的荒原！我乘坐联合国的一辆吉普车[①]，吉普车在风驰电掣地向前狂奔。真是好大世界，无遮无碍。此时，也许只有此时，我突然感到犹如被抛进宇宙"大爆炸"之前的幻境之中，混沌，空蒙，悠悠天地不知我之所在、我之所向。哲学家对时空的"有""无"之争从人类开始有思维以来就一直在无休止地进行。其焦点是，造物主创造万物的依据是否在于宇宙间"有"出现之前存在着"无"。而我则不愿从那些书本上去探索真谛，总是笃信万物历来之"有"，而不信其"无"。现在，当我眼前呈现出一片几乎是万物俱无的空间时，我却又突然产生了"有"固然美，"无"也同样令人惊心动魄的妙不可言状的感觉。领略那近乎真正意义上的"目空一切"，回归

---

① 联合国在西撒哈拉派有军事观察人员，其使命是组织监督西撒哈拉公民投票。作者 1997 年 4 月曾应邀到西撒哈拉难民营采访。

那仿佛是“有”“无”在交替的时空，其情景令人无限神驰，无限遐思。“我欲因之梦寥廓”，眼前寥廓的空间仿佛给人以一股兴奋的魔力，强烈地诱使你去追逐一个崭新的、也许是永远不可知的、但又非得去追逐、非得去探索其无穷奥妙的天上人间。

沙漠是荒凉，不毛之地是荒凉，未开垦的处女地是荒凉。在美洲大陆，在大洋洲，在非洲，在伊比利亚半岛高原，在大西洋的群岛上，在中国的塞北，在地球的其他地方，我不止一次地深深感受着如此辽阔的荒凉之壮美。荒凉之美，美在它处于现实环境和人们心灵意境的交汇点上。不毛之地没有青山绿水，没有鸟语花香。未开垦的处女地没有刻意娇柔，没有人工雕琢，没有人世间特有的虚伪。荒凉是大自然的一部分，但它比繁花似锦的大自然更纯朴，比巧夺天工的人工美更真实。荒凉是难以寻觅的原始美，粗犷美，亘古之美，豪情盖世之美。无数的人们赞美大海，而赞美大海的人们，我想一定会深情地赞美荒凉。荒凉同样给人以力量之源泉，给人以净化心灵之感觉，给人以欲穷其究竟之情趣，更给人以拓荒之心理追求。

人类正是在拓荒过程中不断萌发美，追求美，创造美，最终享受美。荒凉之美属于勇于探索、勇于拓荒的人们。开拓美国西部荒凉的人们，第一次来到澳洲面对原始荒原的人们，新中国成立之初向着“世界屋脊”青藏高原的二郎山无畏挺进的英雄们，20 世纪 60 年代中国科技工作者和石油工人头戴铝盔面对戈壁大风沙向中国大西北荒原索取石油的担当者们，20 世纪 80 年代开始在中国深圳创造奇迹的改革者们，一切立志改变荒凉并从荒凉中走过来的人们，当初无不对荒凉寄托深情、寄托希望、寄托信心。在他们当初的心目中和特殊的视野中，荒凉一定会放射出光辉，一定会重托起明天的太阳，一定会绽放出幸福的花朵，一定会展示出人世间最新最美的画图，并一定会以此激发后来的人们发出“惊回首”的无限感慨。拓荒者用他们的特殊视觉、特殊美感，用他们非同一般的智慧，用他们奋斗不息的毅力，用他们的辛勤劳动，将蕴藏在荒凉底层千年万年的宝藏变成今天和明天的财富，将地球上一处处荒凉变成一处处生命的绿洲，变成反映时代脉搏和时代风貌的座座丰碑。新的文明出现了，人们告别了昔日的荒凉，而拓荒者却永远割不断同荒凉的昔日情缘。

人类在伴随自然演变和主动改造自然的过程中促进自己的思维不断走向丰富多彩。我们无法去考证人类原始的思维状态。但我想那一定十分简单，一定是粗线条的，姑且将其称作思维上的愚昧阶段或者荒凉阶段。人类，从荒凉阶段开始，就从未停止过对自己智力的开发，从朴素的幻想到编织追求幸福生活的童话和征服自然的神话。从产业革命到技术革命，人类又将昔日的童话和神话变成了美好的现实。20世纪末爆发的伟大的信息革命给人类的智慧注入了空前夺目的光彩。人类智慧的开发和进步，犹如人类对大自然的拓荒改造，永远没有止境。

也正是由于人类智慧的空前开发和进步，到了当今时代，人类除了发现荒凉的开拓价值以外，又发现了其保存的价值，即生态价值，发现了对荒凉的开拓和对荒凉的保护是多么的一致！原始森林不能毫无节制地砍伐，茫茫大草原不能毫无节制地牧放，辽阔的荒原不能毫无节制地开垦！人类对财富的追逐与积累不能以牺牲自己的生存环境为代价，对荒凉的开拓和对荒凉的保护同样是人类生存的需要。

我在西班牙工作时，英国《金融时报》驻马德里的一位年轻记者说她要去中国。出发之前她曾对我说，她对中国没有任何切实的感受，对真实中国的了解几乎是空白，请我给她介绍情况。我建议她先去，回来再说。从中国回来后，她一再感谢我给她制造的这个“悬念”，因为她原先对真实的中国是“一盘空白录像带”，所以进入中国后很容易地将中国今天发生的伟大的变化都准确地录进去了。我说，人的认识宁可空白，不可偏见。偏见比空白可悲，偏见是思维上的污染。这位女记者过于年轻，去中国之前，她的脑子对中国的印象还是一片空白、一片荒凉，但是是一片没有被偏见污染的荒凉，很纯，如同一张极白的白纸，所以一个很美的中国在她的脑海中很快呈现了，并且留下了。荒凉不是很值得赞美和保护吗？她赞成我的这个看法。我们拥有荒凉也是美的同一个观点。

（1999年4月写于西班牙首都马德里，2004年退休后于北京作部分修改）

走进西撒哈拉大沙漠

由几十辆军用越野吉普组成的车队在浩瀚的沙漠上迎着狂风卷起的沙浪疾驰穿行，忽起忽落，忽分忽合。似辽阔的疆场，但没有阵容。似激烈的竞技，但没有规则。没有道路，没有方向，没有走出尽头的感觉。时空茫然不可捉摸，大地混沌似在返回宇宙伊始。我们似乎沉浸在一个不可知的世界里。谁都想摆脱它，但谁都又想保存住这生命之中难得的特殊感觉。地平线在不停地向前移动，但视野之中始终没有出现变化的色彩。没有出现植物，哪怕是一点点绿意；没有出现动物，哪怕是一只小小的昆虫。大自然在这里无情地毁灭了一切生命存在的标志。这是一片生命的荒原！

然而，一个有将近 18 万成员的人类群体不得不在这块空间里谋求生存，而且长达 20 多年！

这是 20 世纪后期以来存在于西撒哈拉大沙漠里的一座难民营！

撒哈拉位于非洲西北部，西濒大西洋，北邻摩洛哥，东部和南部分别同阿尔及利亚和毛里塔尼亚接壤。早在西班牙人 19 世纪开始统治那里之前的公元 7 世纪，阿拉伯人就进入该地区。20 世纪中叶，摩洛哥和毛里塔尼亚独立后，均提出收复西撒哈拉领土的要求。1975 年 1 月 15 日，西、摩、毛三国签订了《马德里协议》，西班牙宣布于 1976 年 2 月 26 日从西撒哈拉撤离，此后摩、毛随即签订分治西撒哈拉协定。摩、毛这一分治协定遭到了早在 1973 年就成立的西撒人民解放阵线即西撒人阵的武装反对。人阵的政治纲领是要通过武装斗争来争取西撒的独立。

1976 年 2 月 27 日，即规定西班牙从西撒撤离的第二天，人阵宣布建立阿拉伯撒哈拉民主共和国，并组成政府。人阵从此要在南北两条战线上同两个国家进行战争。三年以后，毛里塔尼亚同西撒人阵签订和约，宣布放弃对西撒领土的要求并退出西撒战争。摩洛哥立即占领了毛退出的地区。至此，西撒战争简化成为人阵和摩洛哥双方的战争。

西撒战争当年爆发得非常突然，突然的战争迫使西撒人民不得不在极短的时间内仓皇地逃离自己的家园。汽车、骆驼、徒步，一切可以利用的逃跑手段都用上了，人们如潮水般不顾一切地逃离这场劫难。多少个世纪以来，西撒虽然几易其手，但从没有发生过如此巨大的迁徙。除了自己，人们将一切身外之物都扔下了。逃离途中因饥渴和劳顿倒下再也不能起来的，失去方向失去目标的，数不胜数，但绝大多数人则翻越了茫茫的西撒哈拉大沙漠并闯进了阿尔及利亚一块没有人烟的地方。这块被大自然遗弃了的依然属于西撒哈拉大沙漠的空间，自古以来就是苦难和死亡的代名词，但逃难的人们除在此栖身外再也没有别的选择。人们惊魂稍定后无奈地发现，这里与他们做伴的只能是沙、是风、是雨、是苦难的历程。一位当时还是学生后来成为难民营的负责人对来访者说："当初我们真的以为，这世界一切都完了！"

我们是 1997 年 4 月底从西班牙首都马德里乘专机途经阿尔及利亚的军事基地廷杜夫进入西撒难民营进行实地考察采访的。同行的有 100 多人，包括欧洲政治家、外交人士和世界几大通讯社驻西班牙的记者。我是作为新华社常驻西班牙记者而受到邀请一同前往的。当时适逢联合国秘书长安南特使、美国前国务卿贝克前来难民营视察之际。在联合国的历史上，这是第一次派遣秘书长特使亲自来到一处难民营中间进行考察。西撒居民多为柏柏尔人。贝克及其随行的联合国官员到达那天，人们都穿上具有浓郁特色的民族服装，或徒步跋涉，或骑着骆驼，一大早就来到指定的地方虔诚地等待。贝克比预定的时间晚了两个小时。到达时，正值烈日当空，沙浪袭人，高温难耐。数公里长的人群，突然爆发出万众同呼的口号声和惊天动地的呐喊声。苦难的人们似乎要将22年的苦难和泪水全部倾注在这历史的一刻。特使显然也为这催人泪下的沙漠悲剧打动了，他摘下了他的遮阳帽，向难民们频频挥手致意。随后，便同他的随行人员走进一所简陋的房子同人阵代表举行会谈。几个月以后，联合国宣布西撒问题的公民投票将于1998年付诸实施，而且确定了具体日期。

西撒战争从爆发到结束的过程中，联合国一直主张西撒人民拥有自决的权利，并为此通过了不知多少决议，甚至派出包括中国在内的由25个国家组成的军事监督机构。但由于西撒人阵和摩洛哥在上述问题上的分歧一直难以排除，确定了的公民投票日期一改再改，西撒难民营这块令人望而生畏的地方也就一直存在着。

水，第一道难题

夜已经很深了。我们虽然在沙漠里颠簸了很长时间，但到达目的地后却毫无睡意。住处是沙漠帐篷，贵宾级的。我们按照主人的指点，各自选择了自己的帐篷。随后，我们来到一片空旷的沙漠地，主人给我们准备了不少木桶水。水涩而难饮，但沙漠之行后渴不择饮。此时，大家似乎抛弃了人类现代文明的所有礼节，很原始地大口大口地喝了起来。水是生命存在的三大要素之一，水也是沙漠上的永恒主题。主人告诉我们，在沙漠上打井曾是汹涌而来的十几万难民们面对的第一道难题。但人世间的力量莫大于寻求生存的欲望和以此焕发出来的行动。为了生存，难民们硬是从沙漠深处甚至是地球深处将水汲取上来。非身临其境者，很难想象出人类这一杰作背后的艰难。难民们用的水一直是配给制，首先保证医院和儿童的需要，为此，我们这些来访者都很注意节约每一滴水。滴水贵如油，洗澡是绝对没有条件的。水不仅极为缺乏，更为严重的是还受到了污染。在几乎没有生命存在的条件下，还出现了危及生命的微生物，这是造物主对人类这一群体的极端不公正和极端残酷。联合国难民署为此不得不采取紧急措施，摧毁那些水源被污染了的井眼。

人阵的代表深夜走进我们的帐篷给以问候。他说，除了水源这道生活的难题外，压倒一切的是和平。因为没有和平，才有这片难民营。人阵宣布成立的西撒哈拉民主共和国在联合国有代表机构，在非洲统一组织内有席位，它得到了几十个国家的外交承认。

当我们在帐篷内交谈时，帐篷外却在播放着轻快的音乐。在难民营内出生的第二代难民，正在载歌载舞，如同和平已来临。我问陪同人员，这是否是因我们的到来而特意安排的。回答是否定的。西撒哈拉民族本来就是一个欢乐开放的民族，苦难压抑了他们的感情，但改变不了他们的民族特性，更改变不了他们对和平和美好人生的向往和追求。人类就是如此地出奇和富有韧性，他们常常以非身临其境的人们难以想象和理解的方式创造出适应自己的生存环境。

第二代难民

这里一扫途中给我们造成的沙漠上的苍凉印象，这似乎是一片充满生气的人间。

阳光照耀在宽阔的操场上，优美的乐曲在空中回荡。天真烂漫的孩子们像是在无忧无虑地从事各种体育运动，打球的、做操的、赛跑的、跳高跳远的，甚至还有练柔道的，这不像是难民营，但确实又是难民营。这是难民营中规模比较大的教育中心。

该教育中心有 2240 名儿童，设有学前教育班和一至五年级的小学课程教育班，中心配有教室、课桌、黑板和其他教育设施。孩子们的吃穿住都由这里提供，休息日也不回家。毫无疑问，孩子们家中的生活环境和这里有天壤之别，孩子们的家长一般也不愿意接孩子回家。按照规定，家长可以来教育中心看望孩子，但不得影响孩子们的正常学习和生活规律。据教育中心的教师介绍，这些孩子们学习都很勤奋，有的学得十分出色。

孩子们在这里读完小学后，一部分人去古巴，另一部分人去阿尔及利亚继续上中学。

除此以外，教育中心还开设普通教师进修班、妇幼保健培训班和残疾儿童特殊教育班。残疾儿童班里有 62 名学生。他们没有正常的体育课，但有一个专供他们锻炼的简单器械健身房和一个特殊的保健医生，器械有的是他们自己动手制作的。

教育中心的教师大多数是由古巴培训的，西班牙和其他欧洲国家的志愿人员也常常利用自己的假期前来免费执教，经费则来自联合国难民署和欧洲许多国家的非政府组织，一些国家的政府也通过非政府组织进行资助。每年夏天，欧洲还有一些国家会邀请相当一部分孩子去欧洲度假。

这些在难民营中出生和成长起来的第二代难民表面看上去已告别了父辈的苦难。但是，他们父辈的不幸身世给他们灵魂上带来的创伤是不能用外部世界的声援和同情来弥补的。在一间由孩子们自己布置的小画展室里，我们吃惊地发现，他们过早地进入了人生思考的世界。一幅幅画面，有的反映人生的辛酸，有的反映世事的艰难。面对这些画面，我们仿佛隐隐听到了他们内心深处在发出痛苦的呐喊。离开时，当一些孩子将他们自己亲手包装的来自故乡的沙土郑重地、小心翼翼地赠送给来访者时，每个人都含着苦涩的泪水，接收者面对这份礼品无不为之感到沉重。

组织起来

战争和贫困在地球上留下了一处处难民营，西撒难民营的顽强生存及其内部的严密组织则尤为罕见。外部援助是显而易见的。运载国际社会物质援助的集装箱在沙漠上绵延数公里，气势蔚为壮观。由各国政府和国际机构援助建立的学校、医院和各种生活基本设施如同沙漠上破天荒地开放出的生命之花，给正在经历苦难的人们以生存的希望。和我们同行的一位欧洲国家的议员对我说，他每年来这里不下十次，唯一的使命是调查难民状况和协调援助物资。西班牙大多数自治区的议会每年都拨出专门用来援助西撒难民的预算项目，包括建立各种工程项目。除了执教以外，一些国家的志愿人员还纷纷前来为难民作其他方面的服务。人阵的一位负责人说，没有国际社会强有力的声援和物质援助，西撒难民营的生存是不可想象的。

但是，一个人数如此众多的人类群体单靠外部援助是不能持久生存的。难民们需要被组织起来。西撒人阵将难民分成四个营地，每个营地即为一个省，省下面设六个市，每个市再设区。每个区都设有手工业、农业生产、儿童和医疗服务四个委员会。

手工业是难民营中主要的生产活动。基层组织的活动空间是难民建立的简陋的车间，有车间主任和管理人员。工人们手织一些地毯和挂毯，在我们走访的一些难民家中很容易看到这些称得上相当精致的制作品，普通难民身穿的衣服多半也是这类车间制作的。农业有名无实。22 年中，难民们曾不止一次尝试给他们生存的地盘上增加一点生命的色彩，但得到的回报是连老弱病残者所需要的几棵蔬菜都无法保证。

各级组织通过民主选举产生，任期为四年，其首要任务是合理分配外援物资和组织自救，以及诸如上述的简单生产活动。日常外援物资的分配包括食品和简单用品，如粮食、食糖、用水、煤气等。有限的电源是由阿尔及利亚提供的，首先保证医院和学校。使我感到意外的是，从我们的驻地到普通的难民营，没有人不知道中国绿茶，也没有人不饮中国绿茶的。难民营中的主要饮料，中国绿茶，也是靠配给。接待人员说，等他们重返家园后，将同中国做大笔绿茶买卖。

16 年的战争夺走了许多男子的生命。我们看到，无论是各级组织机构的负责人还是手工业车间的工人，多以女性为主。由于交战双方仍在保持军事对峙状态，前方的军人也只能轮流回难民营探亲。一位陪同人员告诉我，由于她丈夫常年在前线，她的对外接待任务又很重，她的四个孩子只能寄托在难民营幼儿园。她告诉我说，为了难民营的同胞，她宁愿这样做。

中国，对于这里的人们并不陌生。接待人员赞扬中国发生的巨大变化，人阵电台每天收听中国国际台的西语节目。难民中的妇女代表出席过 1995 年在北京举行的世界妇女大会。她们对中国赞不绝口。

一名战俘说："我在这里待了 22 年"

说这句话的摩洛哥战俘 S 显然从战争的一开始就被俘了。他告诉记者，他家中的妻子现在"至少 67 岁了"。他的 5 个孩子也都超过 30 岁了。但确切年龄他已不能肯定。沙漠岁月消耗了他不应该被消耗的记忆。

战俘营犹如一只只倒扣着的大碗，整齐地组合成椭圆形，中间是块可供活动的场地。也许因为我们早已不是第一批来访者，生活在这里的人们已习以为常。见我们到来，他们都从容地走出自己的住处。他们几乎都愿意回答记者提出的各种问题，甚至愿意和来访者一起照相。有的战俘还请我们到他们住的小房间参观。也有的对政治发表议论。战俘 T 说，他是 1978 年 1 月 16 日被俘的，入伍前曾是桥梁工人。他对这场战争颇为反感，他甚至反问在场记者：“摩洛哥和西撒哈拉本来同是兄弟，我们之间为什么要打仗？”

战俘营虽然周围建有象征性的高墙，但看守者均不带枪。战俘们上午 7 时起床。早饭后工作 3 个小时，主要是搞一些手工制作，产品交给人阵统一分配。下午完全自由，可以在俘虏营内，也可以出去随意走动，看守也不跟随。他们大概认为，凭他们的两条腿是走不出这片茫茫沙漠的。据人阵提供的数字，在西撒难民营占据的范围内，共有 2000 名摩洛哥战俘。这些人被分布在四个战俘营内关押着，我们参观的这一营地共有 500 人。

除了战俘显示出战争的气息外，还有一个武器“博物馆”，从对方缴获过来的各类武器都被拉到这里展示，我们还应邀观看了人阵的一个后勤军事营地。战士着装整齐规范，显得训练有素。来自德国、美国和法国等国家的坦克、装甲车、流弹炮等各类新式武器排成了约两公里长的军事阵容。此情此景给人留下了战争硝烟尚未走远的感觉。人阵代表对我们解释说，这是在争取和平的过程中不得不做出的军事戒备。

战争给西撒人民造成的苦难犹如一条漫长的隧道，黑暗而窒息。但隧道的尽头在哪里，人们似乎仍在苦苦摸索。

我曾经在地球上不同的地方，北半球和南半球、寒带和温带，感悟万物复苏、鲜花盛开的一个个春天的来临。每当我沉浸在那春意盎然的大自然怀抱中，我就又想起那片处在接近北回归线上的西撒难民营和难民营里正在遭受苦难的人们。大自然永远不会把春天的气息送给那块空间，那里依然不会有象征生命的绿色。但那被苦难岁月耗尽血色的第一代难民们的一张张镌刻着历史的面孔，那表面上看不出痛苦但其心灵怀着极度创伤的孩子们所展示出的一副副难以言状的神情，仍在盼望着人世间的春天早日到来。风雨沙漠总无情。大自然无情人类有情，国际社会不会忘记他们。当我们告别那些苦难的人们时，我们都曾深情地说过，我们将再次相逢。因为我们相信，今天我们依然相信，苦难终究会有尽头。但愿我们重逢时，会在西撒难民们固有的美丽的家园，辽阔的大西洋海岸。那里也有春天，也一定会有鲜花，自然界的，人世间的。

涛声为谁而鸣

我脚下是欧洲大陆的最南端，左前方是辽阔的地中海，右前方是咆哮的大西洋。眼前是将非洲和欧洲断然隔开的直布罗陀海峡。当我伫立在这海峡北岸凝视其浩瀚的水面时，心中不是摇曳着这大气磅礴的天然风光，而是翻腾着一幕幕撞击灵魂的人间惨剧。

海峡两岸的两个世界截然不同。20世纪90年代，欧洲联盟的建立使得这两个世界的差距进一步拉开。几乎在同一时期签订的欧洲多国互免签证的申根协定又疑似为海峡对岸的非洲移民提供了到欧洲来实现黄金梦想的思维空间。但实际上，自那以后，每年都有数千名从海峡南岸企图偷渡过来的非法移民在这片水域中永远地离开了这个世界。

离去的人们没有留下姓名，没有留下国籍，更不可能留下他们在这个世界上最后的语言。他们只是将他们的泪水，他们的悲剧，连同他们金色的梦想，一起留在这海峡不尽的涛声之中。

涛声像是在悲鸣，更像是在呐喊。在阵阵悲鸣和呐喊声中，我想起了美国作家海明威为西班牙20世纪30年代的内战写的一本书的书名——《丧钟为谁而鸣》。本文的题目由此而来，从淹没那些不幸的非法移民的涛声中分解出人世间的反差和苍凉。

铤而走险

乘小船是非法移民偷渡的主要途径。多年前西班牙一家杂志曾生动地记录下海峡上一个普通的夜晚所发生的场景。

夜，深沉而朦胧。涛声，恐怖而不可捉摸，而且似乎征服了整个时空，如同噩梦，如同不可知的世界。渐渐地，数个黑影在风口浪尖上隐现。海水在不停地拍打着岸边的巨石，并形成一团团浪花。透过浪花的黑影越来越近，越来越大，原来这是一只只在风浪中颠簸的小木船。依稀可以看出船上装载着同风浪搏斗的人们。不一会儿，两只小船靠岸。30 多个人从本来只可以承载几个人的小船上下来。再一看，他们几乎都是赤着脚，光着身，一包用塑料袋裹着的东西便是他们的全部财产。这些登陆者们向岸边一块无人居住的地方快跑。而同时，他们的耳边不停地响着从海峡风浪中发出的呼喊声。声音开始时强烈并恐怖，渐渐地减弱，直至最后消失，连同呼喊者的身影。登陆者们回头望着茫然而苍凉的海峡，无奈地告别被涛声吞噬的人们，意识到他们自己是幸存者。惊魂稍定，他们又在企盼着大自然曙光的迅速到来。

然而，到来的曙光并不属于他们。他们的一切活动已完全在西班牙民防军的超红外线织成的监视网之中。民防军借着晨曦，开始全面出动。直升机在空中盘旋，快艇在海上疾驰，地面人员在收缩目标。这些刚刚闯过了生死关口的人们又在向第二道阻挡他们的关口冲刺，但除少数人以外，大部分人最终没有冲破这层罗网。

那些再度走运而冲出收缩圈的人们，谁也不能断定，这是命运之神为他们做出的安排，还是西班牙民防军的怜悯之心所致。一位参加当晚行动的民防军成员事后这样说："谁也不愿意这样干。那些人并不是罪犯，而是普通的人。捕获这些人是干我们这项工作中最糟糕的事。"

这是一个有文字记载的夜晚。人们用悲剧的字眼形容它，而直布罗陀海峡夏天的夜晚，没有用文字记录下来的如此悲剧又何止这一幕。

除了借用小木船外，还有的人只身泅水横渡，有的躲挂在通过轮渡的卡车底盘上，有的秘密钻入商品集装箱，有的偷偷地依附在大商船的一侧等等。

西班牙媒体多年前的一则关于这类偷渡者的报道说，那次偷渡可能有成百人，也有的说有上千人。但在涛声中沉没消失后再也不会出现的人们却是未知数，无人能够解密。

西班牙民防军有着阻止这些非法移民偷渡海峡同时又肩负着拯救他们生命的双重使命。法国移民局多年前的一份报告说，直布罗陀海峡每年有2万非法移民进行偷渡，其中被抓获的约1万名，而在这1万名被抓获的人当中，相当一部分人就是在海峡水面上遇到险情时被抓的。但这有时涉及国际法问题。有一次，39名非法偷渡者在摩洛哥的领海水域内遇险。西班牙警方无法救助，宣称这关系到摩的主权。结果，遇险者无一生还。此事在西班牙国内政坛上掀起轩然大波。

“除此，我们没有别的出路”

直布罗陀海峡长57公里，最宽处为43公里，最窄处也有13公里，是世界上最繁忙的黄金水道。然而，由于南北经济发展越来越不平衡，这条黄金水道进入20世纪90年代以后也就越来越成为贫困和富有的分界线。在欲从海峡南岸偷渡过来的人们的心目中，海峡则是地狱和天堂的分界线。

偷渡者多数来自非洲马格里布地区，也有的来自非洲大陆腹地和几内亚湾国家。他们首先拥集在西班牙在摩洛哥的飞地休达和梅利利亚寻找偷渡的机会。一般都要等上几个月，有的甚至要等上一年。陌生者杂居一起，环境恶劣，秩序混乱，物质匮乏，使得本来就已贫困的人们在偷渡前常常因此沦为一无所有者。

这些寻觅天堂的人们勇敢地、不顾一切地在海峡水面上铤而走险。当他们搭上一条条只能载几个人却超载到几十个人的小船时，当他们已没有能力给小船的雇主付费而不得不采取令人难以置信的其他方式偷越海峡时，他们无不意识到自己面临着九死一生的险境。但是，“除此，我们没有别的出路”，一名偷渡成功的名叫穆罕默德的北非人说。他从故土出发前，家中度日如年。他没有工作，没有依靠。他的家人只好倾其所有，好让他踏上告别世代贫苦的道路。他说，当你决定横渡海峡“去欧洲寻找天堂时，你必须同家里人道别，因为很可能就再也不会见到他们了”。与他一起出来的人不少在途中贫病交加，一些人倒下后再也没有起来。他说，能够到达直布罗陀海峡等待冒险的机会，已经是一种幸运，也是他们每一个人的最后希望。“我们宁愿冒险。如果真的在海峡中被水淹死，那一定是真主的安排！”他虔诚地说。

西班牙是这股非法移民潮流冲击的先头，同时又是偷渡成功的非法移民在欧洲活动的中转国。欧盟为此要求西班牙在它的南大门采取有效措施。欧洲国家对这股潮流的全面阻挡，对那些“没有别的出路”而梦想到这里来寻找天堂的非法移民来说，其后果可想而知。

黑手党及其帮伙

黑手党源于意大利，欧洲人现在常常用来泛指有影响力的犯罪势力及其帮伙。直布罗陀海峡上的非法移民潮流与黑手党及其帮伙有直接关系。他们中有职业犯罪团伙，有靠榨取非法移民血汗而生存的单帮，有毒品走私者，还有和上述几类人相勾结的腐败警察。这些人在诱惑、组织和操纵非法移民偷渡时，不惜将几个世纪前贩卖非洲黑奴的方式用到今天，欧洲的有些媒体将这类人称为“20 世纪的黑奴贩子”。一些人用将稻草说成金条的嘴巴在马格里布地区最贫困的国度里“招募移民”，给他们以欧洲黄金美梦的幻想。这些人甚至公开将被他们“招募”来的人称为“我的财产”，而一旦他们这些所谓的“私人财产”在海峡上被吞噬时，他们却又漠然处之。

一名叫 M 的艄公，自称是海峡上“职业水手”。他受雇于船主，但他每次掌舵载运非法移民的小船偷渡海峡时都会从船主那里领取相当可观的收入。他说，他的船主拥有好几条船，同时又是收纳非法移民的房东。船主还有一帮专门到马格里布地区“招募移民”的队伍。船主的一切活动都受他人安排，包括非法移民的“采集地”、偷渡线路、偷渡方式、最终目的地以及伪造有关证件等。他说，这几年在海峡南岸参与这种非法移民交易的人越来越多，其交易方式和内部关系可谓盘根错节，但参与者一般不能自行其是，否则将有可能“受到报复”。“不要忘记，在他们的后面还有一个看不见的组织网”，M 说。

黑手党对非法移民的榨取十分惊人。据西班牙民防军公布的材料，从海峡南岸到达意大利每人需要付出3000多美元。仅仅偷渡一次海峡，也要花上几百美元。黑手党将那些偷渡成功的非法移民秘密塞入各种货车的货物之中，并加以精心的伪装。这些货车从紧贴直布罗陀海峡的西班牙南部的太阳海岸开始，沿着被称为“地中海走廊”的西班牙东海岸北上。这些人贩子在这条路线上安排了两个重要据点。一个在西班牙东部的加泰罗尼亚地区，另一个在法国的南部，最后将他们的这批“财产”转交给在意大利的文蒂米利亚地区的同伙。另一条线路则是通过法国进入德国和比利时等国。西班牙警方对这些过道的非法移民一般比较宽容，“我们在这一走廊上的主要目标是破获黑手党分子，摧毁他们的接应点。对于已深入境内的非法移民我们不予逮捕，因为他们已受尽了世界上最难堪的折磨。”一名西班牙警察不无同情地说。

为了生存，被搜刮殆尽的非法移民有时也不得不跟着贩毒集团参与少量的毒品走私，随身携带大麻和海洛因之类。如此，直布罗陀海峡上的非法移民潮就形成了一股泥沙俱下的状况。

我不想让我的思路沿着这股不堪回首的非法移民潮流继续下去了。当我从这沉重的思路中挣脱出来以后，我看见了一排排极为凄凉的无名壁龛。它位于海峡北岸西班牙塔里法角附近，长两公里。壁龛里面安放的是在海峡上发现的被打捞上来的遇难者残骸。我找遍这些壁龛的正面，未发现任何可以证明他们身份的文字。没有任何人为他们考证，没有任何人为他们的亡灵作祈祷，更没有任何人为他们献上哪怕是一朵小小的鲜花。欧洲一家有影响的大报尖锐地指出，这些来自贫困非洲的人们“倒在了欧洲天堂的大门口，这不能不说是一种带有几分苦涩的对时代的嘲讽”，但更为可悲的是，他们“不可能是最后一批”。

菲德尔·卡斯特罗祖籍地行

（2000年以后）

古巴革命领袖菲德尔·卡斯特罗的祖籍是西班牙西北部的加利西亚的朗卡尔小山村。2001年，在结束西班牙多年的工作前夕，我有幸踏上这块美丽的土地。

加利西亚位于西班牙大西北，其田园风光令人流连忘返。白云悠悠，芳草萋萋。弯弯的小河、弯弯的峡谷、弯弯的山道、原始的、自然的、流畅的，没有人工的刻意雕琢，没有大都市的热闹喧哗。我换乘当地镇长驾驶的汽车，目赏点点村舍，耳闻淙淙泉水。镇长不停地向我介绍这里的历史、这里的人文、这里的时代变迁：凯尔特人的原始遗迹，罗马当初建造的拱桥，当地人大概从久远的时代就开始进行的牛、马、羊等牲畜集市交易，以及如今已经有少数人在开始使用小型机器的现代耕作方式等。镇长说，他刚刚率领一个当地代表团从古巴归来。卡斯特罗同他们进行了连续7个小时的谈话，从深夜到黎明，从父辈到他自己。卡斯特罗的健谈举世闻名。由此我可以想象，这位世界级政治人物的演说才能、他同别人谈话所表现出来的逻辑力量和魅力至今不衰。这块地方也正是因为出了卡斯特罗这样一位拥护他的人和反对他的人都不能忽视的存在而出了名。我这次探访这块土地，一是慕名而来，二是源于20世纪80年代中期在哈瓦那工作时同卡斯特罗的一次意外的交谈，以及交谈后古巴外交部官员给我的建议。

那是在一次有1000多人参加的国际会议闭幕式以后，卡斯特罗从主席台上下来直接走到我的跟前，主动就古中两国关系的改善透露了自己的想法。我用适合于我自己职业的话回答说，作为新华社记者，多年来，我们对古巴所取得的成就一直进行有利于促进两国关系发展的正面报道。卡斯特罗热情地拍着我的肩膀说："那非常好。古中关系要发展！我们最近就没有批评中国。"在场的一名政治敏感性很强的意大利记者对卡斯特罗同我的这一出乎意料的交谈似乎悟到了什么，立即抢拍下了这一快速镜头。这一镜头也引起了周围人的普遍注意，包括古巴外交部新闻官员。这是因为20世纪70年代初中美关系有了突破后，古巴方面很不理解，中古两国关系因此经历过一段相当困难的时期。卡斯特罗所说的"批评中国"指的正是那一段时间。他本人当时曾多次将古中两国的实情公开化，并严厉指责中国。中国记者在那里所受到的冷遇是可以想象的。1983年以后，两国开始摸索改善关系的途径，但对外尚未明朗化。卡斯特罗那张拍着中国记者肩膀并进行交谈的镜头是古中关系走向改善的公开信息。古巴外交部新闻司的官员当时对卡斯特罗的这一姿态似乎也十分感兴趣，但更多的则是兴奋。平时严格按官方原则和我相处的官员随即问我："总司令（古巴人对卡斯特罗总是这么称呼）对你说了些什么？"我如实相告。自那以后，外交部官员同我的关系就近了一层，交谈不但轻松，有时还很投机。不但谈到了两国关系，还谈到了卡斯特罗的身世。他们不止一次告诉我，卡斯特罗的祖籍在西班牙的加利西亚，那里还有他的亲戚，劝我将来有机会去看看。我记住了他们的话。

1996年，我出任新华社马德里分社首席记者。一年以后，加利西亚地区电视台邀请我去就香港回归中国做节目。那是我第一次踏上卡斯特罗祖籍的土地，但由于日程由邀请方安排，我只是来去匆匆，并未如愿。

镇长将汽车缓缓停下，我的思绪也随之中断。我们已进入一个小小的山村，只有几十户人家。同外部世界相比，这里一看就别具特色。白色的砖墙，黑色的房顶。黑色的房顶取材于加利西亚地区特有的黑板岩，颜色纯属自然。这种岩石比较稀有，在太阳照耀下会折射出微微的光泽。在首都马德里和西班牙其他大城市，这种房顶和楼顶多为富人区和豪华的别墅区拥有，不料这里却处处可见，可谓靠山吃山。镇长说，这种黑板岩出口法国，多数也是用于富人区的住宅建造。我听后，立即产生一种人杰地灵的感觉。此时，镇长给我制造了一个短暂的悬念。他让我在一所并不太起眼的房子面前先照相，然后才告诉我，这就是卡斯特罗父亲出生的地方。一个多世纪过去了，现在早已是人去房空，但房子保存完好，而且被视为当地重要文物。房前留下了来自世界各国新闻记者和旅游者们的足迹，房子前墙的外壁上这样写着：

1875 年，在这所房子里诞生了安赫尔·卡斯特罗·阿尔希斯。这位加利西亚人后来移居古巴，在那里他栽种了至今仍然茂盛的树木。

文字非常简单，但却很富有形象思维，表达方式也颇有诗意。镇长怕我没有明白其意，便对我解释说，“树木”是指安赫尔的后代、现在的古巴领导人卡斯特罗和他仍在进行的事业。我没有问这行字是什么时候写上去的，但我可以从中悟出，这里的人们一定会为他们这个小村子出了一位扬名世界的后人而骄傲。

我的判断很快被村头一家咖啡馆的摆设和气氛所证实。走进咖啡馆，首先映入眼帘的便是卡斯特罗同当地官员们和民众在一起的大幅照片。使我印象更为深刻的是，这也是唯一的一张政治领袖人物的照片。照片是 1992 年卡斯特罗来加利西亚探访祖籍时拍摄的。镇长告诉我，当时，整个山村都轰动了。当地政府精心组织，在山里搭起了一排排大帐篷，并准备了 1400 人的餐饮。结果邻近山村的居民也闻讯赶来，最后来的人竟然达到 3000 人。卡斯特罗第一次踏上他祖籍的热土，表现出异常的激动。他在这里共待了七个小时，但却给这里的村民们留下了永恒的话题。

正说着，咖啡店老板娘的父亲走进来。这位自报已经 76 岁的老人看上去比他的实际年龄要小得多，而且谈锋甚健。他说，他和卡斯特罗以及卡斯特罗的早期战友格瓦拉等人非常熟悉，因为古巴发生革命时，他正在那里。他还说，当初有人曾预言，古巴革命不出三年就会失败。他认为，绝无可能。结果不到两年，古巴人民在著名的吉隆滩战役中获得了震惊世界的胜利，捍卫了古巴革命的成果，他的判断得到了验证。这位老人富有革命激情的回忆让咖啡馆许多顾客报以掌声，就像卡斯特罗和他的战友就在他们中间一样。

留在这片土地上的有卡斯特罗的两个血缘最近的表妹，她们都是卡斯特罗姑姑的女儿。但她们现在都不在卡斯特罗父亲出生的这个山村，而是分别生活在附近的另外两个地方。于是我重新坐上镇长的汽车，去拜访其中的一位。镇长在途中给我解释说，山里同城里不一样，拜访某人家事先无法用电话约定，直接去找人就是了。能否碰到被拜访的人，取决于拜访者的运气。不料幸运当即为我们降临，20分钟以后，我们如愿以偿。镇长的汽车刚刚停下，一位步履矫健的妇女便从几米以外的花园里走过来向他打招呼。这位妇女穿着粉红色的工作服，当时正在花圃里摆弄花草。镇长告诉我，这就是卡斯特罗的表妹维多利亚·洛佩斯·卡斯特罗。镇长随后也把我向她作了介绍。维多利亚听后立即表现出巨大的热情，一再说对能在她的家门口迎接远道而来的中国记者“感到非常荣幸！”，并用西方人的接待方式同我紧紧拥抱。紧接着，她又十分幽默地说：“今天我没有化妆，非常丑，像丑小鸭！”逗得我和镇长大笑不已。她还以伊比利亚人通用的接待朋友的表达方式对我说：“这里就是你的家。”几分钟内，维多利亚所表现出来的娴熟的举止、大方的谈吐和待人的热情开朗给我的第一印象是她绝对不是久住这里的山里人。从外表看，她60岁上下，但仍风姿绰约。后来她坦率地告诉我，她出生于1929年，今年应为72岁。在西方，女士的年龄是对外保密的。我一再感谢她打破常规向我透露这一秘密。她说她对中国记者不保密。交谈气氛非常融洽。

维多利亚的确涉足外部世界多年。1963—1982年她曾分别在瑞士的医院、航空公司和兵工厂先后工作20年，曾是一个标准的白领阶层。她给我讲了许多在瑞士工作期间令她“十分快乐”的故事。她说她无论在哪里都有很多朋友，是一个十分乐观的人。她一辈子没有结婚，在这件事情上她说她“很愚蠢”，说完便哈哈大笑。退休后，瑞士政府按规定每年都为她发放养老金。她还有一份土地遗产。她说，她非常勤劳，身体也很好。她家里没有保姆，但收拾得非常整洁。住房外面还有一个烤房，自己烤面包。她还说她不明白为什么许多外国人对她的烤房有着浓厚的兴趣，摄像机常常拍个没完。她的家前屋后栽种许多花草树木，也全由她自己护理。

谈到她的表兄卡斯特罗时，维多利亚侃侃而谈。1984 年，她应她表兄的邀请，表兄妹在哈瓦那第一次见面。她形容那是她一生中“极为激动的时刻”。她没有想到表兄“那么高大，那么有人情味”，性格“那么坚毅”。她在哈瓦那住了整整一年，受到卡斯特罗无微不至的关怀。她在那里还曾摔过一跤，造成骨折。在表兄的关怀下，很快痊愈。回到加利西亚以后，她同表兄一直保持联系。但由于表兄国事繁忙，他们从不通信，他们的联系都是通过古巴驻加利西亚总领馆进行，总领馆的人是她家的常客。他们表兄妹之间也互不带礼物。她说，亲情比礼物更为重要。维多利亚还说，她的远近邻居都喜欢听她讲述她与表兄交往的事情。她对她表兄非常崇敬。最后她还告诉我，她还有两个同胞姐妹。一个在附近的山村，另一个在南美的委内瑞拉。她们姐仨每两三年都要有一次会面。

临别时镇长告诉我，在过去的 500 年中，每三个加利西亚人中就有一个人到国外主要是拉美国家谋生，其中多数人去古巴、阿根廷和乌拉圭。我曾在古巴和乌拉圭工作多年，也因公出差去过阿根廷，了解阿根廷和乌拉圭大约有一半居民是西班牙人即加利西亚人的后裔。镇长还告诉我，在这些外出到古巴的移民中，有一部分人是作为西班牙军队中服役的军人被派往当时还是西班牙殖民地的古巴的。卡斯特罗父亲就属于这一批人。由于这一血缘的原因，西班牙的这一地区同古巴一直保持着特殊的关系。美国几十年一直在封锁古巴，给古巴造成长期的经济困难，加利西亚地区则顶住压力，给古巴不断送去食品、医药和其他生活必需品。卡斯特罗在这块土地上也一直受到人们的尊重。

西班牙最后一块贵族领地

西班牙加的斯省是从陆地上连接地中海和大西洋的唯一省份。1812 年西班牙第一共和国存在的短暂期间，这里诞生了西班牙历史上第一部宪法。但直到现在，这里的一些地方还残存着某些准封建式的生活方式，尽管商品经济已经日渐深入并正在改变着这种生活方式。

保存这种生活方式的主要社会阶层是以多梅克为代表的 15 个贵族家庭，包括冈萨雷斯、奥斯博尔内、特里等。这些家族都是安达卢西亚地区的大土地所有者，他们的历史可以追溯到大约 250 年前。当时，来自苏格兰的天主教家族戈登到达加的斯开展酒类贸易。不久以后，来自法国南部的多梅克等法国人也先后来到这里。后者的目标不是做现货贸易，而是看中了这里葡萄的特殊质地，特别是赫雷斯附近出产的葡萄。于是，他们在那里建立起酿酒业。赫雷斯酿酒厂将这里的葡萄酿成绝佳的雪利酒和白兰地。外来人来到这里，喝上这种葡萄酒总是赞不绝口，赫雷斯葡萄酒的声名因此大震，至今仍是某些贵族成员专门享用并用来炫耀自己那种和时代不合拍的地位的驰名葡萄酒。雪利酒这个名字也颇有历史典故。据后来人解释，雪利酒备受英国人的青睐，现在的出口也多半是运往英国。它的得名是因为英国人不会发西班语 JEREZ（赫雷斯）一词中的颤音字母 R，于是就给它取了个适合英国人发音的国际名称：雪利。1765 年，父母分别为巴斯克人和英国人的胡安・维森特迪金森开始从事并垄断雪利酒贸易，从此雪利酒便开始进入欧洲市场，特别是上流社会。胡安的玄孙至今仍在从事这一项贸易。

尽管许多雪利酒家族都有外国血缘，但经过历史的演变，这些家族中的传人已经发展成为西班牙贵族。普通的西班牙人也很少去对他们追根求源。人们习惯称他们为雪利男爵、侯爵或伯爵。他们也喜欢人们对他们这样称呼。

对于这15个家族来说，最能显示他们的生活方式的除了雪利酒以外，就是马。二者缺一不可。在他们的领地里，或者附近的小镇上，每年都有两个节日周，春天的赛马节和秋天的雪利酒节。这两大节日周是奉献马匹和雪利美酒的盛大节日。如果说雪利酒与英伦三岛有关的话，马匹则与阿拉伯有直接的关系。这里有世界上最负盛名的良种马安达卢西亚马。“龙种马出西海中，有鳞角，牝马有驹不敢同牧，被引入海，不复出。”这是我国元人常德对阿拉伯马的评价。这种马大约在10世纪就出现在当时处在阿拉伯人统治下的西班牙的安达卢西亚地区，被称为安达卢西亚轻骑兵。

全世界的马类可以分为许多种，但最有影响的则是阿拉伯马、柏布马和西班牙马。阿拉伯马至今仍然被认为是全世界最优秀的马品种，尽管在阿拉伯的典籍中直到公元622年才有关于马匹的记载。柏布马是北非柏柏尔骑士的专利马，遗传基因极强。西班牙马即安达卢西亚马，这种马在16世纪和18世纪之间曾是欧洲最主要的马品种，不但为欧洲君主和领袖所喜爱，还是文艺复兴学院古典马术规定必须使用的马。在西班牙征服美洲以后，这种马还被带到了美洲各国，一直繁衍到现在，以至于美洲的马种至今仍有非常明显的西班牙马血统的印记。

安达卢西亚马具有独特的迷人风采。它的头部显得尤为高雅、凸起，轮廓如同雄鹰一般出众。它的颈部短，但其弧度显得非常自然优雅。它的肩部宽而健壮，鬃毛长而浓密，而且经常是卷曲的，有时还呈波浪状。它四肢的关节和骨骼都非常优秀。它的腿不但坚硬，而且很漂亮。安达卢西亚马的培育中心在赫雷斯、科尔多瓦和塞维利亚。这种马是由土生土长的带有欧洲野马影响力的索雷亚血统和柏布马杂交而成的。

安达卢西亚的马术也是欧洲最有名的，并有专门的培训学校，这些学校毕业的学生在欧洲可以很容易地找到工作。我有一次途经维也纳时，朋友们就告诉我，他们那里马术学校的教练基本上都来自西班牙的安达卢西亚地区。维也纳的马术学校也是以安达卢西亚的马命名的。在安达卢西亚春天的赛马节上，最漂亮的马匹肯定属于上述15个家族的雪利男爵们。其中以多梅克家族的最为漂亮和众多。每逢这样的节日，多梅克的雪利男爵们都要邀请客人到他们家族的“弗里亚斯王国”田庄上观看他们的马术表演。应邀的客人还可以整天骑着他们的烈性马，驰骋在广阔的牧场上。如果赶不上这种机会，可以到特定的表演场地观看“安达卢西亚的马会跳舞”的特别节目。应朋友的邀请，我和我的妻子曾经在赫雷斯的马俱乐部里观看过一场精彩的表演。只见一匹匹高大漂亮的马在驭手们的控制下，踩着优美的乐点，跳着欢快的舞蹈。这些马匹有白色的、棕色的、黑色的，毛色油亮，全是非同一般的优秀马种。它们组成一行行、一队队整齐的阵容，其队形变化不断，相互穿插，其舞步清楚利落，妙趣横生，所有的肢体语言表现得规范之极。华尔兹舞的表演更是惟妙惟肖，简直像是创造出一种人马互为知音的奇迹。乐点强、弱、再弱，马的舞步也随强、弱、再弱的节奏舞动。每匹马和整个马队似心有灵犀，投入之深刻，配合之默契，全场观众无不拍案叫绝。这种绝妙的表演，非亲临其境实在难以想象。历史学家们说，这15个家族的成员们和艺术文学历来是无缘的，但当你观看过这场艺术感染力极强的舞马表演以后，对上述的说法就很难苟同了。

在这15个贵族家族的领域内，主人仆人关系的界线以前比西班牙任何地方或者比欧洲任何其他国家都要清楚，现在则既清楚又模糊。雪利男爵们没有仆役就无法过传统的地主生活。没有仆役，欧洲这种残余的半封建式的生活方式就不会维持。但是，这种主仆的关系据说现在比较融洽，比较友好。仆役早已不是奴隶，他们的举止没有任何地位上的自卑。在外来人的眼里，有时甚至显得很权威。雪利男爵们在他们的巨大庄园上有英国贵族式的住宅，还有一座座豪华的白色别墅。他们并不劳动，完全可以称得上是养尊处优。为他们当长工和打短工的农业工人则住在自己的地方，其条件当然无法同雪利男爵们相比。长工们许多人是文盲或半文盲。当他们顶着夏天的烈日在地里干活时，庄园主会给他们送去安达卢西亚特有的“凉汤”。这种汤的西班牙语叫 gazpacho，主要成分是醋、西红柿、蒜、柠檬汁等，新鲜解渴。我到西班牙工作的第一个月，正是盛夏季节，来自那里的朋友当时就给我介绍这种凉汤。一开始我并不习惯，后来再次尝试时，慢慢品出这种凉汤确有当地人所说的功能。在安达卢西亚地区采访时，我常常主动索要这种凉汤，朋友称我开始懂得安达卢西亚了。可见，在安达卢西亚地区，甚至在西班牙，这种凉汤已经被认为是一种品牌，甚至是社会风情的体现，以至于当地有一本杂志就以 gazpacho 命名。

但无论如何，随着时代的演变，特别是国际化大潮的冲击，这块贵族领地也在发生变化。这些家族的后人正在走出世袭的领地，进入外部世界，新的一代多数人已经从事着与他们的先人不同的职业。事实上，一些大家族如多梅克家族的酒窖早在 20 世纪 80 年代就已经出售给跨国公司或同其联手经营，但庄园和马匹则依然保存。整个家族的将近 200 名成员中，有的如今是艺术家，有的是钟表商，有的是著名的厨师。18 世纪来自英格兰的奥斯博尔内家族则与其他家族不同，不愿将其酒窖出售给跨国公司，仍然由他的家族经营，这个家族的成员们总是为他们的事业亲自来往于英国和欧洲其他国家。

阿尔塔米拉洞窟今昔

阿尔塔米拉洞窟艺术是世界上最著名的三大彩色洞窟壁画之一，其他两处分别是澳大利亚的狄托布斯帝尤和法国的拉斯科洞窟，但法国的那一处已经封闭，澳大利亚那一处的名气则远不如阿尔塔米拉。因此，到西班牙工作以后，我也就一直想去阿尔塔米拉亲眼看看。不料后来有人告诉我说，这绝非易事。要去，最起码得等上两年。等上两年参观一个洞窟，这比参观洞窟本身还有新闻性，简直是一个奇妙的悬念。我想，也许这正说明阿尔塔米拉史前艺术的魅力和价值，更值得去看看。

参观要等待两年

一个天气极好的周末，我和我的妻子开车从马德里出发，准备去碰碰运气。当天下午，我们在距离阿尔塔米拉洞窟不远的桑坦德市附近的一个小山村的私人小客栈住下，仔细打听去阿尔塔米拉的可能性。得到的回答令人十分扫兴。周围的人告诉我们，我们的愿望几乎是不可能实现的。他们还告诉我们一个令人更为沮丧的事情。一个日本青年，由于事先没有办理申请等候的手续，就骑着自行车贸然地从日本赶到这里来。且不说途中经过了多长时间，到了这里以后就等了20多天，急得他哭了一场，但最后还是没有进得去，无奈只好怏怏回国。

洞窟位于西班牙北部城市桑坦德以南35公里处，其神奇和魅力一个多世纪以来一直是全世界学者研究的对象。西班牙内战期间，德国法西斯空军对西班牙北部进行狂轰滥炸时，西班牙共和国军士兵为了保护洞窟，宁肯在洞窟外面遭受敌机袭击，也不进入洞窟，最终使得洞窟免遭浩劫。洞窟在20世纪70年代末之前一直对外开放，每天接待参观者1200人之多。此后西班牙为了保护这一文化遗址，曾将其关闭数年。20世纪80年代中期又开始实行有控制的对外开放，根据季节变化每天接待20—40名参观者不等。可想而知，如此安排，参观者要事前申请并需要等待两年就是很正常的了。

世界上任何事情有常规的，也有超常规的。我们到达洞窟参观区时，当然想争取超常规的办法，以求当日可以参观。我对负责收门票的人员说，我们是中国常驻西班牙记者，久仰你们这座举世闻名的人类历史遗产。我们知道你们每天只能接待很少一部分人，但我们在西班牙的时间很有限，是否能通融一下。说白了，就是想走个洋后门。其实，我们也就想试探下可能性。对这种要求，人家是否会考虑，我们自己心中并没有多少把握。出乎所料的是，接待人员还真的没有回绝我们，而是让我们在一旁等一会儿。时间不长，看上去是一位负责人的女士走出来和我们打招呼。她说，她非常理解我们的要求，但当天就进去参观的可能性不大。她进一步解释说，要求参观的人多数是慕名而来的外国人，他们大多数是至少一年以前就通过各种通信手段同洞窟艺术管理机构联系。由于等候的时间很长，其中有一些人的情况会发生变化，到了该来的时候因各种原因来不了。所以，其他的人只要有耐心，可以作为这些人的替补。这是唯一解决的办法。

天上有时真的会掉下馅饼来。就在我们寻求捷径时，站在一旁的一位古巴人走了上来。他看我们十分真诚的样子，问我们要不要他帮助。我们不解其意，甚至立即联想起了我们国内的那种票贩子的所作所为。交谈后我们得知，他是一名国际志愿者，有一所语言学校，是专门为非洲一些贫穷国家的孩子服务的，学校就在附近的一个小山村。他还说，他有空就到这里来，有时为他人提前登记参观洞窟，有时在这里帮助其他国家的专业人员等待当天进入洞窟的替补票。他说，那天九时半正好有一张替补票，他可以让我们其中的一个人进去。我妻子让我进去，说她就算了。不料，不到半个小时，那位负责的女士非常高兴地出来向我们祝贺，连声说我们的运气太好了。她告诉我们有一个美国人因故不能来了，让我的妻子替补。这样，我们在一个小时之内就如愿以偿。此时我们在想，那名日本的年轻人还是缺乏耐心，不然，也会像我们这样得来全不费功夫了。至于那位古巴人，我们本想给他一点“帮忙费”，但他却拒收，令我们十分感动。为了答谢他的帮助，也是出于记者职业的本能，我们那天晚上在黑夜的山路上艰难地开了一个多小时的车，去他那个山村学校住了一夜，顺便了解点社会新闻。我们在那里看到了许多来自非洲国家的青年边学习边劳动的情景。那位古巴人亲自为我们做了晚餐，收费十分便宜。在这个世界上，高尚的东西往往发生在一些极为平凡的人身上。

史前艺术依然光彩夺目

阿尔塔米拉洞窟的史前艺术是1879年由西班牙考古学家德桑图奥拉及其女儿玛丽亚发现的。在此之前的1868年，一名猎人已经发现了洞窟遗址本身。1875年，德桑图奥拉在洞窟内也曾发现动物骨化石和石器。考古学家之所以将阿尔塔米拉洞窟艺术的发现说成是1879年，是因为那一年德桑图奥拉和他的女儿重游该洞窟时第一次发现了洞窟中的洞顶和洞壁的彩色绘画。第二年，父女俩将这一发现公布于世，但并没有引起考古界人士的注意，其历史和艺术价值直到1902年以后才为世界公认。洞窟长270米，高在2—12米之间，宽6—20米，但洞窟内部结构并不规则，我们进去后，有时要俯身低头或侧身才能行进。洞窟内有雕刻和绘画。雕刻主要在洞壁上，有的雕得很浅，我们借着讲解员给我们的照明，靠得很近方能看得清楚。雕刻的线条也比较简单，但从中还是依稀可以辨别出当时人们的活动状况。比起雕刻，还是绘画更为吸引人。画面布满洞顶，大小不一，但基本都和实物大小相一致。绘画所反映的主要是野牛、雌鹿、野猪、马和其他动物，其中以牛为主，其造型也最为栩栩如生。有一头受伤的野牛倒伏在地上，已无力站起，但头仍然往前拱着，似乎像是在积极地防卫，又像是表现出濒死挣扎中的力量与尊严。画面生动而富于感染力！它反映出作画者敏锐的观察，并以准确有力的轮廓线，精心运用阴影来突出块面和体积的微妙手法。面对这幅画，我看了许久。现代的西班牙人之所以总是以牛为娱乐对象，别出心裁地创造了斗牛、奔牛、斗火牛的娱乐形式并将其融入西班牙文化，果真是源远流长。除了造型以外，最令人感叹的还是这些绘画的颜色至今仍然保持着多色系列。科学家们认定这些色系是赭石土、氧化镁、木炭和碳化铁，着色为红、黑、紫三色。而讲解员则干脆说，这些颜料都是就地取材，主要是木炭。我们不是专家，无法严格鉴定。壁画除了动物以外，还有少数表现风景和人物活动的画面。科学家们鉴定，这些画距离我们今天至少有 1.8 万年。

除了绘画和雕刻以外，靠近洞窟的入口还有一块据讲解员说是当时穴居人的栖身之处。他说得很详细，但最终我们也没有搞明白科学家们究竟是怎么考证出来的。

让更多的人懂得史前艺术

人们对这种杰出的艺术创作和动机也确实众说纷纭，对于这些画面经过一两万年还能保存得这样完好也一直很好奇。欧洲一些学者认为，人们至今仍未能真正弄清这些绘画的起因。有一派人认为，这可能与当时人们的宗教信仰有关。他们或许相信，画出猎物将给自己带来好运。中国的鲁迅也为此写过文章，他认为，阿尔塔米拉洞窟的壁画作者不是为艺术而艺术，“为的是关于野牛，或者是猎取野牛，禁咒野牛的事”。或者说，是为了记录下当时人们的活动情况。英国人类学家罗伯特 · 拉登则相信，这种绘画的发现证明当时西班牙北部有一个人们活动的联盟，阿尔塔米拉洞窟顶上所绘的野牛和其他图像的排列则是以某种方式描述了这个联盟中心的影响范围。他认为，考古学家在阿尔塔米拉洞窟中发现的雕刻品似乎是采取许多地方性的艺术品样式。人们用各种各样的图案包括锯齿形纹、新月形结构、巢状曲线等等装饰实用器物，勾画出当时的社会面貌。据英国这位人类学家说，大约 15 种这样的图案已经被鉴定确认，每一种都有一定的地域范围，都隐含了地方性风格或各个人群的特性。在阿尔塔米拉一个地方就发现了许多各种不同的具有地方性风格的艺术品，表明阿尔塔米拉是一个在社会和政治上都非常重要的集团遗址。西班牙科学家则认为，这些史前艺术的发现和鉴定是对达尔文关于“早期人类没有任何艺术见解”的一次否定，实际上是对达尔文这一理论的一次革命。

西班牙文化部于 1988 年开始对洞窟遗址进行全面复制。复制工程分洞窟史前壁画和洞窟博物馆两个部分，并于 2001 年 7 月 17 日正式对外开放。复制品紧靠原址，它再现了这一人类文化瑰宝 100 多年前被发现时的环境，并提供了关于史前人类所处的气候和生态条件以及饮食、健康、生活质量、个人习性、装饰、文化演变等的研究资料。洞窟结构的仿制由西班牙建筑学家胡安·纳瓦罗负责，壁画复制由西班牙画家佩德罗·绍拉和马蒂尔德·穆斯基斯共同进行。阿尔塔米拉洞窟研究中心主任拉谢拉斯认为，阿尔塔米拉洞窟艺术今天仍然是世界上最重要、最有研究价值的史前艺术。复制工程开放不但使这一人类文化遗产再现异彩，而且将会使世界上更多的人懂得史前艺术的价值。据宣布，复制的洞窟预计每年将接待 60 万名参观者。

《格尔尼卡》名画和格尔尼卡小镇

《格尔尼卡》是毕加索不朽的名画，这幅作品源于 1937 年德国法西斯对西班牙北部巴斯克地区的小镇格尔尼卡的轰炸。

小镇格尔尼卡只有 1.5 万人口。国际旅游界 20 世纪 90 年代末将地球上 10 个自然环境保护得最好、人文景观最有特色的地方命名为十大“人间天堂”，其中一处就是在西班牙北部巴斯克地区的乡村，就是格尔尼卡小镇所处的地方。这里是绿色的王国，满目青山，满目绿地。这里有小桥流水人家的古朴，河流纵横交错，河水清澈照人。这里弥漫着欧洲人至今也没有破解的文明气息——巴斯克人自己的语言文字和文学。这一地区许多山村仍然保持着古老奇特的生活方式，外来人置身其中，无不产生一种猎奇的特殊情趣。

格尔尼卡建于 14 世纪中叶，曾是巴斯克地区的首府。小镇像幅画，一幅令人看了还要再看的画，因为它很美，似窈窕淑女，端庄、典雅、宁静、祥和。小镇又像一首诗，一首与其外表形成巨大反差的极为悲壮、极为沉重的史诗，因为它是在一片废墟上重新释放出生命的花朵，它有讲不完的历史故事。

历史的过程是，德国法西斯的炮火给小镇造成了巨大的灾难。西班牙大画家毕加索为小镇向全人类发出了呐喊。小镇出了名。

1937 年 4 月 26 日，应佛朗哥的要求，希特勒德国干涉西班牙内战，出动飞机对格尔尼卡小镇投下了 10 万磅炸弹。当日正逢小镇集市，市民毫无防备。

许多人仓皇向小镇以外的地方逃奔，但希特勒的飞机却又低飞跟踪并扫射逃跑的人们和附近的山舍，居民伤亡十分惨重。据不完全统计，大约 1500 人当场被炸死。

侨居法国首都巴黎的毕加索得知小镇格尔尼卡被希特勒飞机轰炸后义愤填膺，怀着满腔爱国激情立即创作了巨型油画《格尔尼卡》。油画宽 7.76 米，高 3.49 米，表现了画家对于轰炸和平居民的法西斯暴行的强烈愤慨，也激起全人类一切怀有正义感的人们的愤慨。当时，德国的将军和士兵们经常出入巴黎的毕加索艺术馆。有一天，在艺术馆的出口处，毕加索发给每个德国军人一幅《格尔尼卡》复制品。一名盖世太保头目指着这幅画问毕加索："这是您的杰作吗？"

"不，这是你们的杰作！"毕加索严肃地回答说。

这幅画运用立体主义的表现手法，以变形、象征和寓意描绘了人们在法西斯暴行面前的悲惨情景。画面用牛、马、灯、花、母亲、士兵和持灯妇女等人和物交错的组成，并使之呈现出一派紧张的悲壮气氛。画面左侧，一位悲痛欲绝的母亲怀抱因战争而死去的婴儿仰天哭喊。画的中间部分，一匹被刺伤的马昂头嘶鸣，显示战斗场面的惨烈。据画家本人说，这匹马象征西班牙人民，它代表正在遭受灾难的西班牙。马的身下躺着一名倒地的士兵，士兵右手握着剑，剑旁有一朵鲜花，这朵花像是对死去战士的悼念。再往右，一名妇女从窗子里探出身体，右手举着一盏油灯，油灯的左上方有一盏像眼睛似的电灯，灯光射向四周，使法西斯的一切罪恶暴露无遗。画面右侧，表现了由于遭到轰炸，一个女人从楼上跌下的情景。她举着双手，抬头向上呼救。画面中唯一静止的部分是那个立在那位怀抱婴儿的母亲身后的牛头。对于这一部分的解释，至今无定论。有人解释为邪恶，有人解释为生命和希望。之所以解释为生命和希望，是因为在此之前，毕加索在其作品《弥诺陶洛斯》中用斗牛主题象征性地表达自己作为艺术家和西班牙人的个人奋斗。解释为邪恶，是因为毕加索本人在战后一次记者采访中曾暗示这个形象一般意义上的"残暴与黑暗"，类似西班牙另一位大画家戈雅的"虚无"，但毕加索同时又拒绝把《格尔尼卡》中的牛形与法西斯相提并论。这幅巨画整幅画面用黑、白、灰三色绘成，所有人物显得阴郁、压抑、恐怖、痛不欲生，给人留下一种难以摆脱的震撼感。

悲剧往往会激发出艺术家的良知和社会责任感，并使之迅速迸发出艺术的火花。小镇的人们由于毕加索向全世界为小镇发出的呐喊，一直保持对这位艺术家的尊重。由此我也想到了西班牙的另一位大画家戈雅。1808 年，这位西班牙画家在亲眼目睹了拿破仑军队占领西班牙给西班牙人民带来的灾难以后，也曾愤怒地创作了一组《战争的灾难》的版画集。戈雅还同时创作了另一幅画《1808 年 5 月 3 日》，以凌厉的画锋和冲击人们灵魂的色彩展现了手无寸铁的平民被屠杀的场面。

毕加索的《格尔尼卡》在欧洲一些国家展出后，很长一段时间内一直放在纽约现代艺术博物馆，因为在佛朗哥独裁时代，这幅画不可能放到西班牙国内。但毕加索生前曾经表示，佛朗哥独裁政权结束以后，这幅画最终还是应该送到西班牙。1981 年，经过西班牙政府的努力，这幅存放在纽约长达 42 年之久的作品终于在西班牙首都马德里第一次同西班牙观众见面。这幅曾经让世界上千千万万人悲愤的巨型油画从飞机上运下来以后，西班牙政府派出了浩浩荡荡的车队进行护送。作品开始存放在著名的普拉多画宫内，现在则保存在马德里索菲娅王后博物馆。我每次进去参观，都能看到来自世界各国的观众在这幅画面前久久地伫立、静思。不知是在向小镇当年遇难的人们表示哀悼，还是在对为小镇呐喊的毕加索大师表示永久的崇敬。

几十年过去，格尔尼卡小镇的面目已经焕然一新，但生活在这座小镇上的人们一直无法忘记法西斯制造的那场已经被记录在世界历史上的惨剧。我每次前往小镇，都会听到一些幸存的老人们讲述当年那黑暗的一天。每当他们讲述这段历史时，总是激动不已。有一位当时死里逃生，如今已经是耄耋之年的老人还特意领着我到被德军轰炸得最严重的地方察看。当然，当时那里的建筑物现已荡然无存。人们还告诉我一个奇迹，就是小镇有一棵千年古树在遭受德军轰炸时奇迹般地幸免于难。它如今仍然健壮地活着，成为小镇闪光的一景。这大概也是一种象征，象征着人类所创造的文明终究是不能被摧毁的，不管邪恶的势力在某个时候是多么的强大。

德国也一直没有忘记这场悲剧。1997 年，格尔尼卡被希特勒德国轰炸 60 周年之际，德国驻西班牙大使汉宁·韦格纳专程前往格尔尼卡小镇，代表德国总统赫尔佐克就 60 年前德国空军轰炸格尔尼卡表示认罪，并请求宽恕。赫尔佐克在一封致西班牙格尔尼卡轰炸的幸存者和见证人的信中说："我同你们一道悼念死难者和受伤的人。我向那些至今还在忍受着昔日创伤的人们伸出我的手，并请求宽恕。"他还说，德国空军轰炸格尔尼卡是一次"罪恶的卷入"，格尔尼卡是德国空军空袭的牺牲品。格尔尼卡这个名字已经成为对手无寸铁的军民进行残酷战争的象征。这位德国总统认为，尽管那场轰炸已经过去 60 年，新的一代人也已经成长起来，但是，人们对这次空袭和其后果仍然刻骨铭心。就在德军空袭格尔尼卡 60 周年那一年，德国议会还通过一项拨款 300 万马克的决议，用来帮助格尔尼卡建造一个综合性体育馆。

把滥用水的人送上法庭

中午 12 时整，身穿黑色法衣的 8 名法官踏着钟声，走到大教堂正门前的半圆形平台上。阳光下，一座威严的法庭顿时出现。法警头戴大檐帽、手执带有水标志的警矛，高声传讯被告到场。法庭起诉、被告辩护、法庭合议，直至宣判。

被告接受判决，因为他面对的法庭是初审，也是终审。他处在几百双眼睛的聚焦焦点上。宣判一结束，他就大步流星地离开了法庭，迅速走出前来观看审判的人群。

他显然开始后悔他犯了滥用水的过错，触犯了当地的用水法。按照相应的法规，他必须在法庭规定的期限内交付法庭对他判决的罚款。否则，地方当局将依法停止对他的供水。

这是西班牙巴伦西亚水法庭的审判现场内外。这庄严独特的法律形式，自公元 960 年建立以来从未间断。兵荒马乱没有间断，太平盛世没有间断，改朝换代也没有间断，直至今天。这是世界上最奇特的立法机构之一，它管理着附近当年由阿拉伯人修建的 960 公顷的灌溉区，8 名法官代表着原始灌溉渠的 8 名修建者。

法庭完全是民间的。其创造形式始于民间，其法官源于民间，其适用范围在于民间。但它同时又为官方承认，为官方支持。西班牙国王赞扬其权威，王国政府的部长们亲临法庭现场旁听，法庭在国家法律范围内运行。

法庭审判每逢星期四进行，气候恶劣时取消。由于是露天审判，每次都吸引大量的旁听者，邻近的、遥远的、国内的、国外的，其场面常常变成一种极为独特的社会景观。与普通法庭不同，整个审判过程均为口头进行，口头起诉、口头作证、口头辩护、口头宣判。一旦宣判，立即生效。无专业律师到场，无上诉法庭终审，无一人怀疑它的公正性和不可动摇的权威性。

一次审判结束后，应我的要求，大法官带领我来到他的办公室。他脱下黑色的法衣，完全是一副农民装束，但侃侃而谈。他告诉我，这种法庭的所有法官均为当地的农民，为当地人选举。不公正者随时被撤换。法官必须准时到场，否则，败诉者的罚款由法官支付。所有法官都不领取任何报酬。说着，他准备起身回家，因为他当天的审判工作已经结束，意味着已经离岗。

往事越千年。巴伦西亚当年建立这种独特的立法机构与阿拉伯人当年在这里建立的灌溉系统直接有关，当地的人们至今仍把这一灌溉系统视为经济命脉，合理使用水和合理分配水也就一直是他们自觉遵守的“铁的法则”。大法官告诉我，20 世纪 90 年代初，西班牙南部和东南部出现严重干旱，但由于巴伦西亚执行这一“铁的法则”，贮存了两年的用水，结果该地区得以幸免这场百年不遇的旱灾。人们因此传颂着水法庭的奇迹。

水法庭的受理对象是用户之间争夺用水事件和用户浪费水事件，起诉者为水巡视员和受害用户。随着现代人们对环境保护的日益重视，带有时代特色的污染水源的案件也不断被提上水法庭，责任者将同样受到该法庭的审判。

由于地球面临严重缺水局面，巴伦西亚水法庭的千年存在和历史演变近年来突然像新生事物一样被外部世界发现。欧盟其他成员国派人来参观效仿，CNN 对此制作特别电视节目多次向全球播送，联合国教科文组织还曾特地召集 30 多个国家的水权威专家汇聚这里对水文化进行探讨。教科文组织还做出原则决定，为在国际范围内制订合理用水的原则，建立水文化观念和解决国际间的用水冲突，该组织将以巴伦西亚水法庭为模型，准备在 21 世纪创建一个以节约用水为目的的国际水法庭。

奔牛，勇敢者的节日

人与野牛一起狂奔，人牛在险象环生的快速运行中争雄斗悍，这既不是虚构的堂吉诃德斗风车，也不是真实的斗牛士的个人表演。勇者竞相参与，弱者为之动容，旁观者为之牵魂，好奇者为之狂呼。西班牙人创造的这一勇于向强者挑战的娱乐绝技，其别出心裁的想象力，其经久不衰的魅力，无不使外部世界的人们由衷折服。

这是西班牙北部潘普洛纳一年一度的奔牛活动。几个世纪以来，它一直是勇敢者追求的节日。23 岁的海明威当年来到这座城市，如同西班牙人“发现新大陆”一样，发现了西班牙人这一人与猛兽的竞技。海明威当时血气方刚，毅然投入这一活动。他由此爆发出波澜壮阔的创作灵感，不久便写下了他那充满男子汉激情的处女作小说《太阳照样升起》。从此，西班牙的奔牛活动，随着海明威的《太阳照样升起》，先是在美国，以后在其他国家为越来越多的人知晓。但由于这一活动过于惊险，至今未能像斗牛那样，从西班牙相继传入其他国家。

奔牛活动在该城市每年的圣费尔明节日期间举行，它是这一节日众多节目中最为精彩的节目，人们也就因此常常将这一节日误称为奔牛节。节日从 7 月 7 日开始，14 日结束。奔牛活动在此期间的每天都举行，每天都吸引着成千上万的人们。他们从西班牙的其他地方，从邻近的欧洲各国，从不辞千里万里之辛苦的美国和大洋洲等世界各地赶来，参与和观看这世界上独一无二的惊心动魄的欢娱场面。届时，整个城市处在人的海洋之中，大小旅馆也由此而全部爆满。

我自幼与牛有不解之缘。几年来，也因此一直想亲眼目睹这壮观的场面，但每年总是因为那里“无处安身”而未能如愿。1999 年我决计前往，提前两个月预订旅馆，但得到的回答却是只能在距离该城市 30 公里之外下榻。节日临近，我再次寻找万一有可能的机会，不料形势“更加严峻”，竟得到离城 40 公里以外的小镇才有可能住下的答复。“进驻”旅馆无望，无奈，我只好学中国古代贫僧“一瓶一钵足矣”下南海的决心，去捕捉一次观看奔牛的机会。

我想起了一位侨胞。记得他开设的饭店正好在奔牛经过的街道旁的二层楼上，观赏位置应该是一流的。我不顾通常的礼节，也来不及事先同他打招呼，在节日前夕便直接闯入他家，并于当晚同在他旅馆打工的人杂乱无章地挤在一个房间里和衣而睡。第二天早上，我按预定时间起床，目睹奔牛奔袭而来的场景。

活动 8 时准时开始。奔牛经过的路线是几条坡度很陡、弯度很大的中世纪建造的狭窄街道。随着两声号角枪的响起，我和我周围的人立即感觉到，牛已经从关押的地方出来。片刻间，牛群和人群蜂拥而来。人群在前，牛群在后。牛群中有 6 头健壮的公牛，每头牛的重量都在 600 公斤以上。它们像是在狂怒，像是在被野火燃烧，一路狂奔乱跑，横冲直闯。那彪悍的身躯，那尖锐的犄角，那沉重的脚蹄，合成一股锐不可当的气势。由于街道两旁所有进出口都被牢固的栏杆封死，人群和牛群只能沿着同一个方向奔跑。距离牛群最近的人群是牛群的猛攻对象。人牛双方在不停地较量，不断地排列组合。此时，参与者的呐喊声，两旁居民楼和被挡在栏杆外面的观众的喝彩声，播音器中发出的催“牛”奋进的音乐声，浑然一体，震耳欲聋。人群中的参与者被雅称为奔牛士，多数为年轻人，少数年长者也是从年轻时就参加这一冒险活动。女性过去一直是严禁参加，但近年来宣布解禁。不管何类人，参加者几乎都身着白色衣裤，白色鞋袜，腰扎红色腰带，颈系红色领巾，有的头戴贝雷帽。所有的人都手拿一份卷着的报纸。问其原因，无一人能作答。乍看上去，人群总是在撤退，牛总是在进攻。但仔细观察，人群又总是在积极地防御，同时寻找反击的机会。接近牛群的勇敢者在不断地向牛群发出挑战，扰乱牛群的视线和阵脚。人群中一些超级勇敢者，冲破组织者的戒律，用手触及牛的犄角，用脚触及牛的身体。我站在阳台上，眼见一名年轻人被牛角挑起，接着又被狠狠地摔到地上，而且掷地有声。但该青年几乎毫无畏惧之神色，爬起来，又继续跟牛群巧以周旋。人群中也有一些伪奔牛士。信号枪声一响，奔牛尚未在他们眼前出现，他们就撒腿奔跑。他们也许一直就没有回头看见奔牛的踪影，他们始终是撤退者。由于人牛混战激烈，受伤的奔牛士每天都有，他们会立即被处于一级准备状态的医务人员接走。被当场挑死的或踩死的也不乏其人。据历史记载，自奔牛活动开始的 6 个世纪至今，有 13 个人死在奔牛场上。最近的一幕惨剧发生在 1995 年，那是一名在新加坡留学的美国青年。他是利用假期来参加这一活动的，结果他的血管被牛角扎破，从而导致失血过多而死亡。惨剧正好发生在牛群经过的市政府面前的小广场上。

这是一项有惊有险的活动，但有经验的人常常将其化为有惊无险。站在我身旁的一名当地人说，每年受伤者多数是外国人。他们一旦被牛撞倒或拱倒，总是试图立即起来，结果往往受到牛的再次进攻而受伤。当地有经验的人则有应对的办法。他们一旦被牛拱倒，一是躺着不动，二是迅速朝墙根翻滚过去。等牛群的进攻方向转向别处，再起来与其周旋。由此可见，有勇有谋、善进善退才能取得成功是普遍真理。有勇无谋，非勇也。听此经验介绍后，我即刻下楼，企图钻到人群中去过把瘾，但立在门口的保安警察断然拒绝了我的愿望。我迅疾重返二楼阳台。此时，狂奔的牛群和人群正好经过楼前。当我的目光再次扫过这震撼人心的近镜头时，我的脑海中似乎突然浮现出一段人类和强暴进行搏斗的历史。我觉得这是一场绝妙的缩影。人类在不停顿地同强暴做斗争，自然界的、人类社会本身的。眼前这一场面，既有勇者表现的本色，又有智者闪烁的光芒。但智勇双全者，总是少数。你看，那狭长而拥挤的奔牛街道上，数千人在狂跑，但真正敢于接近奔牛并同奔牛进行周旋的，不也只有少数人吗，但他们是奔牛场上的中坚。他们是强者，他们是向强者挑战的强中之强。潘普洛纳人为他们这一独创的节日自豪，并将这一节日融入他们的文化之中。一位当地的诗人这样歌颂他们的奔牛节：

这是伟大的挑战，它比黄金还要灿烂，
人向野牛寻乐，人同野牛一起奔跑，
从中能悟出情趣，从中能悟出高尚的欢乐，
这是一种挑战，得到的却是不尽的财宝。

奔牛是挑战、是情趣、是欢乐、是财宝。所有这一切只发生在3分钟之内，整个奔跑的路程不超过850米。由于喜爱观赏斗牛的西班牙人也日益喜欢参与奔牛活动，首都马德里北部的一个卫星城这几年也开始在每年的8月上旬举行小型奔牛活动，人称“小潘普洛纳”，前往参与和助威者也很多。

高乔小姑娘，你来过中国了吗

快30年过去了，可爱的高乔小姑娘，你应该早已长大成人了。你来过中国了吗？我一直在惦记着你当年给我表达的这一愿望。

请允许我把时间回放到20世纪80年代末。当时我作为新华社常驻乌拉圭记者，到高乔小姑娘父亲经营的牧场去采访。当时小姑娘还很小，估计还是个中学生吧。采访那天天公作美，阳光洒满了辽阔的牧场，阵阵清风掠过满目翠绿的草地，让人不由自主地想起中国古诗中"风吹草低见牛羊"的情景。小姑娘父亲身材高挑，不胖不瘦。他头戴宽沿毡帽，穿着宽大的马裤，脚蹬一双马靴，腰配一条镶满银饰的宽腰带，腰带拴扣上有众多不拘一格的花型，煞是精美，整个装束独具英姿。他带着他的女儿，牵着一匹高头大马，在牧场边上等着我和我的妻子。相互问候后，他问我会不会骑马，准确地说，是问我敢不敢骑上他的那匹马。我如实说我没有骑马的技能，更不用说那匹高大雄奇的骏马。小姑娘父亲很理解我，最后让我骑上一匹比较矮小也比较温顺的马。他教我起码的骑马要领，我企图大胆尝试一把。上马以后，心中下意识地回忆起那首《马儿啊你慢些走》。谁料，那马过高地估计了我。它一开始时还算对我有些照顾，很舒缓的速度，但很快便由慢走变成小跑，我驾驭不了了。正在要被它摔下来的一刹那，小姑娘父亲紧急一个箭步，瞬时救我于危急之中。那调皮的小姑娘一点也不惊慌，在一旁拍手大笑。紧接着，她接过缰绳，翻身上马，直奔前方。几分钟后，旋风般地返回原地，娴熟的下马动作干净利索。

那个时候，中国和乌拉圭刚建立外交关系不久，乌拉圭人看中国还有几分陌生。知识界浪漫的人士则把中国说成是地球上最遥远的地方、最神秘的地方，很像是中国人现在常说的诗和远方。当时也正是中国国家元首杨尚昆来访前夕，这种远距离感和神秘感更加浓厚，人们了解中国的兴趣也自然十分浓厚。小姑娘站在草原上指着东西南北四个方向问我，中国在哪个方向，离她的国家真像别人说的那么远吗？她还问我："我骑马能跑到你们的国家吗？"我很吃惊：她那么小，却志在远方，志在离她的国家最遥远的国度。我们中国人说远大理想是展翅高飞，乌拉圭人却习惯说骏马奔驰。小姑娘当时就在她父亲的牧场上对我说，她将来一定要像她父亲那样，当一个牧场主。到时，一定要去中国。

到时一定要来中国，我一直记着小姑娘的话。

若干年后，我转到西班牙工作。不知她通过什么途径，给我写了一封信，信中再次表达她要来中国的愿望。可惜我那时工作太忙，没有及时给她回信。再后来，我们就失联了。

但当初到他父亲牧场采访的那段情节我一直没有忘记，我和我的妻子应邀从牧场来到他们家做客的情景也没有忘记。高乔人被认为是世界上十大稀有人种之一。他们分布在阿根廷潘帕斯草原和乌拉圭全境，还有一部分在巴拉圭，是印第安人和西班牙人结合的后裔。高乔人保留着较多印第安文化传统，以畜牧业为生，强悍、豁达、豪放。马上生活、吃烤肉、喝马黛茶是他们特有的人生。我们进入他们家以后，发现那是一个典型的高乔人之家，烤肉和马黛茶正是女主人已经在家里为接待我们所做的备料。烤肉，我们其实并不陌生。除了牧场上近水楼台以外，乌拉圭大小城市中的大饭店、小饭馆、室内的、露天的、民间聚会、官方接待，没有烤肉就不成气候。有一次，总统府安排外国记者到牧场举行活动，还专门请应邀者品尝高乔人特有的烤全牛。其通常做法是将宰杀不久的牛从腹部剖开，去掉内脏以后将其平铺在一个巨大铁篦子上，用炭火慢慢烘烤至少 12 个小时。烤制进程中不时往肉上洒盐，让咸味慢慢渗透进肉里。如此烤出的牛肉香嫩、松软、食之不腻。在场的官员说，这种烧烤方法比较古老，其烤制方法即使在高乔人中现在也慢慢失传了。小姑娘的父母给我们补充解释说，失传的原因是这种烤法必须联合制作。一般都是举办大型活动或隆重的纪念活动才进行，单个家庭很难做。小姑娘母亲在按照家庭方式操作时，小姑娘不停地和我们聊天。她对中国虽然刚刚知道一点点，却对什么事情都有着浓厚的兴趣。不知话题怎么转到了中国的食物。我妻子看到他们家放着一筐鸡蛋，也灵机一动，说是来个中西结合，给他们露一手，做个炒鸡蛋。小姑娘眼睛一亮，显得十分好奇。她很有个性，她对这道菜的操作程序一无所知，竟然要掌握主动权，不是让我妻子亲自做，而是让我妻子在一旁教她如何做，从如何备料开始。别看我们中国人做个炒鸡蛋很简单，对于这个敢于"吃螃蟹"的高乔小姑娘来说，打鸡蛋这个基本程序就难以操作，因为神奇的筷子对她是个难题。当时我们手中也没有筷子。此时我妻子大概受到我国古代治水专家大禹发明了筷子的启发，让小姑娘领着她到牧场上随意找了两个小灌木枝条。经过一番粗加工后，一双现场制作的筷子派上了用场。小姑娘第一次看到筷子并领略其使用的方法，更是好奇。我给她讲了中国筷子几千年前的起源、历史演变和使用时的礼节。她出神地听着，同时用那两根灌木枝条学着打鸡蛋。我妻子手把手教她，她也打得很用心，但她手上和器皿内外还是沾满鸡蛋液。鸡蛋勉强打好了，我妻子让她操作具有我们中国特色的炝锅技术，搞得她手忙脚乱，不亦乐乎。鸡蛋炒好让她品尝，她赞不绝口，像是吃了一道从未吃过的大菜那样兴奋。此时，我又一次听到她从心底里发出的愿望：长大后一定要去中国。

一顿中西结合的午餐完毕，我们开始饮用和谈论马黛茶。马黛茶是高乔人招待外人独特的饮料。学者们说，马黛茶是世界上最有营养价值的茶饮之一。人们相信，喝这种茶吃肉不增肥、喝酒不易醉、节食不乏力、提神不失眠、排毒不泻肚、清脂不失血。乌拉圭是世界上人均食用牛肉最多的国家，人们食用的蔬菜量很少，但是乌拉圭人的心脑血管发病率和肥胖人群比例极低，很少人有中风、糖尿病等症状，据说这些都与当地高乔人常喝马黛茶有关。马黛茶原产于巴拉圭，是一种草叶，有专门的科学称谓。巴拉圭的土著居民瓜拉尼人在西班牙人到来之前就开始饮用马黛茶。西班牙人来后，马黛茶被迅速推广到乌拉圭和阿根廷的高乔人当中。高乔人冲泡马黛茶有讲究，它是一门艺术，一种文化。与中国品茶不一样，高乔人的马黛茶是用来吸的。他们使用的吸管不是普通的塑料管，而通常是细细的带点弯曲的铜管。马黛茶的茶具是一个形似小葫芦的褐色小陶壶，口径不大也不小，刚好可以被一个成人手掌大小的尺寸所覆盖。小陶壶的底部不是平的，而是稍微有点尖有点圆，以便用一只手掌能够托住。平时，你几乎到处可以看到人们腋下夹着这种马黛壶，而且不分社会层次。朋友聚在一起时喝马黛茶另有一套礼仪。众多人一般只用一个茶杯。一个人倒茶，其他人则一个一个传递着喝。接茶杯时不用说“谢谢”，只在最后一次喝完不想再多喝时才能说“谢谢”。另外，喝马黛茶时，不是倒茶的人不能搅拌马黛茶叶。我们在小姑娘家一边喝着马黛茶，一边听着她母亲的介绍，可爱的小姑娘则按照她母亲的介绍在一旁为我们做示范动作。到此，我已经不把她作为一个小姑娘而是当成一个大人看待了。

回顾人生，总有遗憾。同乌拉圭那名高乔小姑娘的失联是我在国外工作期间众多遗憾中一个忘不掉的不大不小的遗憾，但愿她已经成为一个成功的牧场主。更重要的是，但愿她早已来过中国，完成她童年时代就拥有的这一愿望，同时也为中乌两个遥远国家的交往增添新的故事。

总统、国王和主席，别样的交往和回忆

人生漫长的道路上，有些非典型性的轶事是上不了履历表的，说得拽一点儿，是上不了个人的“正史”。但偶尔回首，却又觉得这些提供饭后茶余的谈资倒是别有一番风味，尤其是对于退休后的休闲生活。别样的交往，别样的记忆，别样的像是可有可无的追忆，是一种轻喜剧经历的感觉。我说的是自己同国外的政要主要是国家元首的点滴交往。这是一种不对称的交往轶事，一种从严谨规范的官方风格中脱离出来的去官方化或者说非官方化的交往方式和风格。

2023 年 11 月 23 日晚，正在中国访问的乌拉圭总统拉卡列举行招待会。招待会开始前，总统在他的临时接待室里和我进行了一个简短的非正式的单独会见，我借此请他转达我对他父亲的问候。30 多年前，总统父亲阿尔韦托·拉卡列曾是该国总统。我当时作为新华社驻乌拉圭记者在工作上曾得到他的热情帮助和配合，尤其是当时中国国家主席杨尚昆访问乌拉圭期间。我任期结束回国后，他来中国访问。在一次正式场合中，他打破官方预先的程序安排，主动出列向我打招呼。他对随行人员解释说：“我们是老相识了”。

这次和老总统的儿子拉卡列总统的单独会面是乌拉圭驻华大使罗格里斯即席安排的，同样是绕开官方预先安排好的礼节和程序。我给拉卡列总统的见面礼是 30 多年前我同他父亲的合影，与我同时在场的我的妻子李艾则拿出了她事先准备好的同老总统夫人在一起的照片。这两张照片本来想在招待会进行中给总统看的。拉卡列总统看到这两张久远的照片后非常高兴，随即用他的手机拍下了这份我保存了几十年的礼物。他重复着说他一定将其带回转告他的父母，还主动告诉我们他父母一切都好。接着他又让大使为我们三人拍摄一张合影，说这张30多年后我们和他的合影也一定带回去给他父亲看看。在随后进行的招待会中，我说我们刚刚合拍的照片有点瑕疵。他二话不说，拿过我的手机，同我又自拍了一张。我也再次打破礼节，甚至有几分不知分寸地妄评一句：您真像你父亲的风格，muy amable, muy accesible, muy comunicativo（很亲切，很容易接近，很容易沟通）。

我同西班牙前国王卡洛斯三世的数次非官方交往也是非常随意的。那是世纪之交，我在西班牙工作。国王曾三次访问中国，每次在官方场合见到我都说他"非常喜欢中国"。国王当时在国际上的名气很大，有许多关于他的美谈。国内《环球》杂志为此要我写一篇关于国王的介绍文章。文章发表后，我将登载文章的那期杂志送给王室，并请转给国王。后来，在4月23日世界读书日纪念活动上，国王主动走过来对我说："你的文章有点儿长。我正在让别人给我翻译，还没有翻译完毕，等全文翻译完后，我联系你，但我对已经翻译的部分非常喜欢！"这就是卡洛斯国王！西班牙人都喜欢称卡洛斯为"平民国王"。平民的我，得到人们赞誉的西班牙"平民国王"的互动，自我感觉十分轻松。遗憾的是，我们以后没有机会再次见面，我们毕竟是王宫内外的关系，再"平民"的国王也是国王陛下。但西班牙新闻局长阿松西翁见到我后说，国王对文章很满意。国王的认可让我感到十分欣慰。后来有一次，记不清借什么理由，我通过王室新闻局给国王寄去一份礼物。出乎意料的是，王室新闻局竟然代表国王回话表示感谢。

其实，我得到国王的互动也并不是什么特殊待遇，而是出于卡洛斯国王同新闻界关系的一贯风格。他喜欢就某篇文章或某则报道直接同记者通话，或发表评论，或追根求源。有报道说，一家有影响的报纸报道了一条关于王室的消息。国王看后觉得与事实有些不符。于是他立即给该报社长打电话。接线员问他是谁时，卡洛斯回答说："我是国王。"接线员误认为对方是在开玩笑，而且有些离谱，就粗暴地对他说："如果你是国王，那我就是拿破仑！”国王拿着话筒对在场的人说：“他们不信我是国王，还把电话给挂了。”在一次接见外国驻西班牙记者协会领导成员时，我也亲耳听他描绘当时的这一情景，而且描绘得十分生动，他说完后便哈哈大笑。

卡洛斯国王同新闻界交谈的内容有时也无严格界限。有一次他站着同外国记者随意交流时甚至透露他未来的退休生活安排，其想法听起来像我们这些真平民的期盼。不过他随即嘱咐我们不要对外报道，因为他还没有作最后决定。我们出于对国王的尊重，谁也没有向外透露他的这一秘密。由于我们都熟悉国王的为人风格，我们都把同国王的交往看成是再平常不过的事情。

同古巴前主席菲德尔·卡斯特罗的非正式交往则是另一种记忆，算是半官方半非官方性质的。那是20世纪80年代前期，随着中国同当时的苏联和东欧国家关系的逐渐缓和，我们同古巴多年来不那么顺当的关系也开始同步显现出改善的迹象。在一次有1000多人参加的国际会议上，卡斯特罗发表一场讲演后，引人注目地从主席台上竟然直接走到我跟前打招呼，而我当时距离主席台还有一段距离。在证实我是中国记者后，他便问起了我在古巴的生活情况和工作情况，像聊天一样。这场景出人所料，也让我感觉到了与前几年在古巴不一样的处境，明显变得轻松了。我懂了，我领悟到了气氛变轻松的深层次原因，于是我用报喜不报忧但是很职业化的方式回应了卡斯特罗主席。我说：“一切都好。谢谢总司令（古巴人都这样称呼卡斯特罗）。作为新华社记者，这几年来，我们一直在报道古巴社会主义建设中不断取得的成就。”还没等我说完，卡斯特罗用他那习惯的动作拍着我的肩膀说：“那好。我们两国的关系会变好的。”在场的一名意大利记者仿佛从这一场面中看出了什么名堂，敏感地拍下了同样出乎他们所料的镜头。40年过去了，这张本来就是不太清晰的黑白照片早已泛黄，但它所折射出来的当时的场景和气氛及我的感受却一直在我心中保持不变，那是一个在不经意的非正式交谈中传递出来的重要信息。